神《み》酒《き》クリニックで乾杯を

知念実希人

角川文庫
19421

神《み》酒《き》クリニックで乾杯を

CONTENTS

CHARACTERS 神《み》酒《き》クリニックで乾杯を

夕《ゆう》月《づき》ゆかり
YUKARI YUZUKI
産婦人科と小児科担当。
赤い口紅が似合う
セクシーな美人。

神《み》酒《き》章《しょう》一《いち》郎《ろう》
SHOICHIRO MIKI
神酒クリニック院長。
凄腕の外科医だが、
謎めいた経歴の持ち主。

九《つ》十《く》九《も》勝《かつ》己《み》
KATSUMI TSUKUMO
生真面目な若手外科医。
理想に燃えていたが…。
格闘技が趣味。

一ノ瀬真美《いちのせまみ》
MAMI ICHINOSE
神酒の世話役をこなす看護師。明るく元気だが、秘密の顔も…。

黒宮智人《くろみやともひと》
TOMOHITO KUROMIYA
内科医。麻酔医もこなす。翼は主治医であり、腐れ縁の仲。

天久翼《あめくつばさ》
TSUBASA AMEKU
童顔美少年に見えるが、実は大人の精神科医。人の心を見抜く。

イラスト／くろのくろ

プロローグ

ここは、……勝俣《かつまた》病院？　霞《かすみ》がかかったような白黒の世界のなか、九十九《つくも》勝己《かつみ》は自分の体を見下ろす。手術着の上に白衣を纏《まと》った自分の体を。その瞬間、頭に痛みが走った。

ああ、そうだった……。俺は前日の深夜まで友人の結婚式の二次会で痛飲して、夕方からの当直中もずっと頭が痛かったんだ……。

それでも問題はなかったはずだった。月に二回行っていた、日曜の夕方から月曜の朝までの板橋《いたばし》区の小さな個人病院での当直業務。救急指定もされていないこの病院での勤務は、患者の急変に備えて待機しているだけの、典型的な『寝当直』だった。

けれど、この日は違った。そう半年前のこの日は……。思考がまとまらないまま勝己は廊下を進んでいく。どこからかカラカラと音が聞こえてきた。

なんだこの音は？　辺りを見回した瞬間、『止まれ、行くな！』と頭の中で誰かが警告を発する。しかし、足を止めることができなかった。

廊下を抜けると、非常灯の薄い明かりに照らされた一階の外来待合に、三人の人物がいた。太った中年看護師と初老の男、そして腹から血を流して長椅子に横たわる青年。

初老の男はタクシーの運転手だ。彼が青年をここまで運んできた。

どうして自分がそのことを知っているか分からないまま、勝己は横たわる男に駆け寄る。若い男だった、年齢は二十歳前後といったところだろう。痩《や》せていて頬骨が目立つその顔は苦痛で歪《ゆが》んでいた。右の下腹部を押さえた両手は血でべっとりと濡《ぬ》れている。

「聞こえるか？　君、名前は？　何があったんだ？」

怒鳴るように訊《たず》ねると、男の口が動く。しかし、何故かその声は聞こえなかった。

勝己は男のTシャツをまくる。右の下腹部に大きな傷口が開き、そこからだらだらと血液があふれ出していた。刃物で何度も刺して広げたような傷だった。

「誰かに刺されたのか⁉」

「……違う。……自分でやったんだ」男は弱々しく顔を左右に振った。

自分で？　戸惑いながら勝己は白衣のポケットからハンカチを取り出し、それを傷口に当てて軽く体重をかける。男の口から苦痛のうめきが漏れた。

状態から見て腹腔《ふくこう》内でかなり出血している。圧迫止血で少しでも出血量を減らしたうえで輸液を行い、さらに開腹して止血をしないと。

看護師に指示をしようと振り返るが、そこには誰もいなかった。しかし、勝己は何故か驚かなかった。そう、……看護師もタクシー運転手もいつの間にか消えていたんだ。

「お、俺、死ぬのか……？」弱々しい声で男が訊ねてくる。

「大丈夫。絶対に助けるから安心してくれ」勝己は力強く言った。

『絶対に助ける？　それができないことは、お前が一番知っているじゃないか』

また頭の中で誰かが話しかけてくる。勝己は歯を食いしばり、その声を無視する。そのとき、視界がぐらりと大きく揺れた。

なんだこれは？　水中に漂っているかのような感覚に戸惑っていると、激しい睡魔が襲ってくる。まるで……泥酔しているかのように。まさか、昨日飲んだ酒のせい？

『そうだよ、酒のせいだ。お前が酒を飲んでいたから、この男は死ぬんだよ』

再び頭の中に響く声を聞きながら、勝己は唇を嚙《か》み眠気を消し去ろうとする。しかし、睡魔はたやすく全身から力を奪っていった。勝己はその場にゆっくりと崩れ落ちる。意識が闇に落ちる寸前、男の恨めしげな視線が勝己を射貫《いぬ》いた。

「うわあああーっ！」

悲鳴を上げながら上半身を跳ね上げた勝己は、荒い息をつきながら周囲を見回す。そこは自宅マンションのベッドの上だった。

「夢……？」早鐘のように心臓が鼓動する胸を押さえる。

……またあの夢を見たのか。勝己は手で額を拭《ぬぐ》う。掌《てのひら》にべっとりと脂汗が付いた。

半年も経っているというのに、いまだにあの夜の夢を頻繁に見る。そのせいでこの半年、熟睡することができなくなっていた。かすかな物音でもすぐに目が覚める。睡眠不足のため、常に倦怠《けんたい》感が体の奥にわだかまっていた。

勝己はベッド脇のナイトテーブルに置かれている時計を見る。針は四時四十分を指していた。勝己は倒れ込むようにベッドに横たわる。

「今日は面接か……」口から漏れたつぶやきが暗い天井に吸い込まれていった。

第一章

1

ここ……？　重そうな鉄製の扉を眺めながら、九十九勝己は首をひねる。

今日は知り合いに紹介された個人病院の就職面接のはずだった。だからこそ着慣れないスーツに袖《そで》を通し、ネクタイを新調までしたのだ。

地下鉄の青山《あおやま》一丁目駅から徒歩で十分ほど、高級住宅街の外れにその建物はあった。赤煉瓦《あかれんが》造りの五階建てのビル。『巽《たつみ》ビル』と表札の掲げられたその外壁には縦横無尽にツタが這《は》い回っていて、紅く染まった夕日の中、寂びつつも上品な雰囲気を醸し出していた。一階は『喫茶　巽』と小さな看板の出ているレトロな雰囲気の喫茶店になっていて、歩道に面した窓から中を覗《のぞ》き込むと、銀髪と見まがうような白髪の初老の男がコーヒーを淹《い》れていた。住宅街の奥まった場所にあるせいか客は少なく、カウンター席に黒髪をポニーテールにした女性が一人座っているだけだった。

喫茶店の入り口の脇には上り階段があった。最初、勝己はその階段を上ろうとした。しかしよくよく確認すると、指定場所は地下一階となっていた。首をひねりつつ勝己が建物脇の路地を覗き込むと、そこに地下へとおりる錆《さび》の目立つ外階段があった。

この下が面接場所？　戸惑いながら階段を下りると、建物の側面に埋め込まれるように、重厚感あふれる鉄製の引き戸があり、その脇に『Ｂａｒ　神酒《みき》　会員制』と記された大理石の表札があったのだった。

こんな所を面接場所に指定するところをみると、やはり普通の職場ではなさそうだ。緊張をおぼえた勝己は、ほとんど無意識にジャケットのポケットから万年筆を取り出し、指先で器用に回しはじめた。大学卒業時に恩師から贈られた『Ｋ・Ｔ』とイニシャルが彫ってある万年筆。これを回しているとなぜか気持ちが落ちついてくる。常にこの万年筆はポケットに入れて持ち歩いていた。

緊張が希釈された勝己が万年筆をポケットにしまった瞬間、唐突に扉が開く。扉の奥から、糊《のり》のきいたブレザーを着た小柄な少年が顔を覗かせた。身長は百五十センチ程度だろうか。勝己より頭一つは小さい。

少年はネコを彷彿《ほうふつ》させる大きな目で勝己を睨《ね》め上げると、口を開いた。

「きみが面接を受けに来たって男かい？」

「え、あ、あの……」

勝己がこたえに詰まっていると、少年は「さっさと入ってよ」と無造作に勝己の手を摑《つか》み、引きずるように中に引っ張り込む。

少年につれられて入った扉の奥は、シックなバーになっていた。太い木の幹を削って作られたカウンターの奥には、無数の酒瓶が収められた棚が壁を覆いつくしている。高級感のある革張りのL字型ソファーと木製のローテーブルが三セット、棚の反対の壁に沿って置かれている様子が、間接照明の淡い光に映し出されていた。

「神酒《みき》さん。連れてきたよ」勝己が室内を見回していると、前を歩く少年が声をあげた。

「おう、翼《つばさ》。ご苦労さん」

奥の方から低い声が響いてくる。そちらに視線を向けると、十席ほどあるカウンター席の一番奥に男が座っていた。男は席から立ち上がり、勝己に近づいてくる。

長身の男だった。身長百七十八センチの勝己よりもわずかに背が高い。肩幅は広く、体が引き締まっているのがジャケットの上からでも見て取れた。年齢は四十前後といったところだろうか。鼻が高く、彫りの深い精悍《せいかん》な顔立ちをしている。

「院長の神酒章一郎《しょういちろう》だ。よろしく」男は右手を差し出してくる。

「あっ、えっと……。九十九勝己です」

勝己はとりあえず名乗りながら、神酒と名乗った男の手を握る。想像以上に厚みのある手だった。次の瞬間、勝己の顔がゆがむ。神酒が手を握りつぶさんばかりに力を込めてきていた。痛みを感じた勝己は反射的に前腕に力を込め、思い切り握り返す。

大学時代、総合格闘技にはまり、毎日のようにジムに通っていた。プロのライセンスも取得している。医者になって五年が経ったいまでも、時間が許せばジムに顔をだし、現役の選手達とスパーリングをして汗を流していた。腕力には自信がある。

勝己は歯を食いしばり力を込め続ける。しかし、神酒は笑みを浮かべたままだった。

「神酒さん、なにやってんの？　馬鹿なことやってないで、さっさとしてよ」

少年が呆《あき》れ声で言った瞬間、神酒は勝己の手を離す。勝己は一歩後ずさった。

「悪い悪い。あんまり良い体格をしていたもんだから、ついね」

神酒は軽い口調で言いながら、屈託ない笑顔を浮かべる。

「なにが『つい』だよ。これだから脳筋は。筋肉じゃなくて口で会話してよね」

少年は神酒に冷たい視線を浴びせかけると、身長が足りないためジャンプしてカウンター席に座った。神酒は軽く肩をすくめると、視線を少年から勝己に移す。

「それじゃあ九十九君、さっそく面接をはじめようか」

神酒は少年の隣の席に腰掛け、足を組んだ。

「あ、あの、ちょっと待ってください。俺は病院の面接を受けに来たんですけど……」

「だからその面接をするんだよ。まあ、正確には病院じゃなくてクリニックだけどね」

「でも、ここってバーじゃないですか……」勝己は眉根《まゆね》を寄せて店内を見回す。

「面接だからって会議室でやるって決まりがあるわけじゃないだろ。こういうところで気張らないで面接するっていうのも、なかなかおつなものじゃないか」

神酒はそう言うと、勝己に「そこに座って」と、すぐ近くのソファーを勧めた。勝己はためらいつつ革張りのソファーに腰掛ける。

「さて、じゃあなにからはじめようか」神酒は首筋をこりこりと掻《か》く。「九十九君はうちのクリニックのことをどれくらい知っているのかな？」

「……普通のクリニックではないと聞いています。詳しいことは直接教えてもらうようにと、紹介してくださった三森《みつもり》教授から言われました」

勝己はわきに置いていたバッグを開け、中から書類を取り出して神酒に差し出す。

「あの、とりあえず履歴書を持ってきたんですが……」

「ああ、履歴書ね……」履歴書を受け取った神酒は興味なげに視線を落とす。

隣に座った少年が、神酒の手元を覗き込んだ。

「四葉《よつば》記念病院の外科コースの初期研修を修了後、そのまま外科後期研修を三年受けたのか。すごいね、外科医のエリートコースじゃん」

少年がおどけるように言う。彼の言葉どおり、四葉記念病院は苛烈《かれつ》な外科研修で有名だった。勝己も約五年間、院内にある研修医室に住み込み、朝となく夜となく働き続けた。その分、執刀できる手術は豊富で、五年の研修を終える頃には外科医として十分に独り立ちできるほどの実力を身につけていた。

本当なら、今年の四月から腹部外科のスタッフとして四葉記念病院に勤めるはずだった。それなのに……。あの夜のことが頭をかすめ、勝己は軽く唇を噛む。

「でさ、なんでそんなエリートコースに乗っていた君が就活なんてしているわけ？」

少年の顔にいやらしい笑みが浮かぶ。勝己は唇を噛む力を強めた。

こいつ、明らかにあの事件のことを知っている。まあ、全国ニュースであれだけ大きく取り上げられたのだから不思議もないが、だからってなんでこんなガキに偉そうに面接されないといけないんだ。

「……僕は子供じゃないぞ」少年は低い声でつぶやくと、鼻の付け根にしわを寄せた。

わけが分からず、勝己は「は？」と呆《ほう》けた声をあげる。

「だから、僕は君より年上なんだよ。もう三十過ぎで、このクリニックのスタッフだ。だから偉そうに君の面接に参加しているんだよ」

「はぁ？　え？」勝己は目をしばたたかせる。まず、目の前の少年（としか見えない男）が自分より年上だということが信じられなかった。しかしそれ以上に、まるで心を読まれたかのように、自分が考えていたことを正確に言い当てられたことに驚いていた。

勝己が口を半開きにしていると、神酒がくぐもった笑い声をあげる。

「驚かせて悪かったな。こいつは天久翼《あめく》、本人が言った通りこう見えても三十路で、うちのクリニックのスタッフ、精神科医だ。あと、サトリみたいなものだ」

「サトリ……？」

「知らないのかい？　妖怪《ようかい》だよ。人の心を見透かす妖怪だ」

妖怪？　いったい何を言っているんだ？

「神酒さん、おかしな紹介しないでよ。話がややこしくなるじゃないか。僕はただ、普通なら気づかないぐらいの微妙な表情筋の変化から、その人間の心の動きを読み取っているだけだって。普通の人間だって、無意識のうちにある程度はやっていることだよ」

翼は苛立《いらだ》たしげにかぶりを振る。

「お前の読心術は十分に妖怪レベルだよ。まあそれはおいておいて、九十九君」

唇を尖《とが》らせる翼の背中を軽く叩《たた》いた神酒は、すっと目を細めて勝己を見る。

「さっきの質問に答えてくれるかな？　なんで君は有名病院を辞めて、うちのクリニックに就職面接に来たのか」

神酒の視線に射すくめられながら勝己は逡巡《しゅんじゅん》する。あの事件については語りたくはなかった。けれど……。

「……医療事故を起こしました」勝己は喉《のど》の奥から声を絞り出した。

「医療事故ね。どんな医療事故を？」神酒は淡々と質問を重ねる。

「当直中に泥酔して、患者を死なせた……らしいです」

「ああ、そうらしいな。ニュースで見たよ」神酒は軽く肩をすくめた。

やっぱり知っていたのか。勝己は拳《こぶし》を握り込む。あの事件は、数日間トップニュースとして取り上げられた。マスコミは実名こそ出さないものの、勝己を『殺人医師』として糾弾し続けた。インターネットや一部の週刊誌には勝己の実名と顔写真が掲載されさえした。しかしその後、都内で起こったバラバラ殺人事件、アラブの王族が盗まれた宝石に多額の懸賞をかけた件、いじめを苦にした少年の自殺、はたまた世界的な株安など人々の興味を惹く事件が続いて世間の関心は次第にそれらに移っていった。また死亡した男が覚醒剤依存症で、そこからくる精神症状で何度も自殺未遂をくり返していたため、初期捜査で警察が『事件性なし』と判断し、遺体が火葬されていたこともあって、嫌疑不十分で検察は勝己の不起訴を決めた。しかしそれまでの間、勝己はマスコミに追いかけ回され、義憤に駆られた一般人から様々ないやがらせを受け続けたのだ。

「それで、本当に当直中に酒を飲んで患者を死なせたのか？」

神酒は直球の質問を投げつけてきた。

「……分かりません」

「分からないと言うと？」

「あの夜のことはよくおぼえていないんです。前日に深夜まで飲んでいたのはたしかです。ただ当直は夕方からだったので、少し頭痛はしたけど酒は抜けていたはずです」

「報道によると、患者が来た時、君は泥酔していたように見えたということだったが」

「……本当におぼえていないんです。あの夜、腹から血を流した患者を診て、緊急手術が必要だと診断しました。けれどその後のことは、……なにも記憶がないんです」

勝己がうつむいて言うと、神酒は隣に座る翼に一瞥《いちべつ》をくれた。翼は小さく頷《うなず》く。

「つまり、本当に自分が当直中酔っていたかどうかは分からないが、なんにしろそのせいで四葉記念病院を辞めなくてはならなくなったってことだな」

神酒の確認に、勝己は弱々しく「はい」と答える。翼があごをくいっと反らした。

「週刊誌に本名を載せられたから、他の病院に就職することもできなかったってわけだ。特徴的な名前だからね。それで、ここで雇ってもらおうってことだね」

勝己は黙り込む。翼の言うとおりだった。四葉記念病院を退職してから、様々なツテをつかって他の病院に就職しようと試みた。しかし、どの病院も勝己を雇うことはなかった。『殺人医師が再就職した病院』などとマスコミに取り上げられるリスクを考えれば当然のことだった。途方に暮れた勝己は、学生時代に所属した同好会の先輩で、今もよく顔を合わせている女性医師に相談をした。すると、大学の外科医局に所属している彼女は「うちの医局の三森教授が顔広いから相談してみたら？」と言いだしたのだった。その三森教授こそ、卒業時に万年筆を贈ってくれた恩師だった。

けれど、ここもだめなのだろう。勝己はうつむきながら肩を落とす。三森教授は、「私が親しくしているドクターに紹介しよう。あそこなら、きっと君を受けいれてくれるよ」と言ってくれたが、神酒の反応を見ると、おそらくここでも門前払いされるのだろう。

自分が本当に酒に酔って患者を死なせてしまったかは分からない。しかし、半年前に患者を救えなかったことに違いはなかった。その贖罪《しょくざい》として自分にできることは、医師として身を粉にして働き、患者を救い続けることだと思っていた。そもそも、それが間違いだったのかもしれない。自分はもはや医師として働く資格はないのかもしれない。

重い音とともに入り口の扉が開いた。見るとワンピース姿の若い女性が、コーヒーカップの載った盆を片手に引き戸を開けていた。

「相変わらず重いなぁ、この扉」つぶやきながら部屋に入った女性は大きく息をつく。年齢は二十代前半ぐらいだろうか。小柄で、顔の割に大きな二重の目が特徴的だった。

「章一郎さん、コーヒー持ってきましたよ」

女性はポニーテールの黒髪を揺らしながら快活に言う。

「ああ、ありがとう。九十九君、うちのナースの真美《まみ》だ」

章一郎が紹介すると、真美と紹介された女性は可愛らしい笑顔を浮かべながら近づいてきて、テーブルにコーヒーカップを置いた。

「はじめまして、一ノ瀬《いちのせ》真美っていいます。一階の喫茶店で淹《い》れてもらったコーヒーです。美味《おい》しいですよ。砂糖とミルクはつけますか？」

「あ、いえ、……ブラックで」

微笑みかけられた勝己は、胸の中で心臓が跳ねるのを感じながら上ずった声で答える。なぜか真美の顔から視線を外せなかった。真美は小さく会釈をすると離れていき、カウンターに近づいていく。その華奢《きゃしゃ》な背中を目で追ってしまう。

「真美ちゃん。僕はコーヒーはちょっと……」翼の口がへの字になる。

「分かってます。翼さんのはホットココアですよ」

「さすが真美ちゃん。気が利くね」翼は笑顔でカップを受け取った。

「面接の途中にお邪魔しました。あっ、章一郎さん、ゆかりさんから伝言。『あと十五分ぐらいで準備できるから、早めにお願い』だって」

真美の言葉に、神酒は「了解」と答えた。

「それじゃあ、私は先に行っていますね」

盆をわきに抱えた真美はカウンターの奥にある扉を開け中に入っていく。

あの奥には何が？　真美が扉の奥に消えるのを勝己は眺め続けた。

「面接中に余裕だね。女の子に見とれているなんてさ。一目惚《ひとめぼ》れでもしちゃった？」

翼にからかうような声で言われ、勝己は我に返る。

「い、いえ、そういうわけでは……」

「本当？　いま瞳孔《どうこう》が開いていたよ。異性に魅力を感じているとそういう反応が……」

「……翼、下らない話はやめろ」

神酒がなぜか少し硬い声で翼の話を遮る。翼は「はいはい」と苦笑を浮かべた。

「ところで九十九君、君は口は堅いかな？」

咳払《せきばら》いをして神酒が発した質問に、勝己は「え？」と間の抜けた声をあげる。

「うちのスタッフになるなら、何よりも口の堅さが必要になるんだよ。どんなことがあっても患者の情報を漏らさない口の堅さがね」

「もちろん、患者の情報を漏らしたりはしません」勝己は即答する。医師には医師法で守秘義務が課せられている。それを破れば法的に罰せられる。

「普通の口の堅さじゃダメなんだ。もし間違って情報が漏れれば、国家レベルの問題になりかねない」

「国家レベルって、そんな大げさ……」

冗談だと思い笑みを浮かべかけた勝己は、神酒の鋭い視線に貫かれ口をつぐむ。

「……もう一度だけ訊《き》く。君は絶対に患者の秘密を漏らさないと誓えるか？」

勝己の目を真っ直ぐに覗《のぞ》き込みながら、神酒は腹の底に響くような低い声で訊《たず》ねる。

勝己は喉を鳴らして唾《つば》を飲み込むと、ゆっくりと頷いた。

「はい、……誓えます」

勝己の答えを訊いた神酒は、横目で隣に座る翼に視線を送る。翼はふっと唇の端を上げると、さっきと同じように小さく頷いた。

「よし、それじゃあ行くか」神酒は立ち上がると勝己を手招きする。

「あの、行くってどこに？」ソファーから腰を浮かしながら、勝己は眉根《まゆね》を寄せた。

「面接はこれで終わり。次は実技試験だ。いいからついてきてくれ」

神酒はカウンターの中に入ると、ついさっき真美が入っていった扉を開ける。勝己は言われるがままに神酒のあとに続いて中に入った。

扉が閉まる寸前、皮肉っぽい笑みを浮かべた翼が「グッドラック」と親指を立てた。

扉の奥には短い廊下が延び、突き当たりにエレベーターがあった。やけに奥行きのあるエレベーターにのると、神酒は『B2F』から『5』まであるボタンのうち『4』を押す。

「……四階になにがあるんですか？」

勝己が訊ねると、神酒は楽しげに「仕事場だよ」と答えた。エレベーターが停止しドアが開く。扉の奥に広がっていた光景を見て、勝己は目を見開く。真っ白なリノリウム製の床が数メートル延び、その先に鉄製の扉があった。扉の前には洗面台が並んでいる。

「……オペルーム？」勝己の口から無意識にその言葉が漏れる。

「そうだよ。この四階がオペルームとオペ後の患者を診るためのリカバリールーム。三階が簡単な処置や一時的な入院を行うための部屋、そして二階が外来スペースだ。ああ、ここで靴を脱いでスリッパに履き替えてくれ。ここから先はクリーンエリアだから」

神酒はエレベーターを出てすぐのところで革靴を脱ぐと、すぐ脇にある靴棚からスリッパを二足取り出し、そのうち一足を勝己に渡してきた。

「それじゃあ、とりあえず着替えるとするか」

呆然《ぼうぜん》としている勝己に声をかけると、神酒はすぐ右手にあるドアを開ける。

「あの、もしかして、このビルが病院なんですか？」

勝己は神酒とともに部屋に入る。中はロッカーが五つ並んだ狭い空間だった。

「それは正確じゃないな。この国では『病院』は二十床以上の病床をもつ医療施設のことを言う。ここには入院病床はないから、『医院』または『クリニック』だね」

神酒は勝己に向かって、ロッカーから取り出した薄緑色の手術着を放る。

「クリニックって……。でも、看板も出てなかったじゃないですか」。

「看板なんてあったら困るんだ。ここは特殊なクリニックだから」

「特殊ってどういうことですか？」

頭蓋《ずがい》内を満たす疑問を少しでも解消しようと、勝己は質問を重ねていく。脱いだジャケットをロッカーの中にしまいながら、神酒は唇の片端をあげると、その彫りの深い顔にいたずらっぽい笑みを浮かべた。

「すぐに説明してあげるよ。それより君も着替えなって」

神酒はシャツを脱ぐ。その下から現れた裸の上半身を見て勝己は目を大きくした。

大きく広がった広背筋、盛り上がった大胸筋、六つに割れた腹筋。それらが皮膚の上に筋を浮かび上がらせていた。はじめて見たときから体格がいい男だとは思っていたが、ここまでとは……。勝己は啞然《あぜん》とする。

ボディビルディングのように、ただ筋肉を大きくすることを目的とした体じゃない。明らかになにかスポーツをするために作り込まれた体だ。おそらくは……格闘技。よくよく見ると、神酒の体にはあちこちに古傷のような痕《あと》さえ見て取れた。

「そういえば三森教授から聞いたけど、君は総合格闘技をかなりやり込んでいるんだってね。たしかプロのライセンスももっているとか」

唐突な神酒の質問に、勝己はネクタイを緩めながら「はい、とりあえず……」と曖昧に答える。

「そうかそうか、それは素晴らしい」

満足気に頷く神酒に戸惑いながら、勝己はYシャツを脱いだ。

急いで手術着に着替えた勝己は神酒とともに部屋から出ると、廊下の奥へと向かう。廊下の奥にある扉の前に立った神酒は壁に開いた小さな穴、フットスイッチに足を入れる。ゆっくりと鉄製の扉が横に開いた。

勝己は息を吞《の》む。扉の奥にあったのは十メートル四方はありそうな、広い手術室だった。リノリウム製の床と壁は光沢を放つほどに磨き込まれており、置かれている麻酔器をはじめとした各種の器機は最新鋭のものばかりだった。

大学病院に勝るとも劣らないほど設備が整った手術室。それがこんな古びた雑居ビルに？　勝己は立ち尽くす。

部屋の中心に置かれた手術台の上には初老の男が横たわり、その周りに手術着姿の三人の男女が立っていた。そのうちの一人は、さっきコーヒーを持ってきてくれた一ノ瀬真美で、いまは器具台の上に手術用器具をきれいに並べていた。

「章ちゃん、遅ーい。待ちくたびれたわよ」

勝己の鼓膜をやや間延びした女の声がくすぐる。手術台のそばにいた女がマスクを外しながら近づいてきた。真美とは対照的にかなり派手な美人だった。

真っ赤に口紅のさされた薄い唇、うっすらとアイシャドーで縁取られた切れ長の目、陶器のように滑らかな肌、そして薄手の手術着で強調されたグラマラスなボディ。むせかえるような色気がその全身から匂い立っていた。

「あら？　面接は合格したんだ。すごいじゃない、翼ちゃんのお眼鏡にかなうなんて」

女性は笑みを浮かべながら勝己に妖《あや》しい流し目をくれる。その色香に当てられ、勝己は「え、えっと……」としどろもどろになる。

「このお水の匂いをぷんぷんさせているのは、うちで産婦人科と小児科を担当している夕月《ゆうづき》ゆかりだ。ゆかり、彼は九十九勝己君。これから実技試験をすることになった」

神酒が淡々と紹介する。ゆかりは「お、お水？」と頬を引きつらせた。

「え？　あの、実技試験ってどういうことですか？」勝己は不安をおぼえ聞き返す。

「これから、君の外科医としての技量を見せてもらうってことだよ。普段、第一助手はゆかりが担当するんだけど、今日は君にやってもらう。うちでやっていけるだけの腕があるか見るためにね」神酒はにやりとニヒルな笑みを浮かべた。

「俺が手術に入るんですか⁉」予想外の展開に声が上ずる。

「なにか問題あるのかな？　例えば……酒が入っているとか」神酒の目つきが鋭くなる。

「……酒は飲んでいません。この数ヶ月」

勝己は硬い声で答えた。あの日から、酒のせいで患者を死なせてしまったかもしれないあの日から、勝己は一滴もアルコールを口にしていなかった。

「なら問題ないな」神酒は部屋の中心に進んでいく。

ゆかりが「頑張ってね」と、色っぽくウインクしながら勝己の背中を叩《たた》いた。

勝己は小さく頷《うなず》きながら、神酒のあとを追う。手術台に横たわっている男はすでに全身麻酔が導入されていた。口には気管内チューブが挿し込まれ、麻酔器によって人工呼吸管理がされている。体には上腹部に大きな穴が開いた滅菌シートがかぶせられ、いつでも執刀できる状態になっていた。

「麻酔をかけているのは黒宮智人《くろみやともひと》だ。本来は内科医だけど、うちは人手不足だから手術の時にはこうやって麻酔を担当してもらっている」

神酒は麻酔器のわきに立つ細身の男を指す。顔の下半分を覆うマスクと、野暮《やぼ》ったらしく伸びた前髪、そして黒縁のメガネのせいで、男の顔はよく見えなかった。

「あの、はじめまして。九十九勝己といいます」

挨拶《あいさつ》をしても、黒宮という男はうつむいたまま、前髪の間からちらりと視線を送っただけだった。その態度に勝己は戸惑う。

「気にしないでね。黒宮ちゃんはいつもこんな感じだから。人見知りなのよ」

明るい声でゆかりがフォローを入れてくる。

「……人見知りじゃない。僕は抑うつ症状がひどくて、他人とできるだけ接触したくないだけだ。間違った情報を広めないでくれ」

黒宮は耳を澄まさなければ聞き取れないほど小さな声で、ぼそぼそとつぶやく。

「はいはい。相変わらず細かいわねぇ」ゆかりはわざとらしくため息を吐いた。

なんなんだ、ここのスタッフ達は？　全員、キャラクターが濃すぎる。勝己が居心地の悪さを感じていると、神酒が手術台に横たわっている男の頭側に回り込み口を開いた。

「患者は六十八歳男性。幽門部にステージⅡの進行胃癌。既往歴は特になし。術式は胃全摘およびリンパ節郭清を予定している」

神酒の説明を聞きながら患者の顔を覗《のぞ》き込んだ勝己は、眉間《みけん》にしわを寄せた。目の前に横たわる初老の痩《や》せた男の顔に、見覚えがある気がした。眉間のしわを深くしながら記憶を探った勝己は、それが誰かに気づき「あっ⁉」と声をあげる。

「どうかした？」背後に近づいてきたゆかりが、からかうような口調で訊《たず》ねてくる。

「だ、大臣……。榊原《さかきばら》大臣が……」

勝己は震える声をしぼり出しながら、目の前の男を指さす。ベッドに横たわる男、それはたびたびニュースで見る顔だった。外務大臣の榊原一郎《いちろう》。

「ええ、そう。榊原一郎外務大臣よ」ゆかりは勝己の頰を人差し指でなぞる。

「な、なんでこの国の大臣がこんな所に⁉」

「こんな所だからだよ。うちのクリニックは、主にこういう患者の治療を行っているんだ」神酒は楽しげに言う。

「こういう患者？」

「治療を受けたことを、絶対に知られたくない患者さ」神酒は口角を上げた。「榊原大臣は二年ほど、この国にとって極めて重要な条約を締結するために、外国との厳しい交渉に臨んできた。現政権にとってその条約の締結は、絶対に成功させる必要がある。そして二ヶ月後の首脳会談の際に条約締結を行う予定だ。そのことは知っているかな？」

神酒の質問に勝己は頷く。そのことはニュースで何度も取り上げられていた。

「条約締結は、榊原大臣が先方の国の国務長官と何度も何度も話し合いを重ねて、信頼関係を重ねた結果可能になった。だからこそ、もしいま大臣の健康不安説が流れでもしたら大きな問題になる」

勝己は戸惑いつつ相槌《あいづち》を打つ。話のスケールが大きすぎて現実味がなかった。

「そこで、俺達が秘密裏に手術を行うんだよ。絶対に外部に知られないようにな」

「ここで……、大臣を手術……？」勝己は呆然とつぶやく。

「ああ、そうだよ。大学病院などの大病院では、どれだけ隠そうとしても情報が漏れてしまう可能性がある。だから、絶対に治療したことを知られたくない人物は、俺達に依頼してくるんだ。幸い今は国会も閉会中で、一ヶ月後の外遊まで大臣は大きな予定はない。その間に癌を治してしまおうっていうわけだよ」

「こんな小さなクリニックで、政治家が治療を受けるっていうんですか⁉」

「政治家だけじゃない、健康不安情報が流れただけで株価が大きく下がるような大会社の役員、世間が大騒ぎするような芸能人など、自らの病気を知られないように治療を受けたいっていうニーズはかなりあるんだ。うちのクリニックはそのような人々の治療を受け持っている。だからここは、外見からは医療機関と分からないようになっているんだよ」

「けれど、そういうVIPなら、もっと設備のいい病院で質の高い治療を受けたいと思うんじゃないですか？」

神酒達の気分を害する可能性に思い至りながらも、その質問が口をつく。しかし、神酒が不機嫌になることはなかった。それどころか、神酒の顔には笑みが浮かんでいた。

「ここの医療レベルは、どんな大病院にも負けないよ。今からそのことをご覧に入れよう」

そう言って手術室から出た神酒は、すぐそばの洗面台で手指消毒をはじめる。

「何しているんだい。君が第一助手なんだ、早く手を洗って準備を整えてくれ」

「あっ、はい」神酒にうながされた勝己は、小走りで隣の洗面台に向かった。

ヨード液を手にかけ、ブラシで丹念に爪の間まで洗いながら、勝己はじんわりと体温が上がっていくのを感じていた。あの事件から手術に入ることはなかった。普通ではない状況だが、また手術に参加できることが嬉《うれ》しかった。

消毒を終え、滅菌ペーパーで拭《ふ》いた手を胸の前に掲げたまま手術室に戻ると、真美が滅菌ガウンを差し出してくる。

「ありがとうございます」

礼を言ってガウンを着込んだ勝己に、真美が滅菌手袋を渡してくる。

「頑張ってくださいね、九十九先生。章一郎さんに振り落とされないように気をつけてください。私も器械出しとして、できるだけサポートしますから」

「え、振り落とされるって……」

勝己が聞き返そうとすると、真美は胸の前でコケティッシュに両拳《こぶし》を握り、「ファイトです！」と言って、器械台の前へと戻っていった。真美の可愛らしい仕草に思わず緩みかけた口元に力を込めた勝己は、ラテックス製の手袋をはめて手術台に急ぐ。

すでに神酒は執刀医の位置に立ち、滅菌カバーの穴からのぞいた術野を見下ろしていた。勝己は手術台を挟んで神酒の対面、第一助手の位置に立つ。ゆかりにより術野の消毒は終わっている。いつでも執刀を開始できる状態だった。

「黒宮、麻酔は問題ないな？」

神酒は横目で黒宮に視線を送る。黒宮は無言のまま頷いた。

「それじゃあはじめよう。お願いします」

形式通りに一度頭を下げた神酒は、すぐ隣に立つ真美に向かって手を差し出すと、

「メス」とつぶやいた。真美がその手にメスを渡す。

いよいよ手術がはじまる。勝己はマスクの下で細く息を吐いて加速する心臓の鼓動を抑えながら、真美から鑷子《せっし》を受け取る。

手術室の空気が張り詰める。次の瞬間、メスが術野の皮膚の上を滑るように動いた。メスが通過した部分に赤い線が走る。わずかな無駄もないスムーズな皮膚切開。勝己は慌てて鑷子で皮膚を摑《つか》む。

メスを戻し、代わりに電気メスと鑷子を手に取った神酒は、黄色い脂肪層を電気メスで切り開きながら、細かい出血を焼き固めていく。脂肪の下に腹膜が見えてきた。

「クーパー」

電気メスを脇に置いた神酒は、真美から手術用のハサミであるクーパー剪刀《せんとう》を受け取ると、一瞬の躊躇《ちゅうちょ》もなく腹膜を切り裂く。その下に内包されていた内臓が、無影灯のま

ばゆい光の下に露《あら》わになった。そのスピードに勝己は目を見張る。ここまで素早い開腹をこれまで見たことがなかった。

神酒と勝己は開創器で術野の視界を確保すると、腸ベラで肝臓と小腸を脇に避け、ピンク色に光沢を放つ胃の全体を露出していく。

「……行くぞ」神酒はつぶやくとクーパーを操り、胃へと繋《つな》がる血管を次々と腹腔《ふくこう》内の結合組織の中から露出させ、糸をかけていく。その指先の動きは流麗で、一流ピアニストの演奏を彷彿《ほうふつ》させた。器械出しをしている真美も、まるで次に神酒が何を必要としているか予想しているかのように、一瞬の滞りもなく器機を渡していく。

これまで多くの有名外科医の手術に助手として参加してきたが、ここまで正確で、緻《ち》密《みつ》で、スピーディな手術を目の当たりにしたことはなかった。ようやく、さっき真美に言われた「振り落とされないように」という言葉の意味を理解する。

少しでも気を抜けば、二人のスピードに置いていかれてしまう。マスクの下で唇を嚙《か》みながら、勝己は必死に神酒から次々と渡される糸を外科結びで結紮《けっさつ》していく。

血管の処理を終えると、神酒はまるでもともと取り外しができるように設計されていたかのように胃を腹腔内から取り出し、切断した断端の縫合にかかる。

縫合針が踊りを舞うかのように複雑に動き、食道と十二指腸の断端を縫い合わせていくのを、勝己は息をすることも忘れながら見入っていた。

「これでよし」

最後の縫合糸の余った部分を切ると、神酒はクーパー剪刀を真美に手渡した。すでに胃全摘とリンパ節郭清は終わり、術野は縫合されてきれいに閉じられている。

「ありがとうございました」最後も形式通りに神酒は頭を下げた。

「……あ、ありがとうございました」

勝己はなんとか声をしぼり出すと、真美と黒宮とともに頭を下げる。二時間近く、超人的な速度で手術を進めていく神酒を、助手として必死にサポートしてきた。なんとか最後までついていくことができたが、心身ともに消耗しきっていた。

「お疲れさま。あとはやっておくわよ」

部屋の隅でずっと手術を見守っていたゆかりが近づいてきて、傷口の上にガーゼを固定し、患者の体を覆っていた滅菌シートをはぎ取っていく。

「あ、ありがとうございます」

礼を言いながら軽くよろける勝己を見て、ゆかりは悪戯《いたずら》っぽく微笑んだ。

「よく最後まで章ちゃんについていけたわね。やるじゃない。もしあなたが置いていかれるようなら、すぐに私が交代するつもりだったのよ」

「すごい手術でした……」

勝己は横目で、手術室の壁に埋め込まれているデジタル時計に視線を向ける。一般的には胃全摘とリンパ節郭清は四時間程度はかかるはずだ。しかし神酒は、その半分程の時間で完璧《かんぺき》な手術をやってのけていた。

　VIPがここで治療を受けるのも納得だ。短時間で手術を終えられるということは、体にかかる負担もそれだけ少なく済む。外部に情報が漏れることなく、これだけ高度な治療を受けられるなら、大金を払ってでもここで治療を受けたいと思う者は多いだろう。

　神酒はガウンを首元から破って脱ぎ、手袋とともにゴミ箱に放り込むと、こきこきと首を鳴らしながら勝己に近づいてきた。勝己も慌ててガウンと手袋を脱ぐ。

「お疲れさん。どうだった？」

「疲れました。けれど、……感動しました」勝己は素直に自分の気持ちを口に出す。

「これがうちのクリニックの『売り』だ。絶対に情報を漏らすことなく、高いレベルの医療を提供する。夕月も黒宮も翼も、全員が各々の専門分野で超一流の腕を持っている」

　神酒は得意げに言うと、「まあ、みんな一癖あるけどな」とつけ足した。

　その時、入り口の扉が開き、小柄な男、天久翼が手術室に入ってきた。

「そろそろオペ終わった？」翼はあくび混じりに訊《たず》ねる。

「ちょうど終わって、いまから麻酔を覚ますところですよ。翼さん」

　使用した器具の整理を終えた真美が、微笑みながら答える。

「あっそう。あんまり暇だから様子見にきちゃったよ。それで、実技試験はどうだったの。そこの彼は合格？　不合格？」

ぼりぼりと軽くウェーブした髪を掻《か》く翼の言葉を聞いて、勝己の全身に緊張が走る。神酒の手術に呑《の》まれて忘れていたが、自分はテストされていたのだ。

ここで働かせて欲しかった。神酒から手術の技術を学びたかった。

勝己は神酒の表情をうかがいながら言葉を待つ。次の瞬間、神酒は唇の両端を上げると、手を差し出してきた。

「ようこそ、神酒クリニックへ！」

一瞬何を言われたか分からず、その場に立ち尽くしていると、ぱちぱちと拍手の音が聞こえてきた。見ると、真美が微笑みながら、胸の前で小さく両手を鳴らしていた。ゆかりがウインクをしてくる。口を半開きにしたまま首を回していくと、翼がどこか皮肉っぽい笑みを浮かべ、黒宮は麻酔器を操作しながら軽く片手を挙げた。

勝己は正面に向きなおると、勢いよく頭を下げながら差し出された手を握った。

「よろしくお願いします！」

2

「おはようございます」

扉を開けると、取り付けられた風鈴がチリンと涼やかな音を立てる。

「あら、勝己ちゃん、おはよう」テーブル席に座って文庫本を読んでいたゆかりが、片手を挙げて挨拶《あいさつ》をしてくる。Tシャツにジーンズというラフな格好だが、シャツのサイズが微妙に小さく、そのグラマラスなボディラインを浮き立たせているので、朝っぱらからやけにエロティックで退廃的な雰囲気を醸し出している。

「おはようございます、ゆかりさん」

ゆかりの胸元に引きつけられそうになる視線を必死に剝《は》がしながら挨拶を返した勝己は、カウンター席に腰掛けた。

「ブレンドをお願いします」

カウンター内でコーヒー豆をひいているマスターは、気をつけなければ気づかないぐらいわずかに頷《うなず》いた。神酒クリニックが入っているこの『巽ビル』のオーナーでもあるというこのマスターが喋《しゃべ》るところを、ここに通いはじめてから三週間近くになるというのに、勝己は未《いま》だに見たことがなかった。

サイフォンがコポコポと音を立てるのを聞きながら、勝己はカウンターの一番奥に置かれた小さなテレビに顔を向ける。この店では朝の時間帯だけ、サラリーマン向けなのかニュース番組を流していた（未だにサラリーマンが客に来ているのを見たことはないが）。顔をテレビの方向に向けたまま、勝己は目だけ動かして店内を見回す。

「真美ちゃんなら、もういないわよ。ちょっと前までここでモーニング食べていたけど、さっき章ちゃんに呼ばれて行っちゃったから」

唐突に背後から声をかけられ、勝己はびくりと体を震わせた。振り返ると、いつの間にか隣のカウンター席にゆかりが座っていた。

「あ、あの……なんのことですか？」

「ごまかさなくていいって、最近、毎朝勤務前にここに来るようになったの、真美ちゃん目当てでしょ」ゆかりは真っ赤な口紅がさされた唇の端を上げる。

「いえ、そういうわけじゃ……。ただ、あっちの病院に回診に行く前に、ちょっと一息つくのにちょうどいいからで……」勝己はしどろもどろに答える。

神酒クリニックで手術を受けた患者は、術後はこのビルから徒歩で五分ほどの所にある『青山第一病院』という総合病院に入院し、そこで術後の経過をみることになっていた。高級住宅地の一角に立つその病院は一見したところは普通の中型病院なのだが、最上階に専用のエレベーターを使わなければいけない全室個室のＶＩＰ用秘密病棟がある。そこに勤務するスタッフ達は、全員が絶対に外に情報を漏らさないように特別な審査を受けた者達で、神酒クリニックはかなりの金額を支払うことでそこに患者を入院させる契約を結んでいた。話によると、神酒クリニック以外でも似たようなビジネスをしている医師がいるらしく、十二床ある病室は常に満床に近い状態だということだ。

手術の予定が入っていない日、勝己、神酒、ゆかりの神酒クリニック外科グループの三人は、午前十時頃からその秘密病棟で回診を行っていた。

「あの病院の近くにも、カフェぐらいあるでしょ。仕事前の一息つくなら、そっちの方がいいんじゃないの」ゆかりはからかうように言う。

「ゆかりさんだって、いつもこの喫茶店にいるじゃないですか」

手術や回診などの仕事がないときにも、ゆかりはよくこの喫茶店でコーヒーを飲みながら本を読んでいる。

「あら、反抗的な態度」ゆかりはおどけて言うと、コーヒーカップに無駄に色っぽく口をつけた。「だって、ここのコーヒーを飲まないと、一日がはじまらないんだもん」

マスターが無言で勝己の前にコーヒーカップを置いた。勝己は「ありがとうございます」と礼を言うと、一口コーヒーをすする。口の中に広がる苦みと酸味の絶妙なバランスに、思わずため息が漏れてしまう。この店のマスターが淹れるブレンドは、チェーン店のカフェが出すコーヒーとは比べものにならないほど深い味を醸し出していた。

「僕も同じですよ。このコーヒーが気に入ったんです」

「まあ、そういうことにしておいてもいいけどね。それなら、真美ちゃんの後ろ姿、目で追うのやめた方がいいわよ。あれじゃあバレバレだから」

ゆかりはぽんぽんと勝己の頭をたたく。勝己は無言でコーヒーをすすり続けた。

『ついに来月にせまった条約の締結について、榊原大臣は会見で……』

耳に飛び込んできた名前に、勝己は視線をテレビに向ける。液晶ディスプレイの中では、榊原外務大臣が凜とした態度で記者の質問に答えていた。

「榊原さん、元気そうね」

ゆかりの言葉に、勝己は「そうですね」と微笑む。

勝己がはじめてここに来た日に手術を受けた榊原は、わずか一週間ほどで退院していった。術後の経過は順調で、手術後二週間ほどで仕事を再開できたらしい。

勝己が物思いに耽《ふけ》っていると、いつの間にか画面には次のニュースが映し出されていた。キャスターがマイクを片手に警察署の前に立っている。

『五ヶ月前に都内の公園でバラバラになった男性の遺体の一部が見つかり、先週、遺体の身元が都内に住み、去年の十二月から行方不明になっていた二十代の男性であることが確認された事件で、捜査本部では……』

「あら。あの事件、被害者の身元判明していたんだ」

ゆかりが興味なげにつぶやくのを聞きながら、勝己は表情をこわばらせる。

五ヶ月前、足立《あだち》区の公園に散歩にきていた犬が突然地面を掘り返しはじめ、人間の腕を掘り出した。住民の憩いの場でバラバラ遺体が発見されたということで世間は大騒ぎとなり、連日そのニュースがワイドショーをにぎわせた。そして、そのおかげで世間からの注目が逸《そ》れたニュースもあった。

「どうしたの、勝己ちゃん。怖い顔して」ゆかりが顔を覗《のぞ》き込んでくる。

「いえ、……何でもないです」

硬い声で答える勝己の顔を、ゆかりは「んー？」と凝視してきた。

「ああ、もしかして勝己ちゃん、医療事故のこと思い出していたの？　たしか、このバラバラ事件のせいで、報道されなくなったんだよね」

図星をつかれ、勝己は唇をへの字にゆがめる。

「……人の考えていること当てるなんて、翼さんみたいですね」

「やめてよ、こんなうら若き乙女をあんな妖怪《ようかい》と一緒にするなんて。こんなのは、たんなる女の勘よ。翼ちゃんのものとは全然別物」ゆかりは露骨に顔をしかめる。

「うら若き乙女？」

「……なんか文句でもあるわけ？」

すっと細めたゆかりの目の奥に危険な光が灯《とも》るのを見て、勝己は細かく首を左右に振った。ゆかりは勝己を睨《にら》んだまま、形のいい鼻を軽く鳴らす。

勝己は上目遣いにゆかりを見ながら、おずおずと口を開いた。

「あの、……俺みたいな奴が、本当にここで働かせてもらってもいいんでしょうか？」

「ん？　なに言っているの？」ゆかりは唇に人差し指を当て、小首をかしげる。

「いえ、このクリニックの先生達ってみんな超一流なのに。そんな中に俺みたいな医者がいていいのかと思って」

この三週間で、十回以上手術の助手を務めた。その中には神酒の手術だけでなく、ゆかりが行った婦人科の手術も含まれていた。神酒ほどの速度はないものの、ゆかりの手術は正確で、女性特有の柔らかい手先の動きは優雅ささえ感じるものだった。翼の他人の思考を読む能力の高さと、黒宮のあらゆる分野を網羅する知識量にも、ことあるたびに圧倒されている。それらは精神科医・内科医にとって必要な能力だ。二人が医師として極めて優秀なのは容易に想像できた。

ゆかりは中指で勝己の額をはじく。勝己の口から「いてっ」と声が漏れた。

「下らないことで悩んでいるんじゃないの」ゆかりは肉感的な唇の片端をあげる。

「下らないことって……」

「ここに就職した時点で、勝己ちゃんはうちのクリニックの仲間、つまりは家族になっているのよ。家族は自分がここにいていいかどうかなんて、悩まなくていいの」

「家族……」勝己はその言葉をおうむ返しする。

「このクリニックのスタッフはね、みんな行き場所がなくなった人間なの」

ゆかりはにっこりと、少女のような笑みを浮かべた。

「行き場所がない？　あんなに優秀なのにですか？」

「優秀だからって、周りに溶け込めるかは全然別問題でしょ。というか、突き抜けている人間はそのせいで周囲から疎まれることが多いのよ。翼ちゃんなんてその典型」

「翼さん？」

「そう、翼ちゃんはかすかな表情の変化、視線の置き所の変化、口調の変化とかから、他人が考えていることを本能的に察知することができる。ほとんど妖怪レベルでね。その能力は精神科医にとっては大きな武器になるけれど、その能力のせいで、周囲の人間は翼ちゃんから距離を取るようになる。分かるでしょ？」

「自分の頭の中を読まれるっていうのは、気持ちいいことじゃないですもんね」

勝己の回答に、ゆかりは満足げに頷《うなず》いた。

「そう、そして悪いことに、自分が周囲から疎まれているのを、翼ちゃんは普通の人間よりも何十倍も鋭敏に感じ取れてしまう。そんなの針のむしろでしょ。だから、翼ちゃんは普通の病院では働けなくなったのよ。そんな翼ちゃんを拾ったのが、章ちゃんだったの。章ちゃんって子供で裏表ないからね。翼ちゃんも気を許すことができたってわけ」

「神酒先生が子供……？」勝己は眉《まゆ》をひそめる。

「ああ、勝己ちゃんはまだ章ちゃんの本性見ていないからね。あの人、外見はダンディだし、手術の腕は超一流だけど、中身は小学生みたいなものよ。このクリニックを作ったのだって刺激が欲しかったからだし」

「それって、世間から隠れて治療をして、刺激を得るってことですか？」

いまいち意味が分からず勝己が訊《たず》ねると、ゆかりは含みのある笑みを浮かべた。

「それも一つだけど、それよりもずっと刺激的なこともやっているのよ、私達。勝己ちゃんが勤めるようになってからはまだないけど、そのうち分かるわよ」

「はあ……」やはりよく意味が分からず、勝己は曖昧《あいまい》に頷く。

「まあ、このクリニックのスタッフは章一郎さんの『冒険仲間』ってところよね」

ゆかりはボリュームのある胸の前で、柏手《かしわで》でも打つかのように両手を合わせた。

冒険仲間？　勝己の困惑がさらに深くなっていく。

「というわけで、君は章ちゃんの『冒険仲間』に認められたんだから、もう少し自信を持っていいのよ。なかなか章ちゃんのお眼鏡にかなう人っていなかったんだから。これまで十人近くのドクターが推薦されてきたけど、全員最初の面接で落とされたのよ」

「えっ、そうなんですか⁉」意外な情報に勝己は目をしばたたかせる。

「このクリニックでオペができるのって章ちゃんと私だけだったじゃない。それだと余裕がないから、前々からもう一人外科医が欲しかったのよね。けれどここって、絶対に秘密を守らないといけないから、適当には人を雇えないでしょ」

「それなのに、どうして俺を？」

「章ちゃんが気に入ったからじゃない？　それに、翼ちゃんが信頼に足る人物だって面接で判断したしね。まあ話は戻るけど、このクリニックのスタッフはみんな過去に色々あって、ここ以外に居場所がない人間なのよ。君と同じようにね。だから、変に気後れする必要なんてない」

「……ゆかりさんも、昔なにかあったんですか？」

勝己が訊ねると、ゆかりは唇の前で人差し指を立てる。

「女の過去を詮索《せんさく》するなんて野暮《やぼ》よ」

冗談めかして言うゆかりの表情に、一瞬だけ暗い影がさしたのを見て、勝己はそれ以上質問できなくなる。その時、扉が開く音が聞こえてきた。見ると、真美が店の奥にある扉から顔を覗かせていた。地下のバーと同じように、その奥はこのビルの五階から地下二階までを貫くエレベーターが隠されている。

「ゆかりさん、あっ、勝己さんも一緒なんですね。ちょうど良かった。いま連絡しようとしていたところなんです」

真美はにっこりと微笑む。その笑顔に勝己の胸の中で心臓が小さく跳ねる。

「おはよう、真美さん。えっと、俺に連絡って何かあったの？」

軽く声を上ずらせながら、勝己は訊ねる。

「章一郎さんが、スタッフ全員で患者さんの診察に行こうって言っているんです」

「あら、全員集合ってことは、『あれ』かしら？」

カウンター席から立ち上がりながら、ゆかりが思わせぶりに言う。真美は「はい、『あれ』です」と屈託なく答えた。

「あの……『あれ』ってなんですか？」

不吉なものを感じた勝己が訊ねると、ゆかりは妖《あや》しい笑みを浮かべた。

「冒険のはじまりってことよ」


「すごい車ですね……」

座席に腰掛けながら、勝己は落ち着きなく広い車内を観察する。

十五分ほど前、真美に呼ばれた勝己は、ゆかりとともにエレベーターで地下二階へと向かった。クリニックが入るビルの地下二階は、広い駐車場になっていて、そこから直接、患者を搬送できるようになっていた。

駐車場に到着すると、すでに神酒、翼、黒宮が待ち構えていた。やってきた勝己達に向かって神酒は「とりあえず、説明は車の中でな」と、すぐわきに停めてあった巨大なキャンピングカーを指さしたのだった。

「ここまで改造するの、かなり大変だったんだよ」神酒は自慢げに軽く胸をそらす。

キャンピングカーの居住区があるべき後部スペースは、まるで手術室のようだった。壁には血圧計、心電図、血中酸素飽和度計、酸素ボンベなどが備え付けられ、棚には手術用具や点滴バッグなど、様々な医療器機が収納されている。さらに壁に沿って向かい合うように配置された座席の間にはベッドが置かれ、その頭側にはなんと小型の麻酔器すら置かれていた。

「もしかして、ここで手術をしたことかあるんですか？」

まさかと思いつつ勝己が訊ねると、対面の席に座る神酒は悪戯《いたずら》っぽい笑みを浮かべた。

「ああ、何回かね。そういえば、この中で帝王切開をしたこともあったっけ。あのときは大変だったよな」

楽しげに神酒が言うと、その両隣に座るゆかりと翼が同時に顔をしかめた。勝己の隣に座る黒宮も口元をへの字にしている。どうやら、スタッフ達にとってはあまり思い出したくない記憶らしい。その時、車が左折したらしく、勝己の体が傾いた。

「真美ちゃん、安全運転で頼むよ」翼がなぜか慌てて声をあげる。

「分かってます」運転席の方から、真美の少々不満げな声が返ってきた。そちらに視線を向けると、頬をわずかに膨らませた真美の顔がバックミラーに映っていた。

「それで、どこに向かっているんですか？」勝己は神酒に訊ねる。

「……小笠原雄一郎《おがさわらゆういちろう》の家だ」勝己の隣に座る黒宮が、ぼそりとつぶやいた。

「小笠原？」

「小笠原雄一郎、小笠原建設の創始者。一九二八年生まれ、三十二歳の時に小笠原建設の前身である小笠原工務店を大阪に設立し、社長となる。その後の高度経済成長の流れに乗って小笠原工務店は成長を続け、一九六四年には東京に支社を出し、さらに一九六八年には株式公開、その際に小笠原建設に……」

黒宮はうつむいたまま、資料を棒読みするような口調で喋《しゃべ》り続ける。

「勝己さあ、小笠原建設ぐらい知っているでしょ？」

翼が声を張り上げ説明を遮る。黒宮は不満げに、長い前髪の奥から翼を睨《にら》んだ。

「小笠原建設って、大手ゼネコンのですか？」

「そうだよ。そのゼネコンの創始者を一年ぐらい前から、僕と黒宮が自宅に往診して診ていたんだ。まあ、主治医は黒宮で、僕はちょっとしたサポートだけどね」

「診ていたって、なんの病気なんですか？」

「末期の膵臓《すいぞう》癌さ」

「末期癌？」勝己は軽く目を見張った。

「ああ、去年癌が見つかったときはすでに全身に転移していて、余命二、三ヶ月ってところだったんだけど、黒宮が化学療法を行ってかなり延命できたんだ。その間に、小笠原雄一郎は身辺整理をした。僕はその際に、精神的なサポートを行っていたんだ」

「はあ……」勝己は気の抜けた返事をする。往診での緩和治療、それ自体は特に珍しいものではない。いったいなぜ、クリニックの全員が出張《でば》る必要があるのだろう。

「みんなで向かっている理由は、いまから説明するよ。せっかちな奴だね、君は」

勝己の態度から心を読んだのか、翼の視線が鋭くなる。勝己は首をすくめた。

「……緩和医療は順調だった。……疼痛《とうつう》に対してはフェンタニルのパッチ剤でコントロールできていたし、精神的な落ち込みに対しては翼がケアをしていた。……先週まで」

黒宮がうつむいたまま、ぼそぼそと聞き取りにくい声でつぶやく。

「先週、なにかあったんですか？」

「急に疼痛のコントロールがうまくいかなくなったんだよ」

勝己の質問に、翼が後頭部で両手を組みながら答えた。黒宮が気怠《けだる》そうに口を開く。

「……かなり強い痛みを訴えたんで、副作用に注意しつつ、麻薬の量を増やしたんだ。……けれど、痛みはおさまるどころか悪化していった。それに……癌がないはずの場所まで痛みはじめた。それで気づいたんだ……。これは精神的な疼痛だって……」

「精神的な疼痛？」

　勝己が反射的につぶやくと、翼が鼻の頭を掻《か》いた。

「医者なら知っているでしょ。人間の精神と体が密接に結びついていることをさ。精神が怒りや恐怖とかのネガティブな感情に支配されたとき、体に様々な症状が出ることがある。小笠原さんの場合は、それが疼痛として現れたんだよ」

「先週、精神的に不安定になるようなことがあったってことですか？」

　勝己の問いに、翼は重々しく頷《うなず》く。

「そう考えて、僕は小笠原さんに質問したんだ、先週何かあったんじゃないかってね。そうしたら小笠原さんが、『……神酒先生に相談したいことがある』とか言いだしちゃったんだよ。だからこうなっているわけ」

　勝己は眉《まゆ》をひそめる。末期癌の人間が外科医にどんな相談をするのか分からなかった。

「べつに小笠原さんは、外科医としての神酒さんに相談したいってわけじゃないんだよ。神酒さんの、というかクリニックの裏の顔を頼っているわけ」

　勝己が考えていることを的確に読み取った翼は、大きくため息をつく。

「あの、……裏の顔って、どういうことですか？」

　勝己が困惑していると運転席から真美の声が響いた。

「小笠原さんのお家《うち》に着きましたよー」

　車が急停止し、勝己の体は大きく傾いた。

十畳ほどの和室。縁側の奥には日本庭園が広がり、池には錦鯉《にしきごい》が優雅に泳いでいる。小笠原雄一郎の自宅に到着すると、勝己達は家政婦にこの部屋へと通された。部屋の中心に敷かれた布団には、この屋敷の主である小笠原雄一郎が横たわっている。

畳に正座しながら勝己は小笠原を観察する。頬骨が目立ち、眼窩《がんか》は落ちくぼんで眼球が飛び出しているかのように見える。布団からのぞく腕は枯れ枝のように細く乾燥していた。痛みが強いのか、時々苦しそうに顔をしかめている。

布団の脇に置かれた点滴棒には、点滴袋や薬品の入ったシリンジがセットされていて、小笠原の首筋に繋《つな》がる点滴ラインへと薬を流し込んでいた。その中には、疼痛管理用のモルヒネも含まれていた。

「すみません、神酒先生。……わざわざこんな所まで来ていただいて」

小笠原は横たわったまま弱々しい口調でつぶやく。

「いえ、お気になさらないでください」

布団のそばで正座している神酒は、柔らかく微笑んだ。

「……神酒先生、私の話を聞いてもらってもいいですか」

虚《うつ》ろな目で天井を見上げながら小笠原はつぶやく。神酒はゆっくりと頷いた。

「話というのは、……息子のことです」

「息子さんですか。たしかご子息はおられないと聞いていますが」

神酒の言葉に、小笠原は力なく顔を左右に振る。

「はい、戸籍上はそうなっています。けれど……」

「隠し子がいる、というわけですか」

神酒が言葉を引き継ぐと、小笠原はかすかに頷いた。

「二十数年前、……私には愛人がいました。よく通っていたクラブでホステスをしていた女性でした。私はマンションを用意するなど、彼女の面倒を見ていました」

小笠原は遠い目をしながら語りはじめる。

「彼女は妊娠しました。私は……堕ろすように言いましたが、彼女が産むと言い張りました」小笠原の表情がぐにゃりと歪《ゆが》む。「……彼女が私の財産を狙っていると思ったんです。私に子供を認知させ、最終的には遺産を相続させようとしていると」

「……それで、どうなりました」神酒が先をうながす。

「彼女は認知なんてしなくていいから産ませてくれと、私に懇願しました。けれど、私は信じられませんでした。堕ろすように必死に説得……いや、脅迫じみたことまで口にしました。そうして、ようやく彼女は堕ろすことに同意しました」

「けれど、実際にはそうしなかったんですね」

「ええ、彼女は姿を消しました。私には決して迷惑をかけない。その代わりに捜さないでくれっていう置き手紙を残して。けれど、私はずっと不安だった。彼女が産んだ子供が急に現れて、財産をよこせと言ってくることが」

「お子さんは現れたんですか？」

「いえ、現れませんでした。……全部私の被害妄想だったんです。彼女はただ、自分の子供を守りたかっただけだった」小笠原は痛々しいまでの自虐を込めてつぶやいた。

「なるほど、あなたは自分の子供が急に現れるのをずっと怖れていた。けれど、ご自分に残された時間が少ないことに気づいたとき、急にその親子を捨てたことに罪悪感を感じて、二人がどうしているか調べだした。そういうことですね」

神酒が言うと、小笠原は目を剝《む》いた。

「な、なんでそのことを……」

「あなたはさっき、ご自分の『息子』について話があるとおっしゃいました。つまりお子さんが男性だと知っていた。あなたが二人について調べたということです」

「……そのとおりです」神酒の明快な説明に、小笠原は鼻の付け根にしわを寄せる。

「調べたところ、彼女は五年以上前に亡くなっていました。卵巣癌だったそうです。私の前から姿を消してから、かなり苦労しながらも女手一つで子供を育てていたということでした。そして、彼女が産んだ子供が男の子、息子だったこともわかりました」

「その息子さんについて、なにか私に相談したいことがあるということですね？」

神酒が確認すると、小笠原の手が布団を強く摑《つか》んだ。

「……私は全力で息子の行方を調べさせました。息子と認知することはできなくても、私が持っている財産の一部ぐらいなら渡したい。そう思ったんです」

「見つかりましたか？」

「なかなか見つかりませんでした。……先週まで」

「先週、なにがあったんですか？」

「……数ヶ月前に足立区の公園で切断された腕が見つかった事件はご存じですか」

唐突に小笠原は話を変える。勝己の胸の中で心臓が大きく跳ねた。

「……知っています」神酒は頷く。

「先週、警察がその身元を発表しました。……川奈雄太《かわなゆうた》という男です」小笠原は目を固く閉じ、歯を食いしばった。「その川奈雄太という男こそ、私が行方を捜していた男。……私の息子です」

食いしばった歯の隙間から漏れ出した苦悩にまみれた告白。それを聞いて、勝己は息を呑《の》んだ。翼、黒宮、ゆかり、真美も驚きの表情を浮かべている。しかし、神酒だけはほとんど顔の筋肉を動かすことがなかった。

「……状況は分かりました。それで、私をお呼びになったのはなぜでしょうか？」

神酒はゆっくりとした口調で訊《たず》ねる。小笠原は目を開くと神酒を見つめた。

「先生がたに、息子を殺した犯人を見つけ出して欲しいんです！」

犯人を見つけて欲しい？　かすれた声を張り上げる小笠原を前に、勝己は耳を疑う。

「殺人事件の捜査は警察の仕事です。日本の警察は優秀です。私達などを頼らずとも、警察が犯人を捕まえてくれると思いますが」神酒は諭すように言った。

「私には時間がないんだ！」蒼白《そうはく》だった小笠原の顔に赤みがさす。「私も警察に知り合いぐらいいる。捜査が進んでいないっていう情報も入ってきているんだ！　このままじゃあ、私の生きているうちに息子を殺した犯人を捕まえるなんてできるわけがない！」

「つまり、私達に警察より早く犯人を見つけ出して、罰を受けさせて欲しいと？」

小笠原は息を乱しながら、あごを引いて頷いた。

神酒は腕を組んで目を閉じた。部屋に沈黙が降りる。小笠原は布団に横たわったまま、すがりつくような視線を神酒に注ぎ続けた。

いったいなにを悩んでいるんだ？　考え込む神酒を眺めながら、勝己は困惑する。医者が犯罪捜査なんてできるわけないじゃないか。きっと小笠原は息子が死んでいたという精神的なショックと、癌による衰弱で混乱して、自分が何を言っているのか分かっていないんだ。

「分かりました。承りましょう」

数十秒の沈黙のあと、神酒は静かに言った。勝己は目を丸くする。

「ありがとう……。神酒先生、ありがとう……」

小笠原は目に涙を浮かべると、かすれ声で感謝の言葉をくり返した。

「な、なにを……？」

勝己は立ち上がりかける。そのとき、隣に座っていたゆかりが肩に手を置いてきた。

「あとで説明してあげるから、いまは黙っていなさい」

「で、でも……」戸惑いながら周囲に視線を送ると、勝己以外のクリニックのスタッフ達は平然としていた。

みんな何を考えているんだ？　勝己は混乱のアリジゴクへと落ち込んでいく。

「言ったでしょ。ここは普通のクリニックじゃないって」

ゆかりが色気たっぷりにウインクしてきた。

3

「本気でバラバラ殺人の調査なんかするつもりですか⁉」

薄暗いバーの中に勝己の声がこだまする。

「だから、さっきからそう言っているじゃないか」

カウンター席に腰掛けた翼が、足をぶらぶら振りながら言った。

数十分前、小笠原邸をあとにして巽ビルへと戻った神酒クリニックのスタッフ達は、地下にあるバーに集合していた。

勝己は帰りの車の中で、どういうつもりなのか神酒を問いただすつもりだったのだが、神酒がスマートフォンで誰かと話し続けていたので、切り出すことができなかった。

「俺達は医者ですよ。なんで殺人事件の調査なんてしないといけないんですか⁉」

「それも治療の一環だからだよ」

翼は大仰に肩をすくめる。勝己は「どういうことです？」と眉間《みけん》にしわを寄せた。

「言ったでしょ、先週から小笠原さんの疼痛《とうつう》コントロールがうまくいかなくなったって。その原因は明らかに、息子が殺されていたことを知って、精神的に不安定になったからだよ。僕達が調査を引き受けることで、小笠原さんは安心して精神状態が安定する。ひいては痛みの緩和ケアも上手《うま》くできるようになるっていうわけだ」

「そんな強引な……。そもそも、警察でも犯人を見つけられないのに、なんでうちのクリニックが犯罪調査を引き受けたら、小笠原さんが安心するんですか⁉」

「それは、僕達が警察なんかより遥《はる》かに優秀だからだよ。ねえ、神酒さん」

翼が水を向けると、ウイスキーの瓶を整理していた神酒は唇の片端を上げた。

「最初に言っておいただろ。うちのクリニックは変わっているって」

勝己は言葉が継げなくなる。この人達、本気で犯罪捜査に首を突っ込むつもりか？

「まあまあ、勝己ちゃん落ちついて。これもうちのクリニックの業務の一つなの」

真美と並んでソファーに腰掛けているゆかりが、ウーロン茶の入ったグラスを振る。

「業務の一つって、以前にもこういうことをやったことあるんですか？」

目を剝いて勝己が訊ねると、真美が苦笑を浮かべた。

「何度もあるんですよ。私はあんまり危険なことをやって欲しくないんですけど」

「ある意味……、真美君自身が一番危険だと俺は思う……」

翼の隣のカウンター席に腰掛けた黒宮が、ぼそりとつぶやく。真美はピンク色の唇を尖《とが》らせると、「そんなことありません！」と頰を膨らませた。

扉が軋《きし》む音が室内に響いた。呆然《ぼうぜん》と立ち尽くしていた勝己が振り返ると、入り口の扉が開き、スーツ姿の中年の男がバーの中に入ってきていた。

「どうもどうも、皆さんお久しぶりです」男は軽く手を挙げる。

中肉中背の男だが、かなりの猫背のため身長が小さく見えた。頭髪は天然パーマなのか、それともひどい寝癖なのか鳥の巣のようにごちゃごちゃしている。安っぽいYシャツにはしわが寄り、夏なのになぜか古びたコートを腕に掛けていた。

いったいこの男は誰なんだ？　勝己は困惑する。一応、ここはバーの看板を掲げてはいるが、これまで客が来たところを見たことがなかった。

「久しぶり、桜井《さくらい》さん。急に呼んで悪かったね」

カウンターの中から神酒が声をかけるのを見て、勝己はこの男が車の中で神酒が電話をしていた相手だということに気づく。

「いえいえ、気にしないで下さいよ。神酒先生に呼ばれたらすぐに飛んできますよ」

おどけるように言うと、桜井と呼ばれた男はカウンター席に腰掛けた。

「なにか飲みます？」神酒はカウンター奥の酒瓶が置かれた棚に視線を向ける。

「それならウイスキーをストレートで、と言いたいところですが、いまは勤務中なんで、オレンジジュースでもいただけますか？」

神酒は頷《うなず》くと、コップに氷とオレンジジュースを入れて桜井の前に置いた。

「それで、お話っていうのはなんでしょう？　わざわざ捜査を抜け出してきたんですから、良いお話だと嬉《うれ》しいんですけれどねぇ」

ジュースを一口すすった桜井は、あごを引いて上目遣いに神酒に視線を向ける。

「捜査⁉」思わず甲高い声をあげてしまった勝己を、桜井が不思議そうに見る。

「おや、新顔さんですか？」

「ああ、少し前からうちのクリニックに勤めることになった九十九勝己君ですよ。勝己、こちらは警視庁捜査一課の桜井刑事だ」

神酒に紹介された桜井は、笑みを浮かべ「はじめまして」と頭を下げる。

「警視庁……捜査一課……？」勝己は呆然とつぶやく。

「ええ、そうです。えっとですね、警視庁の捜査一課というのはですね、簡単に言いますと、殺人や強盗などの重大犯罪を中心に捜査をする部署で……」

「それは知っていますけど……、なんでそんな所の刑事さんがここ？」

桜井は目をしばたたかせると、神酒に「こちらの先生はまだご存じないんですか？」と訊ねる。神酒は楽しげに頷いた。

「それはなんというか……。ご愁傷様です。これから大変だと思いますけど、頑張ってください。……くれぐれもお気をつけて」

憐憫《れんびん》の籠《こ》もった視線を向けてきた桜井は、なにやら不吉なことを口にする。

「俺達は、桜井刑事の情報屋なんだよ」神酒はおどけるように言った。

「情報屋？」勝己は聞き返す。

「そう、刑事は捜査の際に情報を提供してくれる人物を何人か持っている。優秀でキャリアの長い刑事になればなるほど、多くの情報屋を確保しているんだ。そしてこの桜井刑事は、外見に似合わずかなり優秀なんだよ」

「外見に似合わずは余計ですよ」桜井は苦笑を浮かべる。

神酒は笑いながら桜井に「すみません」と言うと、勝己に向き直った。

「つまり、桜井さんは俺達から捜査に役立つ情報を搾り取っていくってわけだ」

「いつも情報を搾り取られるのは私の方じゃないですか」桜井は肩をすくめた。

「ちゃんとそのあと、もらった以上の情報を返しているでしょ。そのおかげで、解決できた事件だって多いはずですよ」

「まあ、たしかに」桜井は鳥の巣のような頭を掻《か》く。

勝己は頭痛をおぼえはじめる。刑事と情報のやりとりをしている？　それで解決できた事件も多い？　いったいこのクリニックでは何をやっているって言うんだ？

桜井はコップに残っていたオレンジジュースをあおると表情を引き締める。

「それで、話は戻りますが、本日はどんな用でしょう？　神酒先生」

「桜井さんがいま捜査している事件、バラバラ殺人事件について知りたいんですよ」

「どこから聞いたんですか？　私が事件を担当してるって」

「どこからだって良いじゃないですか。いろいろ情報網を持っているのは、あなただけじゃないんですよ。なんにしろ、あなたの班が担当で良かった」

「なんで神酒先生があのバラバラ殺人に興味を持つんですか？」

「患者の治療に必要だからです。それ以上は守秘義務があるから言えません」

「私から情報を搾り取っておいて、そちらは守秘義務ですか」桜井は皮肉っぽく言う。

「いいじゃないですか。あなたが本当に知りたいのは、俺達の患者のことなんかじゃなくて事件解決に役立つ情報なんでしょ。情報を提供していただけたら、俺達はそれ以上のものを返しますよ。……いつも通りにね」

「はいはい、それでなにを知りたいんですか？」

「事件についての全部ですよ。これまでの経過、現在の捜査状況、そして捜査方針」

桜井は氷だけが残っているコップを振って、カラカラと音を立てながら口を開いた。

「ニュースで放送されているとおりですよ。五ヶ月ほど前に、足立区の公園で散歩中の犬が地中からビニール袋に包まれた切断された腕を掘り出した。鑑識が調べた結果、それは若い男性の右腕だということが分かりました」

「その腕が切断されたのは死後ですか？　それとも、生きている間かな？」

神酒が淡々と発した恐ろしい質問に勝己の表情がこわばる。

「死後切断されたものらしいですね。死因に関しては分かりませんでした。発見場所が子供も多く利用する公園だったということで、大量の捜査員を動員して残りの遺体を捜しましたが、見つかりませんでした」桜井は鼻の付け根にしわを寄せた。

「けれど、最近になって身元が判明したんですよね？」

神酒の言葉に桜井は頷く。

「……先週、匿名で通報があったんです。あきる野《の》市の山林に遺体が埋まっているってね。その情報を元に捜査をしたところ、通報通り遺体の一部が発見されました。掘り返されたような痕跡《こんせき》があったので、野生動物の仕業ではないかと思われています」

「……一部って？」神酒が低い声で訊《たず》ねる。

「腕ですよ。なかば白骨化した左腕が発見されたんです。さらにそれを包むように、被害者が着ていたと思われる衣服が見つかりました。そしてジーンズのポケットには財布が入っていて、その中にあった免許証から遺体の身元が割れました。川奈雄太という二十二歳の男だと」

「その男が被害者だっていうのは間違いないんですか？」

神酒の質問に、桜井は頷く。

「間違いありませんね。腕には骨折の痕《あと》がありました。そこで川奈雄太の診療記録を調べたところ、三年前にバイクで転倒して骨折をしていました。その際のX線写真と掘り出された左腕の骨折が完全に一致しました。ちなみにDNA鑑定によって、その左腕と足立区の公園で見つかった右腕が同一人物のものであることも判明しています」

「なるほど。それで、死因について見当は？」

「いえ、左腕が発見されても死因は不明のままです。ですから、表向きはまだ死体遺棄事件ということで捜査が行われています。けれど、……我々は殺人事件の可能性が極めて高いと考えています」

桜井は声をひそめてつぶやく。神酒は視線で先をうながした。

「川奈雄太という人物を調べてみると、周辺でかなりトラブルがあったことが分かったんですよ。まあ、簡単に言うとかなりやばいところから金を借りていたようです。それに、川奈雄太の自宅アパートを捜索したところ、ひどく荒らされた形跡が見つかりました」

「金を借りていたって、ヤミ金から？」それまで黙って話を聞いていた翼が口を挟む。

「あっ、どうも翼先生。妹さんには色々とお世話になっています」

桜井は翼に視線を向け、軽い口調で言う。その瞬間、翼の表情が歪《ゆが》み、隣に座っていた黒宮の体がびくりと大きく震えた。

「……妹のことはどうでもいいからさ、質問に答えてよ」翼は不機嫌そうに言うと、なぜか自分の肩を抱くように身を縮めている黒宮の背中をぽんぽんと叩《たた》いた。

「ああ、申し訳ありません。えっとですね、ご想像どおり、ヤミ金への借金もかなりあったようですね。借金取りから逃げ回っていたという話を聞いています」

「なんでそんなに借金していたの、その子？」ソファーに腰掛けていたゆかりが訊ねる。

「どうやらかなりのギャンブル依存症だったみたいですね。まあ、それだけ借金を重ねているところを見ると、あまり勝負師としての才能はなかったようですけどね」

桜井は首だけ振り返ってゆかりを見る。

「つまり警察は、金を貸していた誰かが川奈雄太を殺害したって考えているってわけかな？」神酒があごを撫《な》でながら確認する。

「うーん、たしかに捜査本部はそう考えているようですけど、どうなんでしょうねえ。殺しても一銭の得にもなりませんから、普通ヤミ金の奴らは暴力で追い込みをかけることはあっても、人を殺すことはしないはずなんですけど」

「脅すつもりで暴力をふるっているうちに、相手が死んだって可能性もあるんじゃないの？」翼は興味なげに後頭部で両手を組む。

「まあ、たしかにそうですね。とりあえず私達は、川奈に追い込みをかけていたヤミ金を捜しています」

「けどその表情じゃ、いまいち捜査は進んでいないんでしょ？」

からかうように翼が言うと、桜井は媚《こ》びるような笑みを浮かべた。

「相変わらず、翼先生にはかないませんね。そのとおりです。川奈の周囲の人間に聞き込みをかけているんですが、なかなかみんな口が重くて……。まあ、相手は人を殺したかもしれない奴らですからね。関わりたくないんでしょ」

桜井は首を回して、バーにいる面々に意味ありげな視線を送ってくる。

「川奈雄太とつるんでいた人物で、明らかになにか知っていそうな奴もいるんですけど、何度話を聞こうとしてもまったく口を開かないんですよ。いやー、市民の我々としましては、強引に情報を引き出すわけにもいかず、困り果てているんですよね」

「ゆかりさん、あの刑事さん、いったいなにが言いたいんですか？」

勝己は桜井に聞こえないように小声で訊ねる。ゆかりは手を引いて勝己をソファーの隣に座らせ、耳元で囁《ささや》いてくる。

「簡単なことよ。自分がリスクを負って情報を流しているんだから、それに見合った見返りをよこせって言っているのよ」

「そもそも、なんであの刑事さんは俺達に捜査情報なんて流してくれるんですか？」

「見返りを期待できるからに決まっているじゃない。ほら」

ゆかりは楽しげに言うと人差し指を立てる。その指のさす先では神酒がカウンターに手をかけ、桜井に向かって身を乗り出していた。

「桜井さん、その川奈雄太とつるんでいた男が誰なのか教えてくれるかな？」

4

調子わりぃな……。大音響が響く地下から一階へと上がった井手明男《いであきお》は、大きく舌打ちをしながらバーカウンターに近づく。久しぶりに女を漁《あさ》りにクラブにやって来たというのに、収穫はゼロだった。気になった女に声をかけてもほとんど無視され、少し話ができたとしても、ドリンクを奢《おご》るとすぐにどこかに消えてしまう。

ほんの数分前にフロアの端でつまらなそうにしていた女に声をかけ、体に手を回して強引に踊ろうとしたら、女の連れのガタイの良い男が来て、慌てて逃げるようにこの一階へと上がっていた。

明男は声をかけられそうな女がいないかフロア全体に視線を送る。しかし地下のダンスフロアとは違い、このバーフロアにいる女達は、そのほとんどが男連れだった。

明男はもう一度舌を鳴らすと、カウンター席に腰掛けビールを注文する。愛想の悪いバーテンダーは明男を一瞥《いちべつ》すると、無言のままカウンターにグラスビールを置いた。

ありがとうございます、ぐらい言えっつうんだよ。

さらに苛立《いらだ》ちを募らせながらも代金をバーテンダーに手渡すと、明男はビールを口の中に流し込む。みぞおちに軽い痛みをおぼえ、明男は顔をしかめた。

ここ数日、胃がきりきりと痛むことが多かった。原因は分かっている。警察だ。

数日前から警察が何度もくり返し、自宅のアパートを訪れていた。そのたびに、「話すことなんてなにもねえよ」と追い払っているのだが、しつこくやってくる。

話せるわけねえだろ。チクったってことがバレたら、俺もあいつみたいな目にあうかもしれないんだぞ。友人がどうなったかを思い出した瞬間、明男の背中に冷たい震えが走った。明男は恐怖を誤魔化《ごまか》すように、グラスに残っているビールを一気にあおる。そのとき、背後で「キャッ」と小さな悲鳴が上がった。

反射的に振り向いた明男の手に液体がかかる。女がつまずいて手にしているカクテルをこぼしたらしい。一張羅のジャケットの袖《そで》が濡《ぬ》れ、明男は表情をゆがめる。

「何しやがるん……」そこまで言ったところで、怒声は口の中で霧散した。

「す、すみません。濡れちゃいましたよね」

女は困惑の表情を浮かべながら、ジーンズのポケットからハンカチを取り出し、明男の手を拭《ふ》いた。明男は口を半開きにして、その女を眺める。切れ長の目、細く高い鼻、そして真っ赤な口紅がさされた肉感的な唇。その顔は息を呑《の》むほど魅力的だった。

明男は女の体を眺める。ややサイズの小さいTシャツとジーンズがその体にピッタリと張り付き、ボリュームのある胸と細く引き締まったウエストを強調している。

明男の視線は、やけに大きく開いたTシャツの胸元に縫い付けられる。

「あの……、本当にすみませんでした。大丈夫ですか」

女は首をすくめると、上目遣いに明男の表情をうかがってきた。むせかえるほどの色気を醸し出す外見に似合わない少女のような仕草に、頭の奥が熱くなる。

「あ、ああ。……えっと、大丈夫、大丈夫。気にすんなよ」

できれば気の利いた誘い文句の一つでもかけたいのだが、言葉が見つからなかった。

「いえ、そういうわけには……、もしよかったら一杯奢らせてもらえませんか？」

女はおずおずと言う。その願ってもない申し出に、明男は背筋を伸ばすと、「も、もちろん！」と声を裏返した。女は安堵《あんど》したのか柔らかい笑みを浮かべると、明男の隣の席に腰掛け、ダイキリとビールを注文した。バーテンダーはさっき明男に見せた無愛想が嘘のように、鼻の下を伸ばしながら愛想良く頷《うなず》いて、カクテルを作りはじめる。

「え、えっとさ。名前……。そうだ。名前はなんていうんだよ？」

「ゆかよ。ゆかっていうの。よろしくね。あなたは？」

ゆかと名乗った女は、にっこりと屈託なく笑う。そのあどけない表情からはまだ二十代のようにも見えるが、時折ふと見せる妖艶《ようえん》な仕草は、もっと経験を積んだ大人の女のようにも見えた。

「明男。明男だ」

明男が自己紹介をすると、ゆかは「明男君か、良い名前ね」と甘い声でつぶやいた。

バーテンダーが明男の前にビールを、ゆかの前にダイキリのショートグラスを置いた。ゆかは「ありがとう」とバーテンダーに礼を言うと、細く長い指でグラスをつまむ。

「それじゃあ、乾杯。二人の偶然の出会いに」ゆかは目を細めながら言う。

慌てて明男が掲げたビールグラスに、軽く自分のグラスをぶつけたゆかは、その真っ赤な唇にグラスをつけると、唇と同じぐらい赤い舌をちろりと出し、舐《な》めるようにカクテルを一口飲んだ。その官能的な仕草に目を奪われる。

ゆかと過ごす時間は夢の中を漂っているかのようだった。緊張が解けてくるにつれ、明男はゆかに様々なことを語った。自慢の車のこと、高校時代の武勇伝、現在危険な仕事に就いていること。かなり脚色の加えられたそれらの話を、ゆかは目を輝かせ、身を乗り出して聞いてくれた。

ゆかは地方から一人旅行で東京に出て来ていて、前々から興味のあったクラブに来てみたが、勝手が分からず困っていたところで明男と会ったということだった。

いつの間にか二人は、恋人のように寄り添いながら会話を重ねていた。

「あら、もうこんな時間ね。そろそろホテルに戻らないと……」二人で語らいはじめてから一時間ほどしたころ、ゆかは腕時計に視線を落としてつぶやいた。

「え、もう？　なんだよ、夜はこれからじゃねえか。もう少し良いだろ」

明男はゆかの手に触れる。ゆかは形の良い眉《まゆ》を八の字にして考え込みはじめた。

「うーん。でも、明日《あした》も色々と見て回りたいところがあるの……。東京って初めてで迷っちゃうかもしれないから、ちょっと時間に余裕を持って動きたいんだ」

「じゃ、じゃあさ。俺が案内してやるよ。俺、東京生まれの東京育ちだからさ」

「でも、そこまでしてもらうなんて悪いし……」

「遠慮するなよ。どこでも案内してやるぜ。絶対楽しいって」

ゆかを必死に説得する明男はふと、少し離れたカウンター席に若い女連れで座ってコーラを飲んでいる男が、自分達を見ていることに気づく。体格の良い若い男だった。

なんだよ、あいつは？　明男が睨《にら》むと、男は慌てて視線を外した。

ああ、なるほどな。男の反応を見て、明男の胸に優越感が湧き上がる。あいつは女連れなのに、ゆかに見とれていたんだな。あいつのツレの女もなかなか可愛いけどよ、ゆかにゃ敵《かな》わねえよな。

おあいにく様、この女は俺のもんだよ。明男はゆかの目を覗《のぞ》き込む。

「俺と一緒にいるの楽しいだろ。いいから明日は俺が案内してやるよ。な？」

強い口調で言う明男に一瞬驚きの表情を浮かべたあと、ゆかは艶《あで》やかに微笑んだ。

「もう、強引なんだから。……それじゃあ、お願いしようかな」

ゆかの言葉に、明男は拳《こぶし》を握りこんで小さくガッツポーズを作る。

「そうと決まったらさ、もう少しここで飲んでもいいだろ」

「うーん、けれどちょっと疲れちゃって、ホテルに戻りたいかも」

「……そうか」明男は唇をへの字にする。そう言われてはしかたがない。明日一緒に行動することになったし、今夜はこれくらいで引き下がるか。

そんなことを考えていると、ゆかは明男の肩に手をかけ、顔を近づけてくる。

「だから、私の部屋で飲み直さない？　ルームサービスでも取って……」

明男の耳元に口を近づけ、ゆかが囁く。柔らかい吐息が耳朶《みみたぶ》をくすぐり、明男の背中に妖《あや》しい震えを走らせた。

「え、えっ、それって……」

「私が泊まっているホテル、ここから歩いてすぐの所にあるの。明日、東京を案内してくれるのなら、どこかで待ち合わせするより、そっちの方が確実でしょ」

ゆかは軽く頬を赤らめながらはにかむ。予想外の展開に明男は言葉が継げなくなる。

「ベッド、……セミダブルだから。二人ぐらいなら眠れるわよ」

ゆかが恥ずかしそうに言うのを見て、明男は下半身が熱くなっていくのを感じた。

「じゃ、じゃあそうするか」

かすれた声で言うと、明男は慌てて席を立つ。ゆかも席を立つと、明男に寄り添い腕を絡めてきた。心臓の鼓動が早鐘のように加速する。いまこの場でゆかを抱きしめたいという欲求に明男は必死に耐える。

明男とゆかは出口に向かって歩き出した。周りにいた男達が（女連れの者も含めて）、明男に嫉妬《しっと》の視線を送ってくる。これまでの人生で感じたことのないほどの優越感をおぼえながら、明男は胸を張って出口へと歩いて行く。クラブを出る寸前、明男は振り返って、さっき自分達を見ていた体格の良い男の様子をうかがった。

男は渋い表情で明男達を見ていた。優越感がさらに強くなる。

クラブを出た明男は、ゆかに連れられるままに六本木《ろっぽんぎ》駅から五分ほどの所にある超高級ホテルの前についた。入り口にはぴしりと制服を着込み、白い手袋をはめたホテルマンが立っている。四十階はある高層ホテルを見上げ、明男は口を半開きにする。

「ゆかが泊まっているのって、ここかよ？」

「ええ、そうよ。行きましょう」

呆然《ぼうぜん》とする明男をうながして、ゆかは悠然とホテルの入り口に入っていく。恭しく頭を下げるホテルマンに優雅に会釈をすると、ゆかは大理石の敷き詰められたロビーを進んでいく。場違いな場所にいるという自覚で体を小さくしながら、明男はゆかとともにフロントの前を通過し、エレベーターホールへとやってきた。

「……ゆかって、金持ちなんだな」

エレベーターを待ちながら明男がつぶやく。ゆかは人差し指を明男の唇に当てる。

「いまはそんなこと関係ないでしょ。今夜は楽しみましょ」

ポーンという音が響き、エレベーターのドアが開く。ゆかは明男の顔を見つめたまま、後ろ向きにエレベーターに乗り込むと、挑発的な視線を向けてくる。

明男は花の香りに誘われる虫のように、ふらふらとエレベーターに乗る。

ドアが閉まりゆかが階数ボタンを押すと、明男の我慢は限界をむかえた。

「ゆか！」欲情のままに、ゆかの身体を抱きすくめようとする。

しかし、ゆかは踊るように明男の広げた腕をかいくぐると、逆に背後から明男を抱きしめた。背中に柔らかい感触が伝わってくる。

「そんなに興奮しちゃダメよ。……夜は長いんだから。ね」

鼓膜を揺らす甘い囁《ささや》きに、その場にへたり込みそうなほどの恍惚感《こうこつかん》をおぼえながら、明男はこくこくと頷いた。エレベーターは高層階まで駆け上がり、そしてドアが開く。

エレベーターを降りた明男は、ゆかに手をとられ高級感漂う調度品が置かれた廊下を歩いて行く。長い廊下を半分ほど歩いたところで「ここよ」と足を止めたゆかは、手にしていた小さなバッグからカードキーを取り出し差し込み口に入れる。カチャリという音とともにドアが開いた。

ようやく、ようやくこの女を抱ける。この女を自分のものにできる。

狂おしいほどの情動が明男の身体を動かした。軽やかな足取りで部屋に入ったゆかのあとを追ってドアをくぐる。光沢を放つ大理石の廊下の奥に、明男の住むアパートの部屋の倍はありそうなベッドルームが見えた。

あのベッドにゆかを押し倒す。そのことで頭がいっぱいになっている明男は、微笑みながら逃げるようにベッドルームへと向かうゆかを荒い息をつきながら追った。

「……はぁ?」ベッドルームに入った瞬間、明男は呆《ほう》けた声をあげ足を止める。

廊下からは死角になっている位置、そこに三人の男がいた。

一人は精悍《せいかん》な顔つきの、やけに体格のいい男だった。年齢は四十前後だろうか。その顔にはいたずらに成功した小学生のような、無邪気な笑みが浮かんでいる。その男の隣には小柄な少年が立っていた。おそらくは中学生ぐらいだろう。二人の後ろには細身の男が足を組んで椅子に腰掛け、本に視線を落としている。うつむいているせいで長い前髪が目元にかかり、その表情をうかがうことはできなかった。

「だ、誰だよ、おまえら……?」

半開きの口から言葉が漏れる。しかし、誰もその質問に答えることはなかった。

「お疲れさま、ゆかりさん。相変わらずこういうときには、いつも無駄に発散している色気が役に立つね」少年が皮肉っぽくゆかに言う。

「あら、翼ちゃんみたいなお子様にも、ちゃんと私の魅力は伝わっていたんだ。もし頭を下げて頼むなら、ハグぐらいしてあげるわよ」ゆかは軽くあごを反らしながら、両手を広げた。豊満なバストがTシャツを突き上げる。

「……そんな脂肪の塊に興味はないね」

少年は鼻を鳴らすとそっぽを向いた。ゆかは「素直じゃないんだから」と笑う。

「ゆ、ゆか。これ、どういうことだよ⁉　それにゆかりって……」

明男が震える声を搾り出すと、ゆかは胸の前で両手を合わせた。

「ごめんねー、ちょっとあなたに用事があったの」

その軽い口調からは、ついさっきまでの妖しい雰囲気は完全に消え去っていた。

「悪いけど、少し話を聞かせてくれるかな？」

体格の良い男が明男に近づきながら言う。その瞬間、明男の頭の中で『美人局《つつもたせ》』という単語が閃《ひらめ》いた。

やばい！　慌てて身を翻した明男は出口に向かって走る。

ドアノブを摑《つか》もうと手を伸ばすと、唐突にドアが開いた。手が虚空を摑む。明男は前のめりにバランスを崩した。

次の瞬間、明男はなにかにぶつかり、はじき飛ばされて尻餅《しりもち》をつく。臀部《でんぶ》の痛みに顔をしかめつつ視線を上げると、目の前に見覚えのある男が立っていた。クラブでちらちらと明男を見ていた若い男だった。どうやらこの男に衝突したらしい。

男は渋い表情を浮かべながら明男を見下ろす。その後ろには、クラブで男の隣に座っていた女も立っていた。

「あら、グッドタイミングでしたね」女は部屋に入りながらにっこりと微笑む。

男は横目で女を見ると、やけに深いため息をついたあと、つぶやいた。

「これ、いくらなんでもやばくないですか?」


「これ、いくらなんでもやばくないですか?」

勝己はベッドルームで笑みを浮かべている神酒達を見ながら言う。

「なにがだい? 彼は自分の意思で、すすんでこの部屋にやって来ただけだよ」

神酒は近づいてくると、怯《おび》えた表情でへたり込んでいる井手明男の腕を取って立たせ、その肩を友人のようにぽんぽんと叩《たた》く。

なにが自分の意思でだ。ゆかりさんの色気で誘い込んだんじゃないか。

本当ならこんな美人局まがいの計画の片棒を担ぎたくはなかったのだが、神酒達に「これは治療に必要なことなのだ」と強引に説得され、しかたなく真美とともにクラブで作戦を見守る役目を引き受けたのだ。

ゆかりの魅力にものの見事に陥落し、だらしなく鼻の下を伸ばす井手を眺めながら、「男の人って、胸が大きな女の人、好きですよね……」と不機嫌そうに低い声でつぶやく真美に怯えつつ、勝己は監視を続けた。そして、予定通り井手をホテルへと誘い出したゆかりを追跡して、この部屋までやって来たのだった。

「ああ、そんな緊張しなくてもいいよ。リラックスしてくれ」

井手と肩を組むように並んだ神酒は、そのままベッドルームへと向かう。井手は身をよじって抵抗しようとするが神酒の腕力に抵抗できず、引きずられるように連れて行かれ、リクライニングチェアーに強引に座らされた。

「か、金なんて持ってないぞ！」井手は金切り声を上げる。

神酒は「金？」と、中年男には似合わない可愛らしい仕草で首をかしげた。

「あ、あんたの女に手を出そうとしたのは悪かったよ。けど、そいつの方から誘惑してきたんだ。そ、それに、まだ指一本触れていねえよ」

井手はゆかりを指さす。ゆかりは目を細めると、ファッションモデルのようにゆっくりと井手に近づき、そのあごに指を添わす。

「あら、そんな水くさい。たしかに指は触れていないかもしれないけど、エレベーターの中で背中に胸押しつけてあげたじゃない」

「……痴女熟女」ぼそりと翼がつぶやく。

ゆかりは細めていた目を見開くと、きっと翼を睨《にら》みつけた。

「誰が熟女よ。私はまだ二十八歳だって言っているでしょ！」

……『痴女』はスルーするんだ。勝己は呆《あき》れながら、二人のやりとりを眺める。

「自称ね」小馬鹿にするように、翼が鼻を鳴らした。

「うっさい、ませガキ」

「ガキ⁉ 僕のどこがガキなんだよ？ 僕はれっきとした大人だ」

翼とゆかりは顔を近づけ、視線を激しくぶつけ合う。ゆかりからは、さっきまで漂っていた色気が完全に消え去っていた。

「……親子げんかは帰ってからやってくれないかな？」

黒宮が膝《ひざ》の上の医学雑誌を閉じながら、抑揚のない声でつぶやいた。

「親子げんかじゃない！」翼とゆかりの声が見事に重なる。

「黒宮の言うとおりだ。漫才やってないで、そろそろ本題に入るぞ」

神酒が苦笑しながらぱんぱんと手を鳴らす。二人は不満顔ながら口を閉じた。

「だ、だから、金なんて持ってないって言ってるだろ！」

翼とゆかりのやりとりを呆然《ぼうぜん》と眺めていた井手が、我に返ったのか再び叫ぶ。

「金なんかいらないよ。ちょっと君と話をしたいだけなんだ。井手明男君」

神酒は井手に顔を近づけると、諭すように柔らかい口調で言う。

「なんで、俺の名前を……」井手は目をしばたたかせた。

「君は川奈雄太の親友だったんだろ？」

神酒が『川奈雄太』の名を口にした瞬間、井手の顔が露骨にこわばった。

「だ、誰だよ、それ？ そんな奴、し、知らねえよ」

三日前、クリニックにやって来た桜井が言っていた『川奈雄太の失踪《しっそう》について、事情を知っている可能性の高い人物』、それこそがこの井手明男だった。

井手は川奈雄太の中学からの同級生で、最近もよく行動を共にしていたらしい。

「とりあえず、川奈雄太について知っていることを教えてくれるかな？」

神酒はにこやかに言う。井手は血の気が引いた顔をゆがめた。

「そんな奴、知らねえって言っているだろ！　俺はもう行くからな！」

唾《つば》を飛ばして怒鳴りながら立ち上がろうとする井手の肩に、神酒が軽く手を添える。それだけで井手は、針で固定された標本のように動けなくなった。

「こんなに大声出して、周りの宿泊客に聞かれて通報されたりしないかな？」

勝己ははらはらしながら隣に立つ真美に囁《ささや》く。

「大丈夫ですよ。このホテル、高級なだけあって防音がしっかりしてるから。それに、万が一フロントに連絡がいっても、警察に通報されたりはしません」

「なんでそう言い切れるの？」

「このホテルのオーナーを、以前うちのクリニックで治療したんです。それ以来、色々と融通を利かせてくれるんですよ。だから、こういうことをするときは、いつもこのホテルを使っているんです」

「いつもって……。よくこんなことをしているわけ？」

勝己に、真美は「時々ですよ、時々」と軽い口調で答えた。

やっぱりこの人達、普通じゃない。勝己の胸に湧く不信感が濃度を増していく。

「それじゃあ翼、頼むぞ」

井手を椅子に貼り付けながら、神酒は振り返って翼に声をかける。翼は「はいはい」とつぶやきながら、井手の正面に立った。

「なんなんだよ、拷問でもする気かよ⁉」

井手は恐怖で顔をゆがめながら、いまにも泣きそうな口調で叫ぶ。翼は立てた人差し指をメトロノームのように左右に振ると、ちっちっと舌を鳴らした。

「拷問？　僕はもっとスマートにやるよ」

「俺はなにも話さないぞ！」

「話す必要なんてないさ。君の表情が全てを告白してくれるからね」翼は軽くあごを引くと、くぐもった笑いを漏らす。「さて、それじゃあはじめよう。君は誰が川奈雄太をあんな目にあわせたか、心当たりはあるかな？」

「そ、そんなこと知るわけ……」

井手が叫びかけた瞬間、翼はその口の前に立てた人差し指をかざし、黙らせる。

「君が犯人に心当たりがあることは分かったよ」

「な？　俺はそんなこと言ってないだろ！」

目を剝《む》く井手を、翼は酷薄な笑みを浮かべながら睨《ね》め上げる。

「君の口が言わなくても、表情筋の動きが全部語っているんだよ。さて次の質問だ。君は犯人の名前は知っているのかな？」

井手の視線が露骨に泳ぐ。

「知っているみたいだね。それじゃあ、その名前を教えてもらおうかな」

「そんなの教えるわけ……」

「犯人の名字の最初の文字は、五十音のどの行かな？　あ、か、さ、た……」

再び人差し指で井手を黙らせた翼は、ゆっくりと喋《しゃべ》っていく。

「……なるほど、『は』行ね。それじゃあ、犯人の名字の最初の文字はなにかな？　は、ひ、ふ……。ああ、『ふ』だね」

満足げに頷《うなず》く翼の前で、井手は大きく息を呑《の》んだ。

「次の文字はなにかな。『ふ』で名字の最初につくっていったら、……『藤』とかかな。おっ、正解か。藤井《ふじい》？　んー、ちがうか。それじゃあ藤木《ふじき》とか？　これも違うと……」

翼は井手の顔を凝視しながら、最初に『藤』がつく名字を次々と口にしていく。

「藤原《ふじわら》？　おっ、藤原だね。藤原っていう男が犯人みたいだよ」

翼は軽い口調で神酒に言った。井手は啞然《あぜん》と口を開く。

「下の名前は知っているか？」

神酒が問いかけると、井手はぷるぷると首を振った。

「下の名前を知らないっていうのは本当みたい」

翼は井手の顔から視線を外すことなく言う。

「そうか。それじゃあ、今度はそいつの居場所を二十三区を順番に聞いていって……」

神酒がそうつぶやいたとき、黒宮がゆっくりと立ち上がった。

「……そんな面倒なことしなくていい。もっと簡単に口を割らせられる」

独り言のような口調で黒宮はぼそぼそと言う。神酒は「じゃあ、やってみてくれ」とばかりに目配せをした。黒宮は深いため息をつきながら、井手の座っている椅子のわきに立つ。井手は怯《おび》えた表情で黒宮を見上げた。

「な、なんなんだよ、あんたら。警察なのか？　この前からしつこく、雄太のことを訊《き》きにきていた刑事の仲間か？」

「警察がこんなことするわけない。……そんなことより、とりあえずその藤原っていう男について、知っていることを全部話せ」黒宮は疲労の滲《にじ》む口調で話しはじめた。

「そんなことできるわけないだろ。俺がチクったってバレたら、雄太と同じ目にあうかもしれないんだぞ！」井手は嚙《か》みつくように叫ぶ。

「……言わないと、警察にお前からの情報として『藤原っていう男が川奈雄太を殺した可能性が高い』って伝える。そうしたら警察は、必死になってその『藤原』って男を捜す。もちろん、お前が密告したっていう噂《うわさ》が、『藤原』の耳に入る可能性は高い」

黒宮は淡々と語る。井手の表情が炎に炙《あぶ》られた蠟《ろう》のように、ぐにゃりと歪《ゆが》んだ。

「そのかわり、『藤原』について教えてくれれば、警察には伝えない。君が密告したってバレることもない。……どっちが得か、よく考えるんだな」

黒宮は長い前髪の間から、井手を真っ直ぐに見つめた。井手は泣いているような、それでいて笑っているような表情を浮かべたまま硬直する。

かわいそうに。ゆかりさんの色香に騙《だま》されたばっかりに、こんな悲惨な目に遭うとは。井手の痛々しい姿を眺めながら、勝己は内心で同情する。

「本当に……。本当に俺がチクったってことはバレないんだな⁉」

たっぷり三分ほど逡巡《しゅんじゅん》したあと、井手はおずおずとつぶやいた。

「ああ、それは約束するよ」神酒は鷹揚《おうよう》に頷いた。

黒宮は「自分の役目は終わった」とばかりに部屋の隅に移動すると、再び椅子に腰掛け、雑誌に視線を落としはじめる。

「いったい何が聞きたいんだよ!」井手がヒステリックにかぶりを振った。

「それじゃあまず、川奈雄太が殺された理由に心当たりはあるかな?」

「……金だよ。雄太は借金があったんだ」井手はふて腐れたような態度で答える。

「その藤原って男が高利貸しで、川奈雄太が借金を返せないから殺したってことかな?」

「違うよ、そうじゃねえ」井手はがりがりと頭を掻《か》く。「たしかに雄太は色々と、かなりやばいところから金を借りていたよ。けれど、そいつらは追い込みはかけても殺したりしねえよ。殺したって、あいつらには一銭も得にならないだろ」

「高利貸しじゃないとしたら、その藤原はどういう男なんだ?」

神酒の声が低くなる。井手は数秒躊躇《ちゅうちょ》したあと、おずおずと口を開いた。

「……カジノのオーナーだよ。もちろん違法のな」

「ああ、川奈雄太はギャンブル好きだって話だったね」神酒が頷く。

「『好き』なんてもんじゃねえ。完全に病気だったよ。最初の頃はパチンコとか競馬やるぐらいだったのに、そのうち表のギャンブルじゃ満足しなくなっていったんだよ。藤原のところだけはやばいって何度も言ったのに……」井手は悔しげに唇を噛む。

「違法カジノのオーナーっていうことは、その藤原って奴は暴力団の構成員かな？」

「違《ちげ》えよ。組が直轄しているところなら、まだましなんだ。下手なことをしたら組にまで迷惑がかかるから、そこまで無茶はしねえ。藤原はもともと暴走族の頭だった男だよ。けど、最初は、そいつが舎弟達と一緒にマンションの一室で小さな賭場《とば》を開いていたんだ。けど、かなり商才ってやつがあったみたいでな、口コミですぐに客が増えて、どんどん規模を大きくしていきやがった。いまじゃあ、かなり大きなフロアを使って、ラスベガスみたいに本格的なカジノを開いてやがるんだよ」

「そんな大々的にやったら、そこのシマを仕切る暴力団が黙っていないだろ？」

「そこが藤原の上手《うま》いところさ。もともと組が博打場《ばくちば》を開いているような繁華街じゃなくて、少し都心から離れた所に自分のカジノを開いているんだ。それに、収入の一部をしっかり上納金として組に払っている。それなら組も文句言うどころか、ケツ持ちをやってくれるってわけさ」

井手の説明に神酒は大きく頷いた。

「なるほどな。けれど、裏とはいえそこまでしっかり経営しているのに、人を殺すような無茶なことをするのか？」

「……たしかに藤原は頭は切れるけど、頭の大事な線もキレちまっているんだよ。族の頭やっていた頃、抗争のたびに暴れまわって、何人も殺しかけたって有名だからな」

いまの時代に、本当にそんなことをしている奴らがいるのか？　勝己はこめかみを掻く。勝己には井手の話が現実味がなく聞こえた。

「普通に賭《か》けを楽しむぶんには、いいカジノなんだよ。ディーラーまでいて本格的だしな。けれど、もしいかさまでもしようものなら、見せしめに大変な目に遭うって話だ」

「そのカジノで、川奈雄太はかなり負けたってわけか」

神酒の言葉に井手は重々しく頷いた。

「そうなんだよ……。もともとあいつ、ヤミ金とかで借りた金を、あそこにつぎ込んでいたんだ。けれどあいつ勝負弱くて、すぐにすっからかんになるんだよ。しかも、それだけでやめておけば良いのにツケで勝負なんかしてさ、それででかい借金を負っちまって……」

「その借金が返せなくて殺されたっていうわけかい？」

「……それだけじゃねえよ」井手は弱々しく首を左右に振る。「消えちまう直前に雄太が言っていたんだよ。『でかい勝負をして、借金を全部返す。そして裏の世界から足を洗う』ってな」

「でかい勝負……」神酒はその言葉をおうむ返しする。

「あいつが『勝負する』って言ったら、ギャンブルに決まってる。きっとあの馬鹿、藤原のカジノでイカサマでもして、一気に借金を清算しようとしやがったんだ。けどたぶん、それがバレて……」

「見せしめに殺され、バラバラに切り刻まれて埋められたってわけだ」

神酒がセリフを引き継ぐと、その様子を眺めながら、勝己は頬の辺りを引きつらせる。

違法カジノとイカサマをした客を殺したかもしれないオーナー。完全に別世界の出来事だ。これ以上、首を突っ込むのは危険すぎる。あとは警察にまかせるべきだ。

「知っていることは全部言ったぞ。これで良いんだろ。絶対に警察には言わないでくれよ。もしこんなことバラしたって藤原に知られたら、どんな目に遭わされるか……」

井手は神酒にすがりつきながら、体を細かく震わせはじめる。

「……その藤原って男がどこに住んでいるのか、知っているか？」

神酒は首筋をコリコリと掻きながら訊《たず》ねた。

「なにをするつもりなんですか⁉」勝己は思わず甲高い声をあげる。

「なにって、その藤原って奴に話を聞く必要があるだろ。翼にそいつを見てもらって、本当に川奈雄太を殺したかどうか訊ねないと」神酒がこともなげに言った。

「なに言っているんですか⁉　そんな危険なことできるわけないじゃないですか！」

「大丈夫、大丈夫、なんとかなるって」神酒はぱたぱたと手を振る。

「大丈夫ですよ。いつものことですから」隣に立つ真美までそんなことを言い出した。

「いつものことって……」勝己は言葉を失う。

「……知るわけないだろ」井手がぼそりとつぶやいた。

神酒は「ん？　なにか言ったかい？」と井手の顔を覗《のぞ》き込む。

「藤原の住所なんて知っているわけがないだろ。あんなやばい商売やっている奴だぞ。敵も多いだろうし、ポリ公どもにだって目をつけられているはずだ。裏で仕切っているだけで、ほとんど顔なんて出さねえよ。住所なんてもってのほかだ。それを知っているのなんて、カジノに勤めている奴らの中でも、ほんの一部の人間だけだよ」

井手が早口で言うと、神酒は「なるほど」と腕を組んでなにやら考え込む。数十秒後、神酒は少年のような笑みを浮かべながら口を開いた。

「ところで、どうやったらそのカジノで遊ぶことができるのかな？」

5

普通じゃない……。こんなの、どう考えても普通じゃない。

目の前で繰り広げられる光景を眺めながら、勝己は立ち尽くす。

「勝己ちゃーん、どうしたのぼーっとして。楽しんでる？」

肩を軽く叩《たた》かれた勝己が横を見ると、露出度の高いドレスを身に纏《まと》ったゆかりが立っていた。

「……楽しめませんって、こんなの」勝己は声をひそめる。

「あら、せっかくカジノに来たんだから楽しまないと」

ゆかりは片手に持っていたシャンパングラスに口をつけた。

なんでこんなことになったんだろう？　勝己は自問しつつ、この数時間の出来事を思い起こす。

二時間ほど前、勝己は神酒・ゆかり・翼・黒宮の四人とともにこのカジノにやって来た。藤原という男が経営しているという裏カジノに。

真美が運転するキャンピングカーで大田区《おおた》の外れにある港にやって来た勝己達はそこで車を降り、数日前に井手明男から聞きだした情報に従い、巨大な倉庫が連なる一角へとやって来た（危険だからと置いていかれた真美は不機嫌そうだった）。指示された巨大な倉庫に入ると、そこには大量のコンテナが天井近くまで積み上げられていた。コンテナでできた迷路のような空間をすすんでいくと、倉庫の一番奥まった部分に小さな鉄製の扉があった。

タキシードを着込んだ神酒が扉脇のカードリーダーに（井手から脅し取った）カードを通すと、鉄製の扉がゆっくりと横に滑っていき、地下へとおりる階段が露《あら》わになった。

その階段を下りていくとまた扉があり、その脇に数字を打ち込むタイプの電子錠が備え付けられていた。電子錠に井手から聞いていた五桁《けた》の暗証番号を打ち込むと扉が開き、その奥にこのカジノが広がっていたのだ。

　小学校の体育館ほどの空間には、ルーレット、ブラックジャック、ポーカーなどのテーブルや、数十のスロットマシンが並び、数十人の人々がひしめき合っていた。ディーラー達の手つきは流麗で、かなり訓練されていることをうかがわせた。

　本当に東京にこんなところがあるのか……。退廃的でそれでいて魅力的な空気にあっけにとられていると、神酒が手を合わせ「さて、ちょっと遊ぶとするか」と言いだした。それを合図に、神酒達四人は人混みの中に消えて行ってしまったのだった。

　一人取り残されて焦った勝己は目立たないようにと、見よう見まねで三万円分のチップを買うと、スロットマシンで遊んでみた。何回か小さな当たりが出たりもしたが、三十分も経たないうちに全てのチップはマシンに吸い込まれてしまった。

　居場所がなくなった勝己が神酒達を捜してふらふらと移動していると、フロアの一部に人だかりができていた。何気なく人混みのうしろから背伸びして覗き込んだ勝己は、そこに広がっている光景に目を見開いたのだった。

「それで、ゆかりさんは勝ったんですか？」

　勝己はシャンパンを飲み干したゆかりに訊ねる。ゆかりはすぐ近くを通りかかったバニーガールの盆にグラスを置きながら首を左右に振った。

「全然ダメ、ルーレットで最初のうちは調子よかったんだけど、勝負にでたところで負けちゃって、結局すっからかん。ちなみに章ちゃんもダメみたいね。さっき熱くなってスロットマシンを叩いちゃって、スタッフに注意されてたわよ」

なにやっているんだ、あの人は……。勝己が呆《あき》れていると、その神酒がすっとゆかりの隣にやってきた。

「あら、噂をすれば。それで章ちゃん、どうだった？」

「……全部すった」神酒はふて腐れた態度でつぶやく。

「相変わらず、章ちゃんギャンブル弱いわよね。ちなみにいくらつぎ込んだわけ？」

「……三十万」

「あらま、けっこう使ったわね。真美ちゃんがいたら怒られていたわよ」

ゆかりの言葉に神酒は唇をゆがめると、人だかりの奥を覗き込む。

「翼と黒宮は予定通りいっているか？」

「ええ、もちろん」

二人のやりとりを聞きながら、勝己は多くの人々が注目している二つのテーブルに視線を向けた。ポーカーのテーブルとブラックジャックのテーブル、そこに翼と黒宮が座っている。そして、二人の横には大量のチップが山のように置かれていた。

「……ブラックジャック」

　うつむいた黒宮が相変わらずの聞き取りにくい声でつぶやきながら、手元のカードを表にする。その瞬間、人々の中から感嘆の声が上がり、黒宮の正面に立つディーラーの顔がこわばった。黒宮の横に置かれたチップの山に、さらにチップが追加される。

「黒宮さん、なんであんなに勝てるんですか？」

「カードカウンティングしているからよ」勝己の質問にゆかりは口角を上げた。

「カードカウンティング？」

「そう、ブラックジャックの必勝法。ブラックジャックって使ったカードをどんどん捨てていくゲームじゃない。だから、これまでに出たカードから、残っているカードの偏りを導き出すことができるのよ。それをもとに取るべき戦術を選択していったら、勝率がグンと上がるんだって」ゆかりは声をひそめながら説明をする。

「けど、それってこれまでに出たトランプのカードを全部おぼえていて、そこからさらに勝率を計算しないといけないんですよね？」

　勝己は眉《まゆ》をひそめる。そんなことが人間に可能だとは思えなかった。

「全部おぼえなくても済む少し簡単な方法もあるらしいわよ。けど、黒宮ちゃんはわざわざそんなことするの面倒くさいんで、全部おぼえて、頭の中で計算しているんだって。あっ、『レインマン』っていう映画見たことない？　あれで、ダスティン・ホフマンが演じた自閉症のお兄さんが、カジノで大もうけしていたでしょ。あれと同じよ」

　ゆかりは細長い右手の人差し指をぴょこんと立てた。

「それじゃあ、翼さんは……？」

勝己は視線をポーカーテーブルへと移す。そこでは、ブレザー姿の翼が椅子の背もたれに体重をかけてふんぞり返り、嘲笑《ちょうしょう》するような薄ら笑いを浮かべていた。その傍らには、黒宮を遥《はる》かにしのぐ量のチップが高々と積み上げられている。ディーラーが蒼白《そうはく》な顔に脂汗を浮かべながら、憎々しげに翼を睨《にら》んでいた。

「ポーカーみたいに相手の思考を読むゲームで、あの妖怪《ようかい》に勝てるわけないでしょ。あのディーラー、かわいそうに」ゆかりはディーラーに同情の視線を向ける。

「本当にそうですね」勝己は大きく頷《うなず》いた。

もともとは、翼以外の客も含めた数人でゲームを行っていた。しかし、翼が一人で圧倒的に勝ち続けていくうちに、客は一人また一人とテーブルから離れ、結局ディーラーと翼の一騎打ちになっていた。

「レイズ。これ全部」

歌うように宣言すると、翼は自分のそばに置かれていたチップの山を指さした。ディーラーは眼球が飛びださんばかりに目を剝《む》き、口から悲鳴のような声を漏らす。

勝負を受けるなら、ディーラーは翼が差し出したのと同じだけのチップをかけることになる。周囲で見学していた人々が息を殺し、ディーラーの答えを待つ。

テーブルの上に伏せられたカードに触れるディーラーの手が、細かく震えはじめた。その震えは次第に腕、体幹、そして顔面へと伝播《でんぱ》していく。

「こ、こ、こ……」ディーラーが口から震える声が漏れる。『コール』と勝負を受けようとしているのかもしれないが、上下の歯がカチカチと鳴り、言葉になっていなかった。

「……ブラフだよね」唐突に、後頭部で両手を組んだ翼が言った。

ディーラーは荒い息をつきながら「ああ？」と翼を睨む。

「だからさ、君、今回かなり強気に賭け金を跳ね上げてきたけど、それってブラフでしょ」

「そ、そんなこと答えられるわけ……」

ディーラーが声を搾り出すと、翼は両手をテーブルについて身を乗り出した。

「口で答えなくても、君の表情の変化、目線の移動、呼吸の数と深さ、そのすべてが教えてくれるんだよ。君がブラフを張っているってね」

ネコのように大きな目を見開き、翼は楽しげに話し続ける。

「君の手は強気で勝負するほどいい手じゃない。けれど、あまりにも僕に負け続けた君は、ここで少しでも流れを変えようとブラフを張って僕を降ろそうと考えたんだ。降ろしたうえで、実は自分の手があまり良くなかったことを僕に見せつけることができたら、潮目が変わるかもってね」

ぺらぺらと楽しげに話す翼の前で、ディーラーの顔に絶望の色が広がっていく。

「けれど、いくらなんでもブタ、つまり役なしでブラフを通せるほど君は大胆じゃない。万が一勝負になっても、それなりに勝算があるくらいの役はできているはずだ」

翼はあごを引くと、上目遣いに視線をディーラーに向ける。

「そこから考えられる君の手は絵札のワンペア、または低い数字のスリーカードかな」

ディーラーの喉《のど》から、「ひっ」という音が漏れた。翼の目尻《めじり》が下がる。

「ああ、いまの反応で分かったよ。絵札のワンペアだね。いやあ、まさかそんな手でこの大勝負に挑もうなんて、さすがはプロのディーラーだ。僕みたいな小心者にはとても真似できない。すごいすごい」翼はパチパチと手を打ち鳴らす。

「……やり過ぎよね」

「ですね」

ため息交じりのゆかりの言葉に、勝己は唇をへの字にして頷く。

「それでさ、そろそろ決めてくれないかな。勝負受けるの？　それとも受けないの？」

拍手をやめた翼は唇の片端を上げた。

「……フォールド」ディーラーの口から言葉が搾り出される。

「えー、ここまで盛り上がっているのに降りるの？　せっかくこんなにギャラリーも集まっているんだし、大勝負といこうよ」翼は芝居じみた仕草で両手を広げる。

「うるさい！　フォールドだ！」

ディーラーはテーブルの上に伏せられていたカードをヒステリックに手で払う。カードがひっくり返り、ディーラーの手が露わになる。それは翼が予想したとおり、クイーンのワンペアだった。勝負を見守っていた人々の間から驚きの声が上がった。

「そっかぁー、それじゃあしょうがないね。では遠慮なくチップはいただくよ」

翼は大きく身を乗り出すと、大量のチップを両手で抱えて自分の脇に引き寄せる。

「あっ、そうだ」翼は柏手《かしわで》でも打つかのように胸の前で両手を合わせた。「べつに見せる必要はないんだけどさ、君が自分の手を晒《さら》してくれたから、僕もお返ししなきゃね」

自分の目の前に置かれた五枚のカードを、翼は一枚一枚めくっていく。

『ハートの三』、『ハートの五』、『ハートのジャック』、『ハートのキング』……。

フラッシュだったのか。誰もがそう思ったとき、翼が人差し指ではじくように最後のカードをめくった。ギャラリーの中から大きなどよめきが起きる。

『スペードのA』、それが最後のカードだった。

「な、な……」ディーラーは口と目を大きく開けて、翼のカードを凝視する。

「実はブタだったんだよね。いやあ、降りてくれて助かったよ。勝負していたらチップを全部持っていかれちゃうところだった。もう心臓が飛びだしそうだったよ」

自らが翼の掌《てのひら》の上でいいように踊らされてたことを知ったディーラーの顔の筋肉が弛《し》緩《かん》し、目が焦点を失っていく。

「黒宮ちゃんもすごいけど、翼ちゃんはやっぱり別格ね」

「……すごいですね、二人とも」

「勝己ちゃんはあの二人みたいに、なにか得意なカードゲームとかないの？　こういう場所で一稼ぎできるような」

「そんな無茶ぶりされても……。トランプ手品とかならちょっとできますけど……」

「手品じゃあカジノで勝てないわよねえ」

「使ったらイカサマですしね」

そんなことを話していると、無言で勝負を見守っていた神酒がすっと前に出た。

「あっ、もうお終《しま》いにする？　たしかに潮時よね」ゆかりは腕時計に視線を落とす。

「いや、翼から少しチップをもらって、もう少し遊ぼうかと思っ……」

ゆかりの冷たい視線に射貫《いぬ》かれ、神酒のセリフは尻すぼみに小さくなっていく。その姿は、教師に叱られた生徒のようだった。

「章ちゃん。遊びにきたわけじゃないでしょ。予定通りに、次の計画にいくわよ」

くびれた腰に両手を当てたゆかりに言われ、神酒は首をすくめて小さく頷いたのだった。


「あの、これって持ってきてよかったんですか？」

ボストンバッグを片手に持ちながら、勝己は前を歩く四人に声をかける。

「当たり前じゃないか。せっかく勝ったんだから、金をもらわないでどうするんだい」

「……勝ったのは、僕と黒宮なんだけど」

揚々と胸を張った神酒に、翼がじっとりとした眼差《まなざ》しを向けた。

本当に大丈夫なのだろうか？　勝己はバッグに視線を落とす。腕にかかるずっしりとした重さが不安をあおった。バッグの中身、それはすべて札束だった。

十数分前、翼と黒宮はチップをすべて現金に換え、このバッグに詰め込んだ。その金額はなんと三千万円を超えていた。客達の好奇の視線と、スタッフ達の憎悪に満ちた視線を受けながら、勝己達五人は地下の非合法カジノをあとにしたのだった。

たしか、非合法ギャンブルって、そこで遊んだだけで犯罪になるんだよな……。そんなことを思い出して頬の筋肉を引きつらせていた勝己は、ふとあることに気づく。

「あれ？　方向間違っていませんか？」

いつの間にかコンテナが大量に積み上げられた人気のない場所にやって来ていた。どうやら、港のかなり奥まった場所まで来てしまったようだ。

「いや、ここでいいんだよ」神酒が楽しげな口調で言う。

「ここでいいって、出口は完全に逆じゃないですか」

「釣りをするんだよ」神酒はニヒルな笑みを浮かべた。

「釣り？」勝己は辺りを見回す。たしかにすぐそこは海なので、釣りには良い場所なのかもしれない。しかし、違法カジノからの帰り、しかもこんな大金を持った状態で釣りをするなんて……。

「釣りって……。そもそも、釣り竿《ざお》なんてないじゃないですか」

混乱しつつ勝己が言うと、無言で黒宮が近づいてきてバッグを受け取る。

「え？　黒宮さん、俺が持ちますよ。重いですから」

「……お前には他に仕事がある」黒宮は気怠《けだる》そうにつぶやいた。

「仕事？」勝己は眉《まゆ》をひそめる。

「そう、つまり君が釣り竿なんだよ。君と神酒さんね。そして釣り餌はそれ」

近づいてきた翼がバッグを指さした。さらに混乱した勝己は、助けをもとめるように
ゆかりに視線を送るが、意味ありげな笑みが返ってくるだけだった。

「……魚が来たぞ」神酒はジャケットを脱いでゆかりに渡すと、シャツの襟元を緩めた。

振り返った勝己は目を見開く。五十メートルほど先に十数人の男がいた。ゆっくりと
こちらに向かってくるその男達の全身からは、遠目でも分かるほどの敵意が迸《ほとばし》っている。

「あれって……」勝己は震える声でつぶやく。

「餌に引き寄せられて集まってきた魚達さ」屈伸運動をしながら神酒が言う。

「もしかして、これが釣りですか⁉」

勝己が甲高い声をあげると、神酒は大きく頷《うなず》いた。

「そう。翼と黒宮があれだけ派手に勝てば、他の客の手前、いったんは金を支払っても、
あのカジノの奴らは間違いなくそれを奪い返しにやってくる」

「なんでそれが分かっていたのに、こんな人気のない場所に来たんですか⁉」

勝己が声を荒らげると、神酒は「なにを言っているんだ？」というように首をひねった。

「人に見られたら、『藤原』の情報をもっている男を捕まえられないだろ」

本気かよ⁉　神酒の作戦を理解して勝己は絶句する。

「ま、待って下さいよ。こっちはゆかりさんを抜いたら、四人しかいないんですよ。それだけであいつら全員を相手にするつもりですか⁉」

「なに言っているんだよ？」翼が呆《あき》れ声で言う。「戦うのは君と神酒さんの二人だけ。僕達にそんな野蛮なことできるわけないでしょ」

言葉を失う勝己の肩を、やけに楽しそうな神酒がぽんと叩《たた》いた。

「そういうことだから、二人で頑張るぞ。大丈夫だって、総合格闘技のプロライセンス持っているんだろ」

就職面接のとき格闘技歴について訊《き》いてきたのは、最初からこういうことを想定していたからなのか⁉　勝己が言葉を失っているうちに、男達はほんの数メートルのところまで近づいてくる。

その半分ほどはカジノスタッフの制服である黒いスーツ姿だったが、残りの男達はいかにも『街のチンピラ』といった、ラフな風体をしていた。着ているシャツの袖《そで》からタトゥーがのぞいている者もいる。

「なにか用かな？」神酒が一歩前に出ながら、軽い口調で訊《たず》ねる。

「金を返してもらおうか」

男達の中からブラックスーツを着た男が出てくる。三十歳前後の小太りな男だった。

そのすぐ後ろには、身長が百九十センチはあるであろう大男が立っている。着ているシャツが筋肉ではち切れそうなほどに張っていた。体重はゆうに三桁《けた》に達しているだろう。あのカジノのバウンサーといったところだろうか。

「なんで返すんだい？　俺達が賭《か》けで稼いだ金を」神酒は唇に薄い笑みを浮かべる。

「神酒さん達は全部すったけどね」

ちゃちゃを入れた翼を、神酒は振り返って軽く睨《にら》む。翼は首をすくめて口にチャックをするような仕草を見せた。

「俺のカジノじゃな、イカサマは御法度なんだよ」

小太りの男は大きく舌を打ち鳴らした。

「おかしな因縁つけないでくれ。俺達はイカサマなんかしないで、ちゃんと勝ったんだ。このカジノは、大勝ちした客からはこうやって金を脅し取るのかな？」

「……カウンティングは、ラスベガスではイカサマの一種としてみなされているよ」

「翼ちゃんのもある意味イカサマよね。相手の考えていること全部分かるんだもん」

今度は黒宮とゆかりが余計な口を挟む。神酒は再び振り返って、スタッフ達に湿った視線を投げかけた。

「ぐだぐだうるせえよ。いいから金置いて、二度と俺のカジノに顔出すんじゃねえ。さもないと……」

「さもないと、どうするんだい？」

小太りの男の啖呵《たんか》を神酒が遮る。男の顔が歪《ゆが》んだ。

「足を止めるな。常にフットワークを使いながら、打撃を叩きこんでいくんだ」

小さな声で神酒が囁《ささや》いてきた。やるつもりだ。勝己は覚悟を決める。

小太りの男は首だけ振り返り、背後に立つ大男に目配せをする。大男は軽く頷くと前に出た。神酒もゆっくりと足を進める。二人の距離がせばまっていく。

一歩踏み込めば手が届く間合いで二人は足を止める。神酒もかなりの長身で体格が良いが、大男は身長も体の厚みも神酒より一回り上だった。水を打ったような静寂が辺りを支配する。

次の瞬間、大男は神酒の顔面に向けて、ハンマーのような右拳《こぶし》を振るってきた。神酒は手をだらりと下げたまま、その場で立ち尽くしている。

殴り倒される。勝己がそう思った瞬間、神酒は左側に体を開いた。滑るかのような自然な動き。勝己は目を大きく見開く。

拳が空を切り、その勢いで大男は前のめりになる。神酒は右足で軽く大男の足を払った。バランスを崩した大男は「うおっ⁉」と声を漏らすと、その場に膝《ひざ》をつく。

神酒は撫《な》でるかのようにさりげなく、ひざまずいている大男の後頭部に右手を添えた。大男はその厳《いか》つい顔に不思議そうな表情を浮かべ、神酒を見上げる。その瞬間、神酒は右手で軽く大男の頭部を引きつけると、自らの右膝を叩きこんだ。

こめかみに膝蹴《げ》りの直撃を受けた大男の体は、糸が切れた操り人形のようにその場に崩れ落ちる。勝己はその光景を見ながら、口を半開きにして立ち尽くしていた。

「いくぞ！」神酒が振り返って声をかけてくる。「一気にかたをつける。お前は溢《あふ》れてきた奴らを後ろに行かせないようにしろ」

そう言い残すと、神酒は軽く体を前傾させ走り出す。

「あっ⁉ あいつをやれ！」

小太りの男が上ずった声をあげるが、大男を一瞬でたたきのめされ硬直している男達は、すぐには反応できなかった。立ち尽くしている男達の中に走り込んだ神酒は、正面に立つ男の腹部に前蹴りを叩きこむと、横から慌てて組み付こうとしてきた男のあごを肘《ひじ》で跳ね上げた。二人の男は同時にその場に崩れ落ちる。

近くにいた仲間が倒されてようやく我に返ったのか、男達は怒声を上げながら次々と神酒に襲いかかりはじめる。しかし神酒は、掴《つか》みかかり、殴りかかってくる手を流れるような動きでかいくぐって移動しつつ、男達に次々に鋭い打撃を叩き込み、時には投げ飛ばしていった。舞を踊っているかのような流麗な動きに、勝己は目を奪われる。

リングの中で一対一で戦うことを前提とした格闘技とは明らかに一線を画する技術。一対多、しかも相手が武器を持っていることすら想定した戦闘術だ。古流の武術か、軍隊格闘術のような……。

そのとき、男達のなかからスーツ姿の男と、腕に派手な蜘蛛《くも》のタトゥーを入れた男が走って近づいてきた。勝己は一瞬だけ背後に視線を送る。数メートル後ろにゆかり、翼、黒宮の三人が立っている。

この人達を守るのが俺の仕事ってわけか。勝己は軽く握った両拳をあごの前で構えると、重心を落とす。

神酒のように多人数を相手に戦う技術は持っていないが、大学時代ずっと総合格闘技のジムで汗を流し続けた。アマチュアの全国大会にも出場し、そこで準優勝してプロのライセンスをもらっている。チンピラ二人ぐらいに負けるはずがない。勝己は自分に言いきかせつつあごを引くと、叫びながら近づいてくる二人の男を見る。

最初にスーツの男が大きく拳を振り上げながら走り込んできた。

間合いに入った瞬間、勝己は「シュッ！」と息を吐くとともに左ジャブを男の顔に打ち込んだ。鼻っ柱を打たれた男は足を止め、両手で鼻を押さえる。その瞬間、勝己は左足を踏み込むと同時に腰をひねり、体重の乗った右ストレートを男のあごに叩き込んだ。

男は後方に吹き飛ばされるように倒れる。その男を乗り越えるようにして、タトゥーの男が両手を広げて摑みかかってきた。勝己は一歩前に出て男の懐に入り込むと、両手で包み込むように男の頭部を抱え、脇を締める。ムエタイでよく使われる首相撲で男を捕獲した勝己は、軽く体を振って男のバランスを崩しながら、その脇腹に膝蹴りを見舞った。男はぐふっというくぐもったうめき声をあげると、口から液体を吐き出しながらその場に両膝をつく。

やった！　軽く安堵《あんど》の息を吐いた瞬間、横から衝撃が襲いかかってきた。なにが起こったか分からないまま、勝己は勢いよく地面に叩きつけられる。

「なめんじゃねえぞ!」

太ったスキンヘッドの男が、顔を真っ赤に紅潮させながら勝己にのしかかってきた。いつの間にか近づいていたこの男に、側面からタックルを食らって倒されたらしい。男は右手で勝己のシャツを握り、大きく左拳を振り上げる。

何千時間もジムで過ごした経験が、考えるより先に体を動かした。勝己は素早く右足を男の左肩の上に移動させ、さらに左足を男の右脇の下にこじ入れると、足を三角形に組み上げた。下からの三角絞めが完成する。

勝己は両足に力を込めると、男の頭部を両手で思い切り引きつける。組まれた足と、自らの右腕によって左右の頸動脈《けいどうみゃく》を絞め上げられたスキンヘッドの男は目を大きく見開くと、絞め技から逃れようと激しく暴れはじめる。しかし、いくら体力のある男であっても、完全に形に入った両足の絞め技から逃れられるわけもなかった。数秒でその動きは緩慢になっていき、十数秒も経過すると勝己の足を摑んでいた手がだらりと垂れ下がった。男が完全に失神したことを確認した勝己は両足のロックを解く。

「おつかれさま。なかなか格好よかったわよ、勝己ちゃん」

声が降ってきた。勝己は目だけ動かして声が聞こえてきた方向に視線を向ける。いつの間にか近づいていたゆかりが、勝己の顔を見下ろしていた。

仰向《あおむ》けになっている勝己の頭のそばに立っているので、スカートの裾《すそ》から白い太ももが見え、勝己は慌てて目をそらす。ゆかりの顔にいやらしい笑みが浮かんでいく。

「あらぁ、いまなにを見たのかな？　真美ちゃんに言いつけちゃうわよ」

「ま、真美さんは関係ないじゃないですか！　それより、危ないですから……」

「大丈夫よ、ほら」

ゆかりは前方を指さした。そちらに視線を向けた勝己はあんぐりと口を開ける。そこでは十人を超える男達が倒れていた。腹を押さえてうめき声をあげるもの、完全に失神しているもの、逃げるように這《は》いずっているもの様々だが、全員がもはや戦闘不能であることは火を見るよりも明らかだった。そんな男達のなかで、満足げに手の甲で額の汗を拭《ぬぐ》う神酒と、真っ青な顔で細かく震える小太りの男だけが立っている。

「あれって、神酒先生が……」

「そう、全員たたきのめしたの」

ゆかりは微笑みながら手を差し出す。勝己は「ありがとうございます……」と、ゆかりの手を借りて立ち上がった。

勝己は呆然《ぼうぜん》としながら、ゆかり、翼、黒宮の三人とともに神酒に近づいて行く。

「あーあ、また派手にやったね。まったく、問題を暴力で解決しようなんて野蛮だよ」

倒れている男達を見回しながら、翼が呆《あき》れ声で言う。

「しかたがないだろ。こうやって力で解決するしかない場合もあるんだよ」

神酒は満足げに言う。翼は大きく鼻を鳴らした。

「なに言っているんだよ。神酒さんはただ暴れたかっただけでしょ」

翼の言葉に反論することなく、神酒は案山子《かかし》のように立ち尽くす小太りの男に向き直る。男の喉《のど》から、しゃっくりをするような音が漏れた。

「お、お前ら、こんなことしてただで済むと思うなよ……」男はかすれ声で言う。

「ただで済まないって言っても、仲間はこんな状態だよ」

翼が小馬鹿にするように言うと、小太りの男は引きつった笑みを浮かべた。

「お、俺の部下がこいつらだけだとでも思ったのかよ。とっておきの奴らが、いまこっちに向かっているんだよ。あいつらが来ればお前らなんか……」

男がそこまで言ったところで、遠くから唸《うな》るようなエンジン音が聞こえて来た。勝己が顔を上げると、かなり遠くからヘッドライトを点灯させたバイクが数台、こちらに走ってきているのが見えた。

「どれだけ強くてもな、バイクで轢《ひ》いちまえばいちころだ。ざまあみやがれ！」

小太りの男は神酒を指さしながら声を嗄《か》らす。神酒はコリコリとこめかみを掻《か》きながら、ゆかりに視線を向ける。

「連絡はしたか？」

「ええ、章ちゃんと勝己ちゃんが暴れているときにね」

ゆかりがこたえると、神酒は「なら問題ないな」と頷《うなず》いた。

いったい何を？　勝己が困惑していると、バイクの後ろから猛スピードで車が近づいてきた。ハイビームになったヘッドライトに照らされ、勝己は目を細める。

車は瞬く間にバイクを追い抜くと、勝己達に向かって猛スピードで向かってきた。

轢かれる⁉　勝己が身を固めると同時に、甲高いブレーキ音が鼓膜を引っ掻く。二十メートルほど先で急に速度を落とした車は、横滑りするように回転しながら近づいてきて、勝己達の数メートル前で側面を見せて停車した。車の後ろにいたバイクは、急に回転しだした車に驚いたのか次々に急ブレーキをかけ転倒していく。

目の前に停車した車を見て、勝己は「あっ⁉」と声をあげる。さっきまでは逆光になっていたため分からなかったが、それは神酒クリニックのキャンピングカーだった。

「みんな、乗って下さい！」真美が運転席の窓から顔を出す。

ゆかりと黒宮がキャンピングカーの後部に駆け寄り、扉を開ける。それと同時に、神酒が小太りの男に駆け寄ると、その左腕を後ろ手にひねり上げた。

「痛《いて》え！　痛えって！　放せよ！」

男が叫び声をあげるが、肘と肩の関節を完全に極《き》められ、ほとんど動くことができなかった。神酒は小太りの男を車内に押し込む。黒宮とゆかりが続いて車内に入っていく。

「ほら、なにぼーっとしているんだよ。さっさと乗ってよ。置いていかれたいわけ？」

翼にうながされ、勝己は慌ててキャンピングカーに乗り込んだ。

「真美ちゃん、全員乗ったわよ」後部ドアを閉めながら、ゆかりが声をあげる。

「分かりました。皆さん、つかまっていて下さい」

運転席の方から、真美の声が聞こえてくる。神酒達は慌てて手近なものにつかまった。エンジンがうなりをあげ、車が急発進する。壁の取っ手に向かって手を伸ばそうとしていた勝己は、その加速にバランスをくずし、でんぐり返しでもするかのように一回転した。

6

助手席に腰掛けながら、勝己は横目で運転席の真美に視線を向ける。真美は真剣な表情でフロントグラスの奥を見ていた。横顔だと長い睫《まつげ》毛がさらに目立つ。狭い車内で真美と二人だけ、本当なら心躍るようなシチュエーションのはずだ。しかし、疲れ果てた精神はこの状況を楽しむ余裕がなくなっていた。

本当にこのまま殺人犯を捕まえるのだろうか？　真美と同じようにフロントグラスの奥、閉まったエレベーターの扉を眺めながら、勝己は今夜起こったことを思い起こす。港で十数人の男達をたたきのめし、小太りの男を拉《ら》致《ち》した神酒達は、車内で藤原という男の情報を集めはじめた。

最初、小太りの男は怯《おび》えた態度を見せながらも、絶対になにも情報は漏らさないと言い張っていた。しかし翼を前にしては、その決意などなんの意味もなさなかった。翼は相変わらずの超人的な読心術で、あのカジノのオーナーが情報通り藤原という男であること、小太りの男が藤原の部下であり、藤原がどこに住んでいるか知っていることなどを突き止め、ついには藤原の住所までいとも簡単に言い当てた。

恐ろしいほど正確に自らの思考を読まれて震え上がっている男に、翼は川奈雄太について知っているかも訊《たず》ねた。しかし、どうやら男があのカジノを任されたのは三ヶ月ほど前かららしく、それ以前の客の情報についてはなにも知らなかった。

最終的に神酒達は、カジノで稼いだ金を返して（神酒、ゆかり、勝己がすった分だけはみみっちく回収したが）小太りの男を解放した。

ちなみに解放する際、小太りの男に『もし藤原に逃げるよう連絡したりしたら、お前が情報を漏らしたと言いふらすぞ』と脅しをかけておくことも忘れなかった。何度もこくこくと頷いた男の態度を見れば、翼じゃなくとも男が藤原に連絡など入れないことは容易に見て取れた。

そうして、川奈雄太殺害の容疑者である藤原の住所を突き止めた神酒達は、一度クリニックに戻ると、あの改造キャンピングカーと真美の愛車だという真っ赤なミニをくりだして、藤原が住んでいるという江東《こうとう》区の高級マンションにやってきていた。

小太りの男の話では、このマンション最上階のペントハウスが藤原の住居だということだった。そのペントハウスには、一般居住者が使うエレベーターの他に、地下の駐車場に直通している専用エレベーターがあった。

勝己は目を凝らして、二十メートルほど先に見えるエレベーターの扉を眺める。扉の横には電子ボタンと鍵穴《かぎあな》が見えた。おそらく、鍵をさして暗証番号を打ち込むことで使用できるのだろう。このエレベーターには、簡単に駐車場へ向かえるという意味ももちろんあるが、それ以上になにか危険が及んだ際の逃走経路としての意味合いが見て取れた。最初から堅気ではない人間の居住を想定して作られていたのかもしれない。勝己は真美とともに地下駐車場で、このエレベーターを見張っていた。

現在、マンションのフロントが見える路肩に停車したキャンピングカーにはゆかりが残り、神酒、翼、黒宮の三人がマンションへの潜入を試みている。

「……神酒先生達、マンションに入れたかな？」

沈黙に耐えきれなくなってきた勝己が、話題を探して口を開く。真美は横目で勝己を見ると、にっこりと屈託のない笑みを浮かべた。

「きっと大丈夫ですよ」

そうだろうか？　神酒達の作戦では、まずマンションに帰宅する人間を待ち、入り口の自動扉を開けたときに同時にマンション内に入り込んで、そのまま最上階に向かう。そこからは臨機応変にという、適当極まりない計画だった。

「でもさ、最上階に行けても、そこからどうやって部屋に入るつもりなわけ？」

「黒宮さんがいるから、なんとかなると思いますよ」

「黒宮先生が？」

「はい、黒宮さん、鍵開けとか得意ですから。十分ぐらいあればほとんどの鍵を開けちゃうんですよ。あと電子タイプの鍵でも、けっこう簡単にハッキングして開けることができるって言ってました」

「……そんなこと可能なの？」

「黒宮さんいわく、『……この世にあるすべての鍵の構造と、その開け方を調べて、あと少し練習すれば簡単だよ』ってことです」真美は黒宮の口調を真似ながら言う。

「この世にあるほぼすべての鍵って……、それってものすごい量なんじゃないの？」

「黒宮さんなら覚えられちゃうんですよ。一度読んだ本の内容は絶対に忘れないんですって」

容易には信じられないほどの記憶力だ。しかし、カジノでの常人にはまず不可能な方法での勝ちっぷりを見ると、おそらく本当なのだろう。

「鍵破りは、うちに入ってから、必要になるだろうって覚えたみたいですね」

無邪気な口調で言う真美を前にして、勝己の眉間《みけん》にしわが寄っていく。

「神酒先生って、前からよくこんなことをしているわけ？」

「よくってわけじゃないですけど、時々」真美は苦笑を浮かべる。「私はあんまり危ないことして欲しくないんですけどね」

「こんなの医者の仕事じゃない。今日やったことだって、下手をすれば逮捕されてもおかしくないだろ」

違法カジノでギャンブルを行い、十数人の男達をたたきのめしたうえ一人を拉致し、いまはマンションへの不法侵入を試みている。殺人犯を見つけ出すためとはいえ、危険な橋を渡りすぎている。

「なんていうか……、章一郎さんってこういう事件に首を突っ込むのが大好きなんですよ。常に刺激を欲しがっているというか……」

「けど、神酒先生だけじゃなくて、ゆかりさん、翼先生、黒宮先生、みんな積極的に神酒先生に協力しているじゃないか」

勝己は真美を見つめながら、心の中で「そして君も」とつけ足す。

「みんな最初から、あんなに協力的だったわけじゃないんですよ。ただ、何度も章一郎さんに付き合わされて、色々な事件にかかわっているうちに、諦《あきら》めたというか、はまっていったっていうか……」

「はまっていった？」

「うちのクリニックの先生達って、みんなちょっと変わっているじゃないですか。なんていうか、普通じゃない能力を持っているっていうか……」

ゆかりの演技力と美貌《びぼう》、翼の読心術、黒宮の記憶力と知能、たしかに全員が特殊な能力を持っている。

「けれど、その能力のせいで一般社会では浮いて、かなり肩身の狭い思いをしてきたみたいなんですよ。自分の能力を抑えつけながら生きていこうとしたけど、結局それも難しくて、自分の居場所を見失っていった……。みんな、あんなに優秀なのに」

ゆかりさんもそんなこと言っていたな。真美の話を聞きながら、勝己は先日ゆかりと交わした会話を思い出す。

「そんな感じで自信を失っていた三人を、章一郎さんは仲間にして、抑えていた能力を思い切り使ってもらったんです」

「それは、今回みたいな事件でってこと？」

「ええ、そうです。自分達の能力を発揮しながら事件を解決して、色々な人からすごく感謝されて、みんなはじめて自分が認められた感じがしたんだと思うんですよ。ここなら本当の自分を隠さないでも良いんだって。ここが自分の居場所なんだって」

居場所か……。勝己は口元に力を込める。

「きっと、勝己さんもそのうち分かりますよ」

真美に無邪気に言われ、勝己はつくり笑いを浮かべることしかできなかった。

「俺には、みんなみたいな特殊な能力はないけれどね」

「そんなこと気にしなくて良いですよ。私だってべつに取り柄なんてないですから。それに、さっき大活躍だったらしいじゃないですか。ゆかりさんから聞きましたよ」

真美は両手を突き出して、パンチのまねごとをする。

「大活躍って言っても、神酒先生は俺よりずっと凄《すご》かったからな……。神酒先生って何者なわけ？　とんでもなく手術が上手《うま》いうえ、あんなに強いなんて」

勝己が訊ねると、真美は人差し指をあご先に当てた。

「私が聞いた話では、フランスの外人部隊で衛生兵をやっていたとか……」

「ああ、なるほどね……」勝己は納得する。外人部隊というものがどういうものかはよく知らなかったが、たしかに軍隊なら外傷などの手術をする機会も多そうだし、一対多を想定した格闘技術も発達しているだろう。

「そう言えば、真美さんはなんで神酒先生のクリニックで働くようになったの？」

話をしているうちに空気がほぐれてきたので、勝己は前々から気になっていたことを訊ねる。一風変わった者達が集まる神酒クリニックで、真美だけがまともで、逆に少し浮いているように感じていた。

「三年前、章一郎さんがクリニックを作るとき、私に一緒に働かないかって誘ってきてくれたんです。そのとき、まだ私は看護師になったばっかりだったんで、どうしようか迷いましたけど、章一郎さんが一人前のナースになれるように指導してくれるって言うんで。それに章一郎さん、私がついていないとダメなところがあるから……」

……ああ、やっぱりそうなのか。はにかむ真美を眺めながら、勝己は弱々しく微笑む。うすうす感づいていたが、やはり神酒と真美は恋人なのだろう。二人の間に院長と従業員というだけではない雰囲気が漂っているのを、勝己はなんとなしに感じていた。

久しぶりに、けっこう本気で惚《ほ》れていたのに、また失恋か……。

真美に気づかれないように小さくため息を吐いた瞬間、勝己は目を見開く。エレベーターの扉がゆっくりと開きはじめていた。真美も「あっ！」と声をあげる。

藤原という男が降りて来たのだろうか？　そうだとすると、捕まえるべきなのか？　これまでのことから察するに、藤原という男が川奈雄太殺害にかかわっている可能性は高い。しかし、あくまでそれは可能性があるというだけだし、そもそも警察でもない自分達に、容疑者を拘束する権利などない。

迷いながらも、勝己はドアノブに手をかける。エレベーターの扉が開き中が見える。

勝己の口から「えっ⁉」という驚きの声が漏れた。

エレベーターに乗っていたのは一人ではなかった。マスクとサングラスで顔を隠した三人の男と、力なく床に座り込んでいる金髪の男の四人が、狭いエレベーターに詰め込まれていた。金髪の男の顔は腫《は》れ上がり、頭からは血が流れている。

あの男達は誰なんだ？　混乱している勝己の前で、男達は金髪の男を引きずるようにエレベーターから出す。気を失っているのか、金髪の男はまったく抵抗しなかった。顔を隠している男の一人が無造作に、横たわる金髪の腹に蹴《け》りを叩《たた》きこむ。金髪の男が弱々しく咳《せ》き込んだ。

「やめなさい！」

辺りに響き渡った甲高い声で、勝己は我に返る。見ると、いつの間にか真美が車外に出て男達を睨《にら》みつけていた。勝己は慌ててドアを開けて車を降りた。

三人の男は顔を見合わせる。サングラスとマスクで顔が隠れているので、男達がどんな表情をしているのか全く分からなかった。

「勝己さん、あの人を助けないと」

小声で囁《ささや》く真美に、勝己は小さく頷《うなず》く。なにが起こっているのかまったく分からないが、少なくとも拉致《らち》されかけている男をほうっておくわけにはいかない。

勝己は警戒しながら、男達の次の行動を待つ。このまま倒れている男を置いて去ってくれればいいが、そうでなければまた一戦を交えないといけないかもしれない。

男の一人がジャケットの懐に手を入れた。そこから取り出されたものを見た瞬間、勝己は目を疑った。駐車場を照らす蛍光灯の光を鈍く反射する無骨な金属の塊、オートマチックの拳銃《けんじゅう》が男の手にあった。銃口が勝己達に向けられる。

「真美さん！」勝己は叫びながら真美に飛びかかった。小さく悲鳴をあげた真美とともに、勝己はその場に倒れ伏せる。鼓膜に痛みを感じるほどの轟音《ごうおん》が辺りに響き渡った。

銃声が地下駐車場の壁にこだまし、やがて小さくなっていく。勝己は目をゆっくりと開くと、体の下にいる真美を見る。

「真美さん、大丈夫？　怪我はない？」

「は、はい……。勝己さんは？」真美はこわばった表情を浮かべながら頷いた。

「俺も大丈夫」

勝己が答えると、背後からエンジンのうなり声が聞こえてきた。振り返ると、マスクの男達がエレベーターのそばに停められたミニバンに乗り込んでいた。男の一人が運転席に座り、残りの二人が開いた後部ドアに金髪の男を押し込んでいる。

金髪の男を車内に押し込んだ男が、振り返って再び銃口を向けてくる。勝己は真美を抱きしめると、素早くそばにあった柱の陰に飛び込んだ。

あいつら、いったい何なんだ？　混乱と恐怖でオーバーヒートしそうな頭を必死に冷ましながら勝己は考える。藤原という男とその仲間が、神酒達の接近に気づいて逃げ出したということなのだろうか？　しかし、そうだとするとあの金髪の男は？

状況ははっきりしないが、とんでもないことに巻き込まれてしまったことだけはたしかだ。まさかこの日本で拳銃を向けられるなんて……。

男達はこのまま立ち去ってくれるだろうか？　まだ拳銃で襲ってくるなら、真美だけでも守らなければ。

息を殺していると、タイヤが地面とこすれる音が響いた。柱の陰からわずかに顔を出して様子をうかがうと、バンがすさまじいスピードで地下駐車場の出口へと向かっていくところだった。勝己は大きく安堵《あんど》の息を吐く。

「あの……勝己さん。ちょっと苦しいです」

腕の中からか細い声が聞こえてくる。視線を下ろすと、真美が頬をかすかに赤らめながら、勝己の顔を見上げていた。

「ご、ごめん」勝己は慌てて抱きしめていた腕を開く。

「いえ、守ってくれてありがとうございます。……嬉《うれ》しかったです」真美は恥ずかしそうにうつむくと、上目遣いに勝己を見る。「それより、早く行きましょう」

「え、行くって？」意味が分からず、勝己は目をしばたたかせる。

「早くあのバンを追わないと見失っちゃいます。乗って下さい」真美はミニに駆け寄る。

「まさか、あの男達を追うつもり!?」

「当たり前じゃないですか。急いで下さい！」

　真美は微塵《みじん》の迷いも見せず、扉を開けて運転席に乗り込む。勝己を真っ直ぐにみる真美の眼差《まなざ》しからは、たとえ一人でもあのバンを追うという強い意志が伝わってきた。一瞬躊躇《ちゅうちょ》したあと、勝己はミニに乗り込む。

「行きますよ！」

　勝己が助手席に座ると同時に、真美はイグニッションキーを回した。座席の下でエンジンがうなりをあげ、臀部《でんぶ》に振動が伝わってくる。

　追いつかないだろうな。険しい顔でハンドルを握る真美の横顔を見ながら、勝己は胸の中でつぶやく。バンが出てからかなり経っている。それに、こんな小さな車で、しかも運転するのは若い女性だ。あれほど猛スピードで逃げていった車に追いつくわけ……。

「舌、噛《か》まないように気をつけてください」真美が押し殺した声でつぶやいた。

　ギアに添えられた真美の小さな手が流れるように動く。次の瞬間、勝己の体は背もたれに叩きつけられた。

　なにが起きているのか状況を理解できないうちに今度は横から強いGがかかり、勝己は大きく体を振られ、サイドグラスに頭をぶつける。

「しっかりシートベルトをして！　怪我しますよ！」

真美のセリフを聞いて、勝己は慌ててシートベルトを締める。スロープを上りきったミニは、軽くバウンドしながらマンションの外へと飛び出すと、横滑りしながら停車した。甲高いブレーキ音が車内にまで響き渡る。

勝己の脳裏に、数時間前に港でキャンピングカーが横滑りしながら目の前に停車した光景が蘇《よみがえ》る。あのときは偶然ベストな位置に停車できたのだと思っていた。しかし、いまのドリフトを見るに、あれも狙ってやったのかもしれない。もしそうだとしたら、とんでもないドライビングテクニックだ。

「……いた」真美が背後を振り返りながら低く籠《こ》もった声でつぶやく。

振り返ると、バックグラスの奥、数百メートル先にバンが見えた。

「ま、真美さん。あの、安全運転で……」

真美の顔に妖《あや》しい笑みが浮かんでいることに気づき、勝己は表情を引きつらせる。

「なに言っているんですか、安全運転なんかしていたら追いつけませんよ」

真美は心から楽しげに言うと、再び滑るようにギアを操作し、アクセルを踏み込んだ。

ミニが小動物のように素早い動きで反転する。勝己はすさまじい速度で横に流れていく景色に身をこわばらせた。

ミニを百八十度回転させた真美は、あごを軽く引いてバンを睨みつける。

「絶対逃がさない……」

危険な笑みを浮かべたまま低い声でつぶやく真美を見て、勝己の背筋が冷えていく。ハンドルを握らせると性格が変わる人間というのは少なくないが、真美の場合、性格というより人格が根本から変わっている。

いつも、ゆかりや翼がしきりに「安全運転を」と真美に念を押していた理由が分かる。

この子、完全なスピード狂だ。

助手席に乗り込んでしまったことを後悔するが、もはや遅かった。いまさら降りるわけにもいかない。歯を食いしばって覚悟を決めた勝己は、再び座席に背中を押しつけられる。これまでの人生で味わったことのない加速に、体が硬直する。

「な、なんで、こんなにスピードがでるわけ?」

「あっ、この車、私が改造しているんです。エンジンをスタンダードのものとは比べものにならないくらいパワーのあるものに交換して、さらに……」

勝己が息も絶え絶えに声を搾り出すと、真美は嬉々《きき》としてこの車にどんな改造を施したのか説明していった。

この子だけは、神酒クリニックで唯一まともな人間だと思っていたのに……。

勝己がショックを受けているうちに、みるみるとバンが近づいてくる。

バンは大通りの交差点を左折した。真美はほとんど減速することなく交差点に突っ込むと、勢いよくハンドルを切りながらブレーキを踏む。ミニは後部を大きく振り、ドリフトしながら方向を転換すると、再びすさまじい加速で走りはじめた。

追われていることに気づいたのか、バンがスピードを上げる。しかし、軽い車体に改造エンジンを積んだミニは、すぐにバンのすぐ背後にぴたりとついた。

二台の車は、港沿いの深夜の車道を猛スピードで走り抜けていく。真美はミニをバンの横につけ、併走させはじめた。

「これからどうするの？」勝己はシートベルトを両手で握りながら訊《たず》ねる。

「そのバンを停めます」真美は即答した。

「停めるってどうやって？」

スピードこそミニの方が勝っているが、質量では明らかにバンの方が上だ。強引に停めるのは簡単なことではない。

「それはいまから考えます」

「いまから考えるって……」

勝己が唖然《あぜん》としていると、バンの助手席の窓が開いた。

「危ない！」

勝己が目を剝《む》きながら声を張り上げる。マスク姿の男が、拳銃を持った手を窓から伸ばしていた。その銃口は真美を狙っている。

離れるんだ！　勝己がそう叫ぼうとした瞬間、真美は思いきりハンドルを切った。あろうことか、バンの方に向かって。

ミニの車体が勢いよくバンにぶつかり。二台の車ははじき飛ばされるように離れる。

車体の軽いミニは大きくはじかれるが、予想外のことにハンドル操作を誤ったのか、バンも一瞬タイヤが浮くほどにバランスを崩した。助手席の男の手から拳銃が落ちる。

「なんてことを⁉」勝己は両手でシートベルトを摑《つか》みながら声を荒らげる。

「大丈夫です。修理代金は章一郎さんに請求しますから」真美は軽い口調で言った。

違う、俺が心配しているのは修理代金のことじゃない。この子、下手をしたらゆかりさん達よりはるかに危険人物なんじゃ……。

言葉を失う勝己の横で、真美は流れるようにギアを入れ替え、アクセルをべた踏みする。一瞬スピードを落としたためバンと離されたミニだったが、再びバンに近づいて行く。

本当にあのバンを無理矢理停車させることができるかもしれない。圧倒的な真美のドライビングテクニックを見せつけられ、勝己はそう思いはじめる。

再びミニはバンに近づき、十メートルほど後ろにつく。

「章一郎さんに電話して、状況を伝えてください」正面を見たまま真美が言う。

勝己は「あ、うん」と頷《うなず》くと、ポケットからスマートフォンを取り出した。

そのとき、前を走っていたバンの後部ドアが開いた。マスク姿の男が一人と、床に倒れている金髪の男が見えた。

「……なにするつもり？」真美が訝《いぶか》しげにつぶやく。

マスクの男は、金髪の男の両脇に手を入れて強引に立たせる。

「まさか……、うそでしょ」真美が震える声を上げる。

未《いま》だマスクの男がなにをしようといるか理解できず、勝己は眉《まゆ》をひそめた。

次の瞬間、マスクの男は無造作に金髪の男の背中を蹴《け》った。金髪の男は力なく前のめりに倒れていき、そして……バンから転げ落ちた。

「っ！」真美が声にならない悲鳴を漏らしながらハンドルを切る。

アスファルトの上をバウンドしながら近づいてくる男の体を間一髪で避けたミニは、勢いよくスピンし、ガードレールに当たって止まった。

「勝己さん、大丈夫ですか？」

「ああ。真美さんは？」

勝己はくらくらする頭を振りながらこたえる。目は回っているが、怪我はなかった。

「私も大丈夫です。それより、さっきの人を！」

勝己と真美は素早く扉をあけて車外へと出る。数十メートル先、片側二車線の車道の真ん中に金髪の男が倒れているのが見えた。その体はピクリとも動かない。

勝己は車が来ないことを確認すると、男に向かって走って行く。

「うっ……！」男のそばに近づいた勝己の喉《のど》から、無意識にうめき声が漏れる。

想像よりも男の状態は悪かった。右足と左手がおかしな方向に曲がっていて、左手の前腕では折れた骨が皮膚を突き破っていた。顔面は元々の人相が分からないほどに腫《は》れ上がっている。勝己は血で汚れたシャツに包まれた胸元に視線を向ける。わずかにだが胸が上下していた。まだ息はある。

「おい、聞こえるか？」勝己は男に声をかけ、意識状態を確認する。

男のたらこのように腫れた唇の隙間から、「ううっ」とうめき声が漏れた。

「意識があるんだな？　聞こえているな？」

再び勝己が声をかけると、男はかすかに頷くような仕草を見せた。

勝己は男の右手の手首に指を添わせる。指の腹にかすかに拍動が感じられた。橈骨動《とうこつ》脈が触知できるなら、最低限の血圧は維持できている。かなり厳しいが、すぐに処置をすれば救命できるかもしれない。

勝己は振り返って真美を見る。真美はスマートフォンを耳に当て、なにやら喋《しゃべ》っていた。おそらく救急車を呼んでいるのだろう。

「名前は言えるか？」真美が必要なことをやっているのを確認した勝己は、男に訊ねる。

「ふ、ふじわら……」蚊の鳴くような声で男は言った。

その名を聞いて、勝己は耳を疑う。

「藤原？　君が藤原なのか？　あのマンションの最上階に住んでいる藤原？」

「なんで……俺のことを……？」男の口調に警戒の色が滲《にじ》んだ。

「そんなことより、君が藤原だとしたら、あの男達は誰なんだ？」

勝己は勢い込んで藤原と名乗った男に訊ねる。

「分からない……。なにがなんだか……」

藤原は弱々しく咳《せ》き込むと苦しげにうめき、右手で喉元を押さえる。

「どうした⁉」勝己が慌てて訊ねるが、藤原がこたえることはなかった。

藤原の手がだらりと垂れ下がる。勝己は慌てて藤原の首筋に指を触れる。しかし、頸《けい》動脈《どうみゃく》の拍動を触れることはできなかった。

血圧が低下して失神した？　今まで血圧は保てていたはずなのに？　胸腔《きょうこう》や腹腔《ふくこう》内で大量に出血しているのだろうか？　いや、そうだとしても血圧の低下が早すぎる。

必死に血圧低下の原因を探る勝己は、藤原の首に太い血管が浮き上がっていることに気づく。小さな蛇が皮膚の下を這《は》っているかのように怒張した頸動脈、勝己は目を見張ると、藤原の着ているワイシャツに両手をかけ、左右に思い切り力を込める。ボタンがはじけ飛び、あばらが浮き出るほどに痩《や》せた上半身が露《あら》わになった。勝己は藤原の胸に左手を添えると、鉤《かぎ》状にした右手の人差し指と中指で打診を行う。太鼓のように小気味いい音が勝己の鼓膜を揺らした。勝己の表情が歪《ゆが》む。

気胸を起こしている。しかも状況から見ると、緊張性気胸だ。

外傷によって胸壁が損傷し、胸腔と外界が弁状に交通してしまったのだろう。その結果、外からの空気が入ってくるが出て行けない状態になっている。この状態になると胸腔内圧が異常上昇し、心臓への血液還流が阻害され、心臓が全身へ血液を送れない状態になってしまう。

全身への血液供給が滞るという意味では、緊張性気胸は心停止とほぼ同義だった。すぐに治療を行わないと、酸欠により脳細胞が死滅していく。猶予はほんの数分しかない。胸腔に溜《た》まった空気さえ抜けば治療できる。しかし、そのために必要な道具がない。身を焼くような焦燥が勝己を責め立てる。

「勝己さん！　どうですか！」

背後から声がかけられる。振り向くと、真美が不安そうな表情で見下ろしていた。

「緊張性気胸だ！　救急車を待つしかない」

「救急車を呼んだんですか⁉」真美が大きな目をしばたたかせる。

「な、なにを言っているの？　さっきの電話は救急車を呼んでいたんじゃ……」

「えっ⁉　いえ違います」

首を左右に振る真美を見て、勝己は啞然とする。看護師である真美なら、当然救急車を呼ぶという正しい行動をしていると思い込んでいた。

「救急車より、あっちに電話をした方が早くて確実ですから」真美は言葉を続ける。

「あっち？」

勝己がおうむ返しすると同時に、遠くから低いエンジン音が響いてきた。音が聞こえてきた方向を見た勝己は「あっ」と声をあげる。見慣れた巨大な車が猛スピードで近づいてきていた。神酒クリニックのキャンピングカー。

勝己が目をしばたたかせているうちに近づいてきたキャンピングカーは、甲高いブレーキ音を立てながら隣の車線に停車する。

「状況は⁉」運転席から顔を出した神酒が声を張り上げる。

「緊張性気胸を起こして血圧低下しています！　意識ありません！」

勝己が叫ぶように言うと、神酒は窓から身を乗り出してなにかを数個投げてきた。勝己は目の前に飛んできたものを見下ろす。それは十八ゲージの注射針だった。

「脱気しろ！」神酒が叫ぶ。

すぐに神酒の意図を読み取った勝己は、慌てて拾い上げた注射針をケースから出すと、その針先を倒れている藤原の肋骨《ろっこつ》上縁に当てる。痩せているおかげで穿刺《せんし》点は容易に見つけることができた。勝己はためらうことなく注射針を力いっぱい押し込む。指先に針が胸膜を破る感触が伝わってくると同時に、胸腔内にたまっていた空気が注射針の後方から勢いよく噴き出し、笛を吹くような音を立てはじめる。

勝己はさらに注射針を手に取ると、同じように藤原の胸に挿し込んでいく。五本の注射針を刺し込んだところで、噴き出してくる空気の勢いが弱くなっていった。

勝己は再び藤原の首筋に指を添わせる。かすかに頸動脈の拍動を触れた。

「脾臓《ひぞう》が破裂してる……。あと肝臓からも出血が……」

すぐ近くからぼそぼそと独り言のような声が聞こえてくる。見ると、いつのまにかポータブルエコーを手にした黒宮が、藤原の腹部にプローブを当てていた。

「点滴ライン確保！　生食全開で流しとくわよ」

勝己の対面に陣取ったゆかりが、藤原の前腕静脈で点滴針を差し込み、生理食塩水の点滴を開始する。

「はいはい、ちょっとどいてくれる」

勝己が振り返ると、翼が両手で抱えるようにして担架を運んできていた。勝己が場所を譲ると、翼は「よっと」と担架を藤原の隣に置く。

「状況は？」運転席から降りて来た神酒が、腹の底に響く声で訊《たず》ねる。その鋭い眼差《まなざ》しは倒れ伏している藤原の全身に注がれていた。

「緊張性気胸は解除されたけど、かなり危険な状態……。肝臓と脾臓から腹腔内に大量の出血……。まずは開腹して止血処置が必要……。頭部の損傷はまだ不明……」

黒宮がエコーのプローブを動かしながら、相変わらずの平板な口調で答える。

「血圧七十八の三十二、脈拍は百二十四。プレショック状態ね。酸素飽和度は九十二パーセント、意識レベルはJCSで三桁《けた》」

点滴ラインの確保後、真美とともに血圧などを測っていたゆかりが早口で言う。神酒は軽く頷《うなず》くと、険しい表情のまま口を開いた。

「すぐに車に収容して、クリニックに搬送しつつオペを開始する。黒宮は麻酔導入と全身管理、ゆかりは助手、勝己は胸部へのトロッカーの挿入、真美はキャンピングカーの運転を頼む。あと翼はそっちのミニを回収してくれ」

「えー、僕は仲間外れなわけ？」翼が唇を尖《とが》らす。

「しかたがないだろ、お前は手技はほとんどできないんだから」

神酒が言うと、翼は「パワハラだ」とつぶやきながら、ミニに近づいて行く。

「よし、それじゃあ運び込むぞ」

神酒の指示で、ゆかり達は藤原の体の下に手を差し込もうとする。

「ちょっと待って下さい。うちのクリニックに搬送するんですか？」

「ああ、そうだよ」藤原の傍らにひざまずきながら、神酒はこたえる。

「こんな重症外傷患者は、普通は高度救急センターに……」

「そんなところに搬送するよりも、俺達が治療した方が救命できる確率が高い」

神酒は一分の迷いもない口調で言い切る。勝己は反論しようと口を開く。しかし、言うべき言葉が見つからなかった。一番近くの救急医療センターに搬送するとしても、十数分はかかるだろう。けれど、あのキャンピングカーに運び入れ、移動中に車内で治療を行うなら、十分以内に手術を開始できる。しかも、執刀するのは神酒だ。

目の前の男を助けるためには、神酒の指示通りにするしかない。決意を固めた勝己は藤原のそばに膝《ひざ》をつき、体の下に腕を入れる。神酒は唇の片端を上げた。

「首が動かないように注意しろよ。それじゃあいくぞ。一、二の、三」

神酒の合図とともに、勝己は力を込めて藤原の体を持ち上げた。

第二章

1

「それでどんな感じなの、新しい職場は？」

正面の席に座る新庄雪子《しんじょうゆきこ》がアルコールで頰を上気させながら訊ねてくる。

「まあ、それなりにやってるよ……」

ウーロン茶をちびちびと舐《な》めながら、勝己は曖昧《あいまい》に答えた。

「んー？」雪子はにやにやと微笑みながら、上目遣いに勝己の目を覗《のぞ》き込む。

「なに？」勝己はごまかすようにコップの中身をあおる。

「いやあ、思わせぶりな答えだと思ってね。勝己、新しい職場に不満があるでしょ？」

図星をつかれ、勝己は言葉に詰まった。

「あ、やっぱりそうなんだ。相変わらずわかりやすいね、君は。なによ、手術をやらせてもらっていないとか？」

「そんなことないよ。手術は前の病院と同じくらい入らせてもらってるしさ」

「それならいいじゃん。手術ができる病院に勤めたいっていうのが、勝己の一番の希望だったんでしょ？ なにが不満なわけ」

「……いろいろあるんだよね」勝己はため息交じりに言う。殺人事件に首を突っ込み、犯罪まがいのことをやっているなどと言えるわけがない。

「悩みがあるならお姉さんに言ってみなよ。いつもみたいに相談には乗るよ。まあ、お礼にまた今日みたいに奢《おご》ってもらうけどね」冗談めかして雪子は薄い胸を張る。

本当にこの人には、いつも相談に乗ってもらってばっかりだな。勝己は苦笑する。

医学部の学生は一般的になにかしらの部活に所属する。しかし、大学生になってすぐに格闘技にのめり込み部活に入ることのなかった勝己は、学生生活をスムーズに送るために必要な情報（主に試験の過去問）を手に入れるために、ほとんどメンバーのいない文化系の同好会に所属した。雪子はその同好会の二つ上の先輩だった。

さばさばした性格の雪子とは馬が合い、学生時代はよく二人で行動していた。勝己が大学外の病院に勤めはじめてからも、大学病院の外科医局に入局した雪子と、年に数回は二人で食事をしている。

二ヶ月ほど前、新しい就職先も見つからず途方に暮れていた勝己に、自分が所属している白泉《はくせん》医科大学第一外科学講座の教授である三森大樹《みつもりだいき》に相談するように勧めたのも雪子だった。勝己と雪子が所属していた同好会の顧問でもあった三森教授の口添えで、勝己は神酒クリニックに就職することができたのだ。その際のお礼もかねて、勝己は雪子とともに、恵比寿《えびす》にある少々値の張るダイニングバーで食事をしていた。

雪子は微笑んだまま、じっと勝己を見つめてくる。その少し茶色の入った瞳《ひとみ》に吸い込まれてしまいそうな錯覚に襲われる。ふと、神酒クリニックでのことをすべて打ち明けてしまいたいという衝動が胸に湧き上がってきた。

勝己はテーブルの下で拳《こぶし》を握りこみ、喉元《のどもと》まで出かかった言葉を呑《の》み込む。

「ああ、そんな顔しなくていいって。むりやり聞き出す気はないからさ」

勝己の態度からなにか深刻なものを感じとったのか、雪子はぱたぱたと手を振った。

「……ごめん」勝己は首をすくめる。

「謝らなくっていいってば。あれでしょ。勝己が就職した病院って、ちょっと裏があるってわけでしょ」

「まあ、……そんなところだよ」

世間に知られないようにVIPの治療を行うだけならまだしも、裏カジノにいったり、十人以上の男をたたきのめしたりするのは「ちょっと裏がある」で済むのだろうか？

唇をへの字にゆがめる勝己を見て、雪子は形の良い眉《まゆ》の間にしわを寄せた。

「ちょっと勝己、大丈夫？　変なことに巻き込まれているんじゃないでしょうね」

「いや、それは……」思い切り『変なこと』に巻き込まれている勝己は言葉に詰まる。

雪子は眉間《みけん》のしわを深くすると、ずいっと身を乗り出して来た。

「あんたが勤めはじめた病院って、ちゃんとしたところなわけ？」

「ちゃんとしたって……」勝己は軽くのけぞる。

「ちゃんと患者のためになる医療を行っている病院ってことよ。時々あるでしょ、患者を飯の種みたいにしか考えていなくて、適当な医療をやっている病院って」

雪子は真っ直ぐに目を見つめてきた。勝己はふっと表情をゆるめる。

「それは大丈夫。スタッフのレベルはすごく高いし、患者のことを第一に考えた医療をやっているよ。みんな、医者としては尊敬できる人達だって」

勝己は迷いもなく言いきった。たしかに神酒達の行動にはついていけないところも多いが、少なくともその医療レベルと、患者のことを第一に考えるという姿勢に関しては、この一ヶ月ほどで全幅の信頼を置くことができていた。

「ならいいんだけど……、三森教授の紹介した病院っていうだけで、ちょっと胡散臭《うさんくさ》く感じちゃうんだよね」雪子は思わせぶりな口調でつぶやく。

「ちょっと待ってよ。三森教授に相談すればなんとかなるかもしれないって勧めてくれたの、雪子さんじゃないか」

「いやあ、たしかにそうなんだけど……」雪子はボブカットの髪をかき上げる。「三森教授ってものすごい顔が広いから、あのときは良いアイデアだと思ったんだよね。けどさ、教授って医局内ではちょっと悪い噂も広がっているんだよ」

「悪い噂？」勝己は鼻の付け根にしわを寄せる。

「そう。簡単に言えば、たちの悪い人間との付き合いがあるんじゃないかってこと」

「たちが悪いって、暴力団とかそういう……？」

雪子は「そういうこと」と、押し殺した声で言った。

「なんで大学の教授と暴力団が繋《つな》がるんだよ⁉」

驚いた勝己が声をあげると、雪子は細い唇の前に人差し指を立てた。

「あのね、勝己。医者の技術ってけっこう重宝されるのよ、とくに外科系の技術は」

「それって、非合法な世界でってこと？」

「そう、例えば、普通の病院で治療したら通報されるような傷の治療とか、本当に悪質なものになると、……非合法の臓器売買にかかわるとかね」

「そんな馬鹿な……。なんで大学教授がそんなリスクを冒す必要なんてあるんだよ？」

「お金のために決まっているじゃない」雪子はビールを一口飲む。

「教授なら、それなりに給料もらっているだろ。そこまでして金なんて……」

勝己が反論すると、雪子は皮肉っぽい笑みを浮かべながら人差し指を左右に振った。

「勝己は知らないだろうけど、大学病院の給料って笑っちゃうぐらい少ないのよ。助手の私だと、月給二十五万円ぐらい。ちなみに、ボーナスはなし」

「ええ⁉」勝己の声が裏返る。

「まあ、その代わりに週に一日、外の病院でバイトできる日があるけれど、それでも満足できる額じゃない。教授だってそこまで良い給料は貰《もら》っていないはずよ。そうなると、優雅な老後を送るために、ちょっと小遣い稼ぎをしようとしてもおかしくないでしょ」

「小遣い稼ぎってそんな……」

「そんな深刻な顔しないでよ。あくまで噂だからさ」雪子は胸の前で手を振る。「私はちょっと心配になっちゃっただけ、勝己がおかしな世界に入り込んで、医者としての本分を忘れないかってね」

「医者の本分……」勝己はその言葉をおうむ返しする。

「そう、自分の利益のためじゃなく、患者のために自分が培った技術を使うってことね」

どこか哀しげな雪子の視線を受け止めた勝己はあごを引いた。

「心配してくれてありがと、雪子さん。でも大丈夫だって」

勝己の答えを聞いた雪子は、「ならよかった」と微笑むと、グラスのビールを一気に喉に流し込んでいく。

「そんな飲み方すると酔うよ。雪子さん、あんまり酒強くないんだから」

「いいじゃない」雪子は艶《つや》っぽい流し目をくれる。「酔いつぶれたら勝己の家に泊めてよ。……この前みたいにさ」

一瞬、細くしなやかな雪子の裸身が勝己の脳裏をよぎり、続いて真美の笑顔が浮かんだ。喉から「うっ……」と声が漏れる。

「あれー、なによその反応？　もしかして、好きな子でもできたの？」

「いや、べつにそういうわけじゃ……」勝己はしどろもどろになる。

「なによ、この前は私とあんなことしておいて、すぐに新しい女の子見つけるなんて、この浮気者」雪子はにやにや笑いながら、冗談めかして言う。

「浮気者って、雪子さん、……俺のことをふったじゃないか」

勝己は口を尖《とが》らせながら、ぶつぶつと口の中で文句を転がした。

二ヶ月前、今後のことについて雪子に食事をしながら相談した際、酔いつぶれて「家に泊めろ！」とくだを巻く雪子を、勝己はしかたなく自宅に連れて行った。肩を貸さないと歩けなくなっていた雪子をベッドに寝かせようとすると、雪子は唐突に勝己の首に腕を回して唇を重ねてきた。数十秒の熱い口づけを交わしたあと、雪子は微笑みながらシャツをゆっくりと脱いでいったのだった。

翌朝、勝己が目を覚ますと、雪子はすでに服を着てソファーで雑誌を読んでいた。勝己は慌てて下着を穿《は》いてベッドから起き、「それじゃあ、そろそろ帰るね」と言う雪子の手を握ると、順番が逆になったけど正式に付き合って欲しいと伝えた。しかし、雪子は勝己の頬に軽く口づけすると、「勝己ならもっといい女の子見つかるって」と言い残して玄関に向かったのだった。

「だってさ、勝己ってなんていうか『弟』っていう感じで、付き合うっていうのがぴんとこなかったのよね」

「なら、なんで誘ったんだよ。俺の気持ち知っていただろ」

勝己の口調に不満が滲《にじ》む。勝己が雪子に告白したのは、二ヶ月前が初めてではなかった。学生時代にも二回ほど交際を申し込んでいたのだ。しかしそのたび、雪子に「一人前になったら考えてあげる」と軽くいなされていた。

「うーん、なんとなくそんな気分だったから。あと、勝己がすごく落ち込んでいて、ちょっと慰めてあげたくなっちゃったんだ」

けらけらと屈託なく笑う雪子を前にして、勝己はそれ以上の文句が言えなくなる。

「そんなことよりさ、勝己が惚《ほ》れた子のこと教えてよ。なに、どこまでいったわけ？」

雪子はテーブルに手をついて身を乗り出してくる。

「そんなこと……。どこまでって何が聞きたいんだよ？」

「もうやっちゃった？」

「雪子さん！」

「冗談だって、冗談。そんなに怒らないでよ」

顔の前で手を振る雪子を軽く睨《にら》んでいると、臀部《でんぶ》に振動を感じた。ズボンのポケットから取り出したスマートフォンの液晶画面には『ゆかりさん』と表示されていた。

「あっ、ちょっと電話が入ったんで」勝己は首をすくめつつ腰を浮かす。

「もしかして、噂の彼女から？　いいよ、ゆっくり電話しておいで」

「違います！」

勝己は半個室から出ると、店の入り口近くまで行って『通話』のボタンを押す。

「もしもし、ゆかりさんですか」

「あっ、勝己ちゃん。あれ、いま外？　ちょっと話できる？」

周囲のざわめきが聞こえたのか、電話の向こうのゆかりが言う。

「大丈夫です。なんですか？」

「いま章ちゃんから連絡あったんだ。予定変更のお知らせ。明日《あした》なんだけど……」

ゆかりからの伝言を聞くにつれ、勝己の表情は引き締まっていく。

「というわけなんだけど、勝己ちゃんも来られる？」

ゆかりが訊《たず》ねてくる。勝己は「はい、大丈夫です」と覇気のこもった声で答えた。

「良かった。それじゃあまた明日ね。ばいばーい」明るい挨拶《あいさつ》とともに電話が切れる。

とうとうか……。スマートフォンをポケットの中に戻しながら、大きく息を吐いた勝己は、少々重い足取りで雪子のいる半個室へと戻る。カーテンをくぐって中に入ると、雪子はいつの間にか頼んだらしいビールのジョッキを掲げてきた。

「おう、おかえり。それじゃああらためて、勝己が狙っている女の子のこと、お姉さんに聞かせてみなさい」

2

雪子と食事をした翌日の午前十時前、勝己は青山の路地を一人歩いていた。昨夜、ゆかりに午前十時頃に、青山第一病院に集合するように指示されていたのだ。

「あっ、勝己ちゃん、おはよう」

声をかけられ振り向くと、十数メートル後ろにゆかりと翼が歩いていた。

「おはようございます」珍しい組み合わせだなと思いながら、勝己は挨拶をする。

「翼ちゃんともそこで会ったのよ。せっかくだから病院まで一緒しよ」

ゆかりは小走りに近づいて、勝己の隣にやってくる。翼もあくびをしながらゆかりのあとを追ってきた。三人は並んで歩きはじめる。

「黒宮先生は一緒じゃないんですか？」勝己は周囲を見回しながら言う。いつも翼は黒宮と一緒に行動しているイメージがあった。

「べつに僕は黒宮の保護者じゃないよ」翼がつまらなそうにつぶやく。

いや、どちらかと言うと、あなたの方が保護される側に見えるんだけど……。小柄で童顔だから。勝己が心のなかで突っ込みを入れると、翼は眉間《みけん》に深いしわを刻んだ。

「……子供みたいに見えて悪かったね」

また正確に思考を読まれ、勝己は「いえ、その……」と口ごもる。

「しかたないじゃない、翼ちゃん。どう見ても黒宮ちゃんの方が保護者に見えるわよ。だって、黒宮ちゃんあんな格好だから老けて見えるし、翼ちゃんは……」

ゆかりは口元を押さえてくっと忍び笑いを漏らす。翼の眉間のしわが深くなる。

「黒宮も僕の保護者なんかじゃない！」

「そうよね、本当は恋人なのよね」

「違う！」おどけて言うゆかりに向かって翼は怒鳴り声をあげる。「何度も言っているじゃないか！　僕は黒宮の主治医なんだよ」

「主治医ですか？」

勝己が訊ねると、翼は小さく頷いた。

「あいつ、抑鬱症状《よくうつ》がひどいでしょ。ちゃんと僕がついて見てあげないと、仕事もできない、というかベッドから起き上がることもできないような状態になるんだよ。だから僕が主治医としてカウンセリングとかして、あいつの精神状態を安定させているんだよ。まあ、低め安定がなんとかだけどね」

「けれど、学生時代からずっとなんでしょ。それってやっぱり愛なんじゃ……」

「腐れ縁！」翼の怒声がゆかりの声を遮った。

「あの、それで今日は黒宮先生は……？」勝己はおずおずと口を挟む。

「黒宮なら、もう病院に行って藤原を人工呼吸器から離脱させているよ」

翼が苛立《いらだ》たしげに言う。

「あっ、そうなんですか。けれど、本当に意識戻るんですかね」

勝己は藤原の病状を思い起こす。一週間前、猛スピードで走行するバンから投げ落とされた藤原は、キャンピングカー内で黒宮によって麻酔導入され、神酒の緊急手術を受けながら神酒クリニックへ搬送された。

神酒は揺れるキャンピングカー内にもかかわらず、助手のゆかりとともに、激しく出血している藤原の脾臓《ひぞう》と右腎臓《じんぞう》を素早く摘出し止血してみせた。そして、巽ビルの地下駐車場に到着すると、エレベーターを使って四階の手術室に素早く搬送し、そこで損傷している肝臓の修復や、四肢の骨折の治療を行った。

　神酒の素早く正確な処置のおかげで藤原はなんとか一命を取り留め、その後、いつも使っている青山第一病院の秘密病棟へと運ばれた。しかし、脳内出血こそしていないものの頭部のダメージも大きく、さらに呼吸状態も安定していないということで、鎮静をかけて人工呼吸管理を行ったまま、黒宮が術後管理を受け持つことになっていた。

「黒宮が一週間つきっきりで管理したんだから大丈夫だよ。あいつ、どんな難しいことでもいとも簡単にこなす完璧《かんぺき》超人だから」

　後頭部で両手を組む翼の言葉を聞いて、勝己は眉根《まゆね》を寄せる。たしかに黒宮が超人的な頭脳を持っていることは、この一ヶ月ほどの付き合いでなんとなく分かっていたが、普段の何事にもやる気を出さない様子は『完璧超人』というイメージとはかけ離れていた。

「ああ、いまでこそあいつ、冬眠中のクマみたいにやる気出さないけど、大学時代はイケイケの天才児だったんだよ。試験では当然いつもダントツの一位、スポーツも万能でテニスの大会で優勝したりしていたからね。女にもモテまくりで、毎月のように新しい彼女連れて歩いていたよ。まあ、自信過剰の嫌な奴だったね。大学四年生ぐらいまで」

「黒宮ちゃん、すごいイケメンだからね。そりゃ、若い女の子だとコロッといっちゃうでしょ」ゆかりは色っぽく髪を掻《か》き上げる。

「黒宮先生が自信過剰？……イケメン？」勝己は目をしばたたかせた。

「あら、勝己ちゃん気づいていないんだ。野暮《やぼ》ったい前髪と眼鏡のせいでダサく見えるけど、黒宮ちゃんってものすごく顔整っているのよ」

勝己は「はぁ」と返事なのかため息なのか曖昧《あいまい》な声を出す。

「あの……、大学四年生のとき、黒宮先生になにかあったんですか？」

「うん？　ああ、本物に出会っちゃったんだよ」翼は楽しげに言う。

「本物？　どういうことです？」

「だから、本物の天才だよ。そいつに会って、黒宮は打ちのめされちゃったわけ。自分を超える知性を持つ人間がこの世に存在するって知ってね。それまでまったく挫折《ざせつ》っていうものを知らないで、自信満々で生きてきたから、その反動であんなに卑屈になっちゃたんだよ。『俺は無価値のまがい物だ』とか言いだしてね。ちなみにその『本物の天才』、僕の妹だったりするけれどね」翼はこめかみを掻きながら言う。

勝己が「妹？」とつぶやくと同時に、ゆかりがパンパンと両手を打ち鳴らした。

「はいはい、雑談の時間はお終《しま》い。病院ついたわよ」

勝己が顔を上げると、いつの間にか青山第一病院のすぐ近くまで来ていた。

「それじゃあ、あの藤原から詳しいお話を聞くとしましょうか」

ゆかりはもう一度、ボリュームのある胸の前で両手を合わせた。

「……お前ら、なんなんだよ？」

藤原が警戒心で飽和した視線を、ベッドを取り巻く神酒クリニックの面々に向ける。

青山第一病院の秘密病棟に着くと、翼達が予想したとおり黒宮が藤原の意識を戻しており、神酒と真美も一足先に病室にやって来ていた。自分の身に起こったことはすでに黒宮から聞いているのか、藤原に混乱した様子はみられず、長期間の気管内挿管でしわがれている声をしぼり出してきたのだった。

「とりあえず、体調はどうかな？」神酒が軽い口調で言う。

「良いわけねえだろ。腹開けられて内臓取られたんだぞ」藤原は吐き捨てるように言う。

「しかたがなかったんだよ。そうしないと、君は出血多量で死んでいたからな」

「……そのことはそこの根暗《ねくら》の医者から聞いたよ」藤原は舌を打ち鳴らす。「それで、俺は完全に元に戻るのか？」

「内臓だけじゃなく、筋骨格系にもかなりダメージがあるからね。普通に歩けるようになるかどうかは、五分五分といったところかな。なんにしろ、リハビリはかなりきつくなるから覚悟しておいた方がいいだろうね」

神酒の言葉を聞いて藤原は渋い表情を浮かべる。

「それで、俺の質問に答えてくれよ。あんたらなんなんだ？　なんで俺を助けたんだ」

「俺達は医者だよ。医者がけが人を助けるのは当然だろ」神酒は笑みを浮かべた。

「ふざけんなよ。かすかにだけどあの夜のことは覚えているんだよ。お前ら、俺が連れ込まれた車を追ってきて、放り出された俺をすぐに治療しただろ。お前らさ、俺を拉致《らち》った奴らとなにか関係あんじゃねえか？　あいつらを追っていたんだろ？」

「いや、俺達が追っていたのはあの男達じゃない。……君だよ」

神酒はベッド柵《さく》に手をつくと、ずいっと藤原に顔を近づける。その迫力に藤原は表情をこわばらせながら、「……俺？」とつぶやく。

「ああ、そうだ。俺達は川奈雄太という男が殺された件について興味があるんだ」

神酒はそこで一拍おくと、低く押し殺した声で訊《たず》ねる。

「川奈雄太を殺したのは君か？」

「はぁ？　川奈？……ああ、うちのカジノで借金背負ってたガキのことか。たしか、バラバラにされて埋められたんだよな」

「そうだ。君達が殺したんじゃないのか？」

「おいおい、やめてくれよ。俺じゃねえよ」藤原は横たわったままかぶりを振る。「あいつを殺しても俺にはなんの得にもならねえだろ」

「借金を払わない奴に対する見せしめになる」

「あのなあ、たしかに負けた金を払わねえ奴には、それなりの脅しはかけるぜ。けどな、殺してどうするんだよ。そんなことしたら、そいつから金を取れねえし、客が怯《おび》えて店に来なくなる。サツの奴らだって本気で潰《つぶ》しにくるぜ。百害あって一利なしだ。俺が見せしめにちょいと痛めつけるのは、うちのカジノでイカサマやった奴ぐらいだよ」

「川奈雄太が君のカジノでイカサマをしたんじゃないのか?」

神酒が質問を続けると、藤原は小馬鹿にするような笑みを浮かべた。

「んなことできるわけねえだろ。うちの店はな、プロのディーラーを雇っているんだよ。あんなガキにイカサマできるほど甘かねえよ」

腕を組んだ神酒は横目で翼に視線を送る。翼は小さく頷《うなず》いた。どうやら藤原は本当のことを言っているらしい。

「そもそもな、あいつはもう俺には借金なんかなかったんだよ」

クリニックのスタッフが黙り込む中、藤原がつぶやいた。神酒は「どういうことだい?」と訝《いぶか》しげに訊ねる。

「だからさ、去年の十二月ぐらいだったかな。あいつ、借金を耳をそろえて返してきたんだよ」

「どこでそんな金を?」神酒は鼻の付け根にしわを寄せる。

「そんなの知るかよ。俺は金さえ払ってもらえりゃ、それでいいんだよ。それであいつ、その場で俺に借金以上の金を渡して、仕事を頼んできたんだよ。まあ、普通なら受けないようなしょぼい仕事だけど、あいつはうちのカジノに大金落としてくれた『お得意様』だからな。引き受けてやったよ」

「どんな仕事だ?」神酒は身を乗り出す。

「薬を用意してくれって言ってきたんだよ」

「クスリ？　麻薬とか覚醒剤《かくせいざい》のことか？」

神酒の目がすっと細くなった。しかし、藤原は首を左右に振る。

「違《ちが》えって、そんなやばいもんじゃねえ。普通に病院で使うような薬だったよ。なんだっけかな、きしかい……、きしん……」

「……キシロカイン？」黒宮がぼそりと局所麻酔薬の名を口にした。

「ああ、それそれ。たしか、その薬と注射器だったかな」

「なんでそんなものを？」ゆかりが独りごちるようにつぶやく。

「知るかよ、そんなこと。普通に考えたら自分に打って気持ちよくなんじゃねえの？」

そんなわけない。興味なげに言う藤原を見ながら、勝己は考える。局所麻酔や抗不整脈薬として使われるキシロカインは麻薬と違い、摂取したからといって快感を覚えるようなことはない。

クリニックの面々が困惑の表情を浮かべて黙り込む。病室に重い沈黙が満ちていった。

もっとも疑わしいと思い追っていた藤原は、川奈雄太を殺害していなかった。そして、川奈雄太は殺害前に藤原に会い、借金をすべて返したうえ、なぜか麻酔薬を調達してもらっていた。なにがなんだか分からない。勝己はこめかみを押さえる。

「……ところで、お前を襲った男達は誰だったんだ？」

神酒の陰鬱《いんうつ》な声が沈黙を破った。薄ら笑いを浮かべていた藤原の表情が歪《ゆが》む。

「知らねえよ。俺が駐車場に着いて、部屋直通のエレベーターに乗ろうとしたら、いきなり後ろから銃を突きつけてきたんだよ」

「あんな商売しているんだ。敵は多いんじゃないのか？」

「そりゃあ、俺のことを邪魔に思っている奴がいないわけじゃないさ。けどな、あそこまでするような奴ら、思い当たらねえよ。でかいトラブルは起こさないように気をつけていたんだ。それにな、俺があのマンションに住んでいるってのは、ほとんど誰にも知られていなかったはずなんだよ。情報が漏れないように気をつけていたんだからな」

「情報は漏れるもんだよ。俺達も君を追ってあのマンションに行ったんだからな」

くいっとあごを反らした神酒を、藤原は憎々しげに睨《にら》んだ。

「それで、あの男達に何を訊《き》かれたんだい？」

唐突に神酒が言った。藤原の表情に一瞬動揺が浮かぶ。

「……なんの話だよ？」

「誤魔化《ごまか》してもだめだ。治療していて気づいたんだ。君の右手、小指から中指まで爪が剝《は》がされている。バンから投げ出されたからってあんなにきれいに爪が剝がれるわけがない。つまり君はあの男達から拷問されたということだ」

立て板に水に神酒は説明していく。『拷問』という単語の禍々《まがまが》しい響きに、勝己は表情をゆがめた。そばに立つ真美も形の良い眉《まゆ》をひそめている。

「……荷物だ」

藤原がふて腐れたようにこたえる。神酒は「なんだって？」と耳に手をかざした。

「だから、荷物だよ。あの男達『荷物はどこだ？』とか訊いてきたんだ」

「荷物ってなんのことだ？」神酒は訝しげに訊ねる。

「俺だってなんのことだか分からなかったよ。だから、正直に意味が分からねえって答えたんだ。そうしたらあいつら、殴りつけてきやがった。それでも知らねえって言っていたら、最後には……」藤原は包帯が巻かれた自分の右手に視線を落とした。

神酒が再び翼を横目で見る。翼はまた小さく頷いた。今回も藤原の言葉に嘘はないようだ。しかし、荷物とはいったい……？

危険な人物への借金を返せなくなった男が、見せしめに殺された。そんな単純な構図だと思っていた事件は、なにやら複雑な方向へと進みはじめていた。

「なあ、もういいだろ。あんたらにゃ命を助けられたから、できる限り質問に答えたけどさ、もう訊きたいことがないなら帰ってくれ。俺は疲れているんだよ」

藤原はベッドを取り囲むスタッフ達を睨みつける。

「そうだな。まだ麻酔から覚醒してすぐだし、これくらいにしておくか」

神酒は深いため息をつくと、出口に視線をむけた。勝己達は重い足取りで出口へ向かう。そのとき、思い出したように藤原が「なあ！」と声をかけてきた。

「俺がここに入院しているってこと、外にはバレていないんだろうな。特にサツとはかかわりたくねえんだよ。色々となんだ……、面倒だからよ」

「医者には守秘義務がある。安心していいよ」

神酒がつまらなそうにつぶやくと、藤原は安堵《あんど》の息を吐いた。

「ありがとよ。あんたらは命の恩人だ。退院できたら、たんまりお礼させて貰《もら》うよ。色々手広く事業をやっているから、金はあるんだよ」

得意げに鼻を鳴らす藤原を見て、神酒は皮肉っぽい笑みを浮かべた。

「退院したときも、その事業が残っていると良いね」

「あ？　どういう意味だよ」藤原の声が低くなる。

「俺達は患者の情報は絶対外に漏らさない。けれど、どこかの港で定期的に行われる違法カジノについての情報は、善良な一市民としては通報しないわけにはいかない。賄賂《わいろ》を貰っている警官が誰かとか、そこの責任者から聞き出した情報すべてをね」

「ちょ、ちょっと待て。ふざけんな、そんなことをしたらただじゃ……」

「あんまり興奮すると傷に障るよ」

神酒は軽く片手を挙げると、他のスタッフ達を引き連れて病室から出る。閉まった扉の奥から藤原の怒声が響いてきた。

3

「いやあ、いつ飲んでもここのコーヒーは美味《おい》しいですね」大量の砂糖とミルクを溶かし込んだコーヒーをすすりながら、カウンター席に座った桜井は上機嫌に言う。

青山第一病院から巽ビルに戻ったクリニックのスタッフ達は、一階にある喫茶巽で警視庁捜査一課の刑事である桜井と会っていた。藤原の話を聞いて戻る途中、桜井の方から神酒のスマートフォンに連絡が入ったのだ。

「それで、今日はどうしたんですか、桜井さん」

猫舌なのか、やたらと息を吹きかけながらコーヒーをちびちびと飲む桜井に、神酒が声をかける。

「とりあえずお礼にと思いまして」桜井はカウンターにコーヒーカップを置く。「神酒先生のおかげで、かなり大規模に展開していた違法カジノを軒並み摘発できました。いやー、私達もカジノの存在は摑《つか》んでいたんですが、毎回開催場所が違うし、こちらの動きも完全に読まれているしで、かなり苦労していたんですよ。けれど、いただいた情報のおかげで、開催場所とその日時が分かっただけじゃなく、情報を流していた警官まで逮捕することができました。本当に感謝しています」

「けれど、それは捜査一課の仕事じゃないでしょ。桜井さんの手柄にはならないんじゃないですか？」神酒もコーヒーを一口すする。

「直接私の手柄にはなりませんけど、今回手柄をあげた奴らに十分恩を売ることができました。これはあとあと役に立つはずです」桜井はあごを引いてにっと笑った。

この男、うだつが上がらないように見えるけど、じつはけっこうやり手なのかも。桜井の腹に一物ありそうな笑みを見て、勝己はそんなことを考える。

「……礼を言うために、捜査中にわざわざここまで来たわけじゃないんでしょ」

神酒も同じように、あごを引いて一癖ありそうな笑みを浮かべた。勝己の頭に、『キツネとタヌキの化かし合い』という言葉が浮かんだ。

「ええ、もちろん。一番の目的は情報交換ですよ」

「十分に情報は渡したはずですよ。違法カジノのことだけじゃなく、その違法カジノに川奈雄太が入り浸っていたこと。そこのオーナーに借金があったこととか」

「そのオーナーが川奈雄太を殺したんですか？」桜井は直球の質問を投げつけてくる。

「いや、違いますね。そいつは川奈雄太を殺してはいませんよ。それどころか、川奈が姿を消す直前に、借金を耳をそろえて返して貰っていたらしい」

神酒はもったいぶることなく、ついさっき手に入れたばかりの情報を口にする。

「それじゃあ、ギャンブルの借金が払えなくて、見せしめに殺されたという線はなしですか。いやあ、捜査本部も川奈のギャンブル癖の情報は摑んでいて、それについて調べていたんですけど、外れかあ」桜井はがりがりと鳥の巣のような頭を掻《か》いた。

「相変わらず簡単に信じるんだね。刑事ならさ、僕達が偽情報を流しているとか疑わないわけ」窓際のテーブル席に黒宮と向かいあって座っている翼が、挑発的に言う。

「私も刑事を長年やっているもんで、相手が本当のことを言っているかどうかぐらいなら、ある程度分かるようになっているんですよ。もちろん、天久先生の読心術には全然かないませんけどねぇ。いやあ、いつも先生の洞察力には驚かされますよ」

慇懃《いんぎん》無礼な態度の桜井に、翼はつまらなそうに鼻を鳴らした。桜井は苦笑を浮かべると、神酒に向き直る。

「それじゃあ、今度はこちらから情報をお渡しする番ですかね。頼まれていたものについて、少し情報を集めてみましたよ」

「頼まれていたもの?」勝己は思わず口を挟む。

「はい、そうです」

真美、ゆかりとともにテーブル席に座る勝己に、桜井はちらりと視線を向ける。

「先週、江東区の路上で拳銃《けんじゅう》が見つかりました。深夜、親切な一般市民が通報して下さったんですよ。本物の拳銃が路上に落ちているはずだからすぐに捜せって、親切な一般市民がね」桜井は含みのある口調で言う。

勝己は反射的に翼に視線を送った。翼は顔をしかめると、唇の前で人差し指を立てる。どうやらあの夜、勝己達がキャンピングカーで藤原を必死に治療しつつ搬送していた時、翼はミニを回収しつつ、拳銃について警察に通報を行っていたらしい。

「犯罪の通報は善良な一般市民の義務ですからね」神酒はしれっと言う。

「で、神酒先生はなぜか、その拳銃についての詳細を知りたいんでしたよね?」

「ええ、そうなんですよ。怖いじゃないですか、この安全な日本の街中で拳銃が見つかるなんて。だから興味がありまして」

「なるほど。まあ、この件に関しては報道されていないはずなんですけどねえ」

神酒と桜井は人工的な笑みを浮かべ合う。

なんなんだ、この茶番は。冷めたコーヒーをすすりながら勝己があきれ果てていると、テーブルを挟んで対面に座ったゆかりがパンパンと手を鳴らした。

「はいはい、下らない前置きは良いから、さっさと話を進めて。今日は午後からオペが入っているんだから、あんまりだらだら腹の探り合いをやってる暇はないの」

ゆかりにたしなめられた二人は、どこかばつの悪そうな表情を浮かべる。

「これは失礼しました。えーっとですね、くだんの拳銃ですが、トカレフを改造したものので、おもに東南アジアで流通しているものらしいですね。従来のものより扱いやすく、そのうえ殺傷性が高くなっています。最近、暴力団などに流れはじめていてかなり問題になっている代物らしいです」

「これまでは、あまりなかった種類のものが密輸されているってことですか？」

神酒の質問に、桜井は渋い表情で頷《うなず》いた。

「そうなんですよ。拳銃だけじゃありません。これまで、この国にはなかなか入ってこなかったものが、この二、三年で密輸されるようになってきているんです」

「具体的にはどんなものが？」神酒は声を低くする。

「まずは違法薬物関係ですね」

ゆかりが「覚醒剤《かくせいざい》とか？」と口を挟むと、桜井は首を左右に振った。

「シャブ、覚醒剤に関してはこれまでも密輸されていました。ただ、最近増えているのは日本では珍しかった種類の薬物です。例えば、……ヘロインとか」

「ヘロイン……」勝己は小さな声でつぶやく。外科研修の一環として救急部で勤務していた頃、覚醒剤や危険ドラッグの中毒症状で搬送されてきた患者は何人も診たが、ヘロインやコカインなどを摂取した者は一人も運び込まれてはこなかった。

「それほど大量ではないですが、最近確実にそれらの薬物が流通してきています。私達としましても、どんな経路でそんなものが入ってきているのか必死に探っていますが。残念ながらいまだにつかめていません。おそらくは、既存のものとは全く違った、新しいルートで入ってきているものだと思われています」

「この前見つかった拳銃も、そのルートで入ってきたものだと？」

神酒が訊《たず》ねると、桜井はゆっくりと頷いた。

「はい、その可能性が高いらしいです。拳銃や薬物、さらには盗品など、ありとあらゆるものが新しいルートでこの国へ持ちこまれているようですね」

「あの男達がその密輸にかかわっていたってことですか？」

反射的に訊ねた瞬間、クリニックのスタッフ全員が勝己に非難の視線を向けた。自分の失言に気づいた勝己は顔をゆがめると、桜井は小さく咳払《せきばら》いをした。

「えー、『あの男達』というのが誰のことを言っているのか、私にはとんと分かりませんが、あのトカレフを持っていた人物が密輸グループとかかわっていた可能性は極めて高いと思いますよ。そのグループから拳銃を買ったのか、それとも……密輸グループの一員なのか」

桜井が（かなりわざとらしくはあったが）失言に気づかないふりをしてくれたことに安堵《あんど》しつつも、勝己は重い気分になる。バラバラ殺人の次は密輸グループときた。どんどんと危険な世界に巻き込まれていっている気がする。

「桜井さん、どうかしたの？」

物思いに耽《ふけ》っていた勝己は、ゆかりの声で我に返る。見ると、桜井が天井辺りに視線をさまよわせていた。そのうだつの上がらない風体と相まって、リストラされて茫然《ぼうぜん》自失《しっ》になっているサラリーマンのような雰囲気を醸し出している。

「あっ、いやいや、ちょっといま思いついたことがありまして。その密輸グループが主に品物を仕入れているのは東南アジアだと考えられているんですけど、そういえば川奈雄太も失踪《しっそう》する寸前、東南アジアに行っていたなぁと」

「東南アジアに？　そんなこと訊《き》いてないですよ」神酒が眉根《まゆね》を寄せた。

桜井は「あれ、話していませんでしたっけ？」ととぼけてみせる。

「川奈雄太は失踪する前後、数日間タイに行っていたことが分かっているんですよ」

「タイ？　タイで何をしていたんだ？」

「さあ、それについてはなにも。まあ、タイに男の一人旅行ですから、現地の女の子を買いに……失敬、女の子と遊びにでも行ったんじゃないかって捜査本部は考えていますけれどね」真美が顔をしかめたのに気づいたのか、桜井は慌てて言い直した。

「姿を消す前、川奈は借金を返していたんだよな……」神酒が低い声でつぶやく。

「もしかして、川奈が密輸に関わっていたとお思いですか？」桜井は軽くあごを引く。

「そう考えれば、川奈が借金を返せたことも説明がつく。前金を貰《もら》い、そして……」

「そのグループとトラブルになって殺された」

桜井が神酒の言葉を引き継いだ。店の中に沈黙が降りる。マスターがカップを磨く、キュキュッという音だけがやけに大きく勝己の耳に響いた。

沈黙の重圧に耐えきれなくなったかのように、桜井が大きく息を吐いた。

「いまの神酒先生の説はたしかに道理にかなっている気もします。けれど、あくまでそういう可能性も否定できないっていうだけです。捜査本部に上げられるような情報じゃないですね。だって、江東区の路上に落ちていた拳銃と川奈雄太の間には、なんの関連もないんですからねえ」

芝居じみた口調で言う桜井がなにを求めているかは明らかだった。警察はその線では動けないので、神酒達にその線で調査をしてくれと言っているのだ。

「……わかりましたよ、桜井さん。こっちで動いてみます。そのかわり、川奈雄太についてまだ隠している情報があるなら全部出してください。それが条件だ」

「もう全部お知らせしましたよ」

苦笑する神酒に桜井はこたえる。神酒は「本当かな？」とつぶやきながら、翼に一瞥《いちべつ》をくれた。ココアの入ったカップに息を吹きかけていた翼は、カップをテーブルに置くと、目を見開いて桜井の表情を観察しはじめる。

「やめてくださいよ、天久先生。妹さんもそうですけど、あなたがた兄妹《きょうだい》に観察されると、なにか裸にされてじろじろ見られているような気がするんですよ」

鼻の付け根にしわを寄せる桜井は、本気で嫌がっているように見えた。

「中年男の裸なんか見たくないよ。そもそも、僕と妹の情報に対するアプローチ方法は正反対なんだ。あいつは人の表情の変化には全然……。ああ、そんなことより、黒宮がいるところで妹の話はしないでくれって言っているじゃないか」

翼はあごをしゃくって、テーブルを挟んで対面に座る黒宮を指す。黒宮は天敵を前にした小動物のように、うつむいて細かく体を震わせていた。

「あっ、申し訳ありません。けど、本当に川奈雄太については他に情報がないんですよ。消えた川奈の恋人でも見つかれば、色々と詳しい話も聞けるんでしょうけどねぇ」

「川奈の恋人？」神酒が訝《いぶか》しげにつぶやく。

「あれっ？　それも言っていませんでしたっけ。川奈には恋人がいたらしいんです。その女性から話を聞きたいんですが見つからないんですよ。どこにいるか、私達も捜しているんですがねえ……」

しれっと言う桜井に、神酒は「聞いてないよ」と湿った視線を投げかける。

「それってまさか、その人も殺されていたりは……」

真美が口元を覆いながら言うと、桜井が顔を左右に振った。

「いえいえ、そういうことではなさそうです。実は、川奈雄太は勝手にその恋人を保証人にして借金していたらしくて、彼が失踪してからその恋人のところに借金の催促があったらしいんです。それで、一ヶ月ほど前から子供とともに身を隠したようです」

「子供？　それって川奈雄太との子供ってこと？」ゆかりは唇に人差し指を当てる。

「いえ、川奈はかなり年上の子連れの女性と付き合っていたみたいなんですよ。いやあ、その女性に話を聞ければ、川奈についていろいろなことが分かるんですけどねえ」

どこかわざとらしい桜井のセリフが店内に響いた。


「なんでこんな格好しないといけないんですか？」

慣れない手つきでネクタイを締めながら、勝己は口を尖《とが》らせる。久しぶりに袖《そで》を通したスーツは、やけにきつく感じた。

「万が一のためよ。私服よりスーツの方が、なにかのときに誤魔化《ごまか》しが利きやすいでしょ」

自らもスーツの襟元をただしながら、ゆかりは色っぽくウインクをした。

「誤魔化さないといけないようなこと、しなければいいんです」

勝己の吐き出したため息が、キャンピングカー内の空気に溶けていく。

喫茶店で桜井の話を聞いてから四時間ほど経った昼下がり、勝己はキャンピングカーで、ゆかり、翼、黒宮とともに川奈雄太の恋人の自宅前までやって来ていた。

俺は外科医のはずなのに、なんで手術じゃなくてこんなことしているんだろ……。本当なら、今日の午後は神酒が執刀する某有名スポーツ選手の肘《ひじ》遊離軟骨除去手術に助手として入る予定だった。しかし、桜井の話を聞いた神酒が「局所麻酔の手術だから、俺と真美だけで十分だよ。お前達は川奈の恋人を捜してくれ」と言いだしたのだ。

「捜すってどうやって？　戸惑う勝己に向かって、ゆかりはにっこりと微笑むと「勝己ちゃん、スーツは持っているわよね」と言ってきたのだった。

板橋区にある団地の駐車場にキャンピングカーを停めると、ゆかりは「覗《のぞ》いちゃダメよ」と言って車内の隅にあるトイレの個室に入っていった。数分後に出てきたゆかりは、普段の胸元が開いた扇情的な服装とは対照的に、大企業のＯＬのようにきっちりとしたスーツ姿になっていた。

ゆかりに、「次、早く」とうながされ、勝己も自宅のタンスから引っ張り出してきたスーツを着込んだ。すでに黒宮もスーツに着替え、いまは翼が着替えているところだ。

「……お待たせ」トイレの扉が開き、ややサイズの合っていない紺色のスーツを着た翼が出てくる。その瞬間、ゆかりがぷっと噴き出した。

「……なにがおかしいわけ？」翼が唇を尖らせる。

「なにがって……七五三」

ゆかりの言葉を聞いた瞬間、不意を突かれた勝己も思わず噴き出してしまう。たしかに短身痩軀《そうく》で童顔の翼がややサイズが大きすぎるスーツを着ている姿は、子供がイベントで正装させられているように見えた。

「だ、誰が七五三だ！　僕はれっきとした大人の男だ！」翼が目を剝《む》いて声を荒らげる。

「ごめんごめん。大丈夫、翼ちゃん格好良いよ。それならきっと女の子にもモテモテ。……ショタコンの女の子に」ゆかりは再び盛大に噴き出した。

「……漫才はいいから、さっさと行くよ」灰色のスーツを纏《まと》った黒宮はいつも通りのテンションでつぶやくと、キャンピングカーの後部ドアを開いて出て行った。

なんか、黒宮先生がスーツを着ると、喪服みたいに見えるな……。そんなことを考えながら勝己は車から降りる。むくれたままの翼と、いまだにくっくっと笑い声を押し殺しているゆかりも続いて降りて来た。

メモ用紙を手にしたゆかりを先頭に、四人は立ち並ぶ団地の一棟に入り階段を上って行く。その二階に川奈雄太の恋人である、芹沢久美子《せりざわくみこ》という女性の部屋があると桜井は言っていた。

扉の前までやって来た勝己は顔をこわばらせる。翼をからかって楽しげだったゆかりの表情も一気に渋いものに変化をした。その部屋の壁には、血液のような赤い文字で『金返せ！』『ドロボウ女』『ただで済むと思うなよ！』等の文字が書き殴られていた。

「……これは逃げたくもなるな」黒宮は陰鬱《いんうつ》な声でつぶやくと、無造作にインターホンを二回鳴らした。ピンポーンという軽い音が響く。しかし、室内から反応はなかった。

「やっぱりいませんね。どうします」

勝己は誰にともなくたずねる。この部屋に川奈雄太の恋人がいないことは最初から分かりきっていたことだった。それなのに、ここに来たということは……。悪い予感しかしなかった。

「じゃあ、黒宮ちゃんお願いね」

ゆかりに声をかけられると、黒宮は扉の前で膝《ひざ》をついて懐に手を入れる。懐から出された手には、二本の細い金属が組み合わされた器機があった。

「やっぱり……」勝己は片手で目元を覆う。

「ほら、勝己ちゃん。誰か来ないか見張って。見つかったら面倒でしょ」

「見つかったら面倒になるようなこと、しなければいいんです！」

「それじゃあ事件を解決できないじゃない。いい、勝己ちゃん。もし誰かに見つかったら『警察の方から来ました』って言うのよ」ゆかりは真剣な顔で言う。

「……そんな嘘つくんですか？」

「嘘なんかじゃないわよ。『警察から来た』じゃなくて、『警察の方から来た』って言うんだから。たぶん、私達が来た方角に一つぐらい警察署あるわよ」

「そんな詐欺みたいな……」勝己が呆《あき》れていると、カチリと音が響いた。

「開いた……」つまらなそうにつぶやいた黒宮は、立ち上がるとドアノブに手をかけた。扉がぎぎっと軋《きし》みながら手前に開いてくる。

もう開いたのか？　驚きで勝己は目を丸くする。まだ一分と経っていない。真美から黒宮の鍵《かぎ》開けについては聞いていたが、まさかここまでとは……。

「さすが黒宮ちゃん。それじゃあ行きましょ」

ゆかりはまるで自宅に入るかのような気軽さで部屋に入っていった。

1DKのかなり年季の入った部屋だった。壁や天井には汚れが目立つ。台所には食器や調味料が乱雑に置かれており、ダイニングには所々破れたソファーと小さなテレビ、ローテーブル、そして古い化粧台があった。六畳の和室には旧式のデスクトップパソコンがのった子供向けの勉強机があり、その脇に二組の布団がたたまれている。

「化粧品もほとんど置きっ放し。かなり慌てて出て行ったみたいね」

ゆかりは化粧台の抽斗《ひきだし》を覗き込む。黒宮はぶつぶつとつぶやきながら、部屋の中を徘《はい》徊《かい》していた。冷蔵庫を覗き込んだ翼が「うわっ、腐ってるじゃん」と慌てて扉を閉める。

思い思いの行動をしている三人を見て、勝己は少しずつ苛《いら》立《だ》ってくる。

「何をしているんですか？　俺達不法侵入しているんですよ。ここに芹沢久美子っていう人がいないことは分かったんだから、さっさと退散しましょうよ」

「あら、勝己ちゃん、なんか機嫌悪い？　もしかして、あの日？」

「あの日なんてありません！」

下らない冗談に勝己は唇をゆがめる。ゆかりはどこか楽しげに「あらま、本当に機嫌悪いわねえ」とつぶやいた。

「あれだよ、神酒さんが真美ちゃんと手術しているのが気に入らないのさ」

翼が皮肉っぽく言う。図星をつかれ勝己は言葉に詰まった。

「なに？　そんなに今日の手術の助手したかったの？」

「そうじゃなくてさ……」

怪訝《けげん》そうに眉《まゆ》をひそめるゆかりに向かって、背伸びをした翼が耳打ちする。

「ああ、なるほどねぇ」ゆかりの顔にどこかいやらしい笑みが浮かんだ。

「……なんですか？」

「いやあ、勝己ちゃん可愛いなと思って」ゆかりは勝己の頭を撫《な》でる。

「やめてください」勝己はかぶりを振った。「そんなことより、いいから早く戻りましょうよ。こんな所にいても、芹沢久美子がどこに消えたかなんて分からないでしょ」

「……そんなことない」和室に入っていた黒宮は勉強机の前の椅子に腰掛ける。

「どういうことですか？」

勝己が訊《たず》ねると、黒宮は無言のままデスクトップパソコンの電源を入れた。古い型らしく、パソコンは唸《うな》るような駆動音を立てる。たっぷり一分以上の時間をかけて起動したパソコンの液晶画面には、パスワードを要求するウィンドウがあらわれた。黒宮はスーツの懐からUSBメモリーを取り出し、それをパソコンに差すと、ピアノを弾くかのような滑らかな指使いでキーボードを叩《たた》いていく。次の瞬間、液晶画面が無数のアルファベットと数字で覆い尽くされた。それらの文字は上から下へとすさまじいスピードで流れて行く。画面の中心に九つの四角が現れた。

「これって……？」黒宮の肩越しに勝己は画面を覗き込む。

「……パスワードクラックソフト。世界中に溢《あふ》れているソフトに俺がオリジナルの改造を加えたものだ。……普通のパソコンなら三分ぐらいでパスワードを破れる」

黒宮の口調は普段通り平板なものだったが、勝己にはわずかに誇らしげに聞こえた。

そのとき、一番左の四角の中に『S』の文字が表示される。

「……最初の文字は『S』で九文字のパスワードだ。あとは待てばいい」

黒宮は息をつくと、椅子の背もたれに体重をかける。そのとき、いつの間にか近づいてきていた翼が横からキーボードに手を伸ばし、『Esc』のボタンを押す。画面から文字の奔流が消え去り、再びパスワードを要求する画面へと戻った。

「……なにするんだ」黒宮が剣呑《けんのん》な声を出す。

「最初が『S』で九文字でしょ。それだけ分かれば十分だって」

翼は人差し指でぎこちなくキーボードを押していく。いくつかの文字を入力し、最後に『Enter』を押した瞬間、パスワードが解除された。

勝己が「なんで……？」と目を見張ると、翼は得意げに鼻を鳴らした。

「もっと観察力を鍛えなきゃ。この家には親子の写真がいくつか飾られているだろ。つまり、子供のことを可愛がっている証拠だよ。そしてそこに飾られている運動会の徒競走一位の表彰状をみると、子供の名前は『芹沢悟』らしいね。パスワードの最初の文字が『S』なら最初の六文字が『SATORU』だって予想がつく」

「けれど、残りの三文字は？」

勝己が訊ねると、翼はコルクボードの中心に貼られた写真を指さす。そこには蠟燭《ろうそく》の立てられたケーキと笑顔の少年が映っていた。

「これは間違いなく誕生日の写真だよね。そして日付は九月十九日。パスワードに誕生日を使う人間は多いから、最後の三文字は『919』だって予想がついたわけ。まあ、ちょっと頭を使えば簡単なことだよ」

「……そんな不確実なことをしなくても、あと三分もすれば確実にパスワードが分かったんだ」黒宮は長い前髪の奥から恨めしげに翼を睨《にら》む。

「時間短縮は必要でしょ。なんていっても僕達はいま、絶賛不法侵入中なんだからさ。そんなことより黒宮、さっさと芹沢久美子がどこに隠れているのか捜してよ」

翼にうながされた黒宮は、不満げにマウスを操作しはじめる。

「……ここかもな」数分後、黒宮は気怠《けだる》そうにディスプレイを指さした。そこには川崎《かわさき》にあるマンスリーマンションのホームページが表示されていた。

「えっ？なんで分かるんですか？」勝己が訊ねる。

「……二ヶ月ぐらい前から、このページを毎日のように閲覧していた形跡がある。特に賃料のページと空き部屋の有無が表示されるページを。借りるつもりがないとそんなことはしない」黒宮は面倒そうに説明する。

「ここ、お金さえ前払いすれば身元の確認も不要みたいね。誰かから逃げている女なら、こういう所に住もうとするかも」

「距離的からみてもここの可能性は高いね。住み慣れた首都圏ではあるけれど、知り合いに会う可能性があるほど近くでもない。心理学的にみれば逃亡者はこれくらいの場所に身を潜めることが多いよ」

ゆかりと翼が続けて説明していった。

「というわけだ……」黒宮はパソコンをシャットダウンする。

「それじゃあ、さっそく芹沢久美子さんに会いに行くとしましょうか」

ゆかりの楽しげな声が部屋に響いた。

4

「あの、ちょっといいですか？」

「はぁ？」ゆかりに声をかけられたジャージー姿の男は、ゴミ袋片手に顔をしかめる。

「少しお話を伺いたいんですが」

ぴっしりとしたスーツ姿のゆかりが言うと、男は寝癖なのかぐちゃぐちゃに乱れている金髪の頭をがりがりと掻《か》いた。

場末のホストって感じだな。ゆかりの隣に立つ勝己は男を眺めながら考える。

芹沢久美子の部屋を出た勝己達は、一時間ほどかけて川崎にあるマンスリーマンションまでやってきた。黒宮が疲れてキャンピングカーの中で休んでいたいというので、しかたなくゆかりと勝己が情報収集をしている。

「俺もうすぐ仕事行くから忙しいんだよ。勘弁してくんねえかな。それよりさ、あんた俺の店来ない？　あんたみたいにいい女ならサービスするぜ。店でもその後もな」

すぐ脇にあるゴミ捨て場にゴミ袋を放った男は、ゆかりの全身を舐《な》めるように見ると下卑た笑みを浮かべた。どうやら予想どおり、ホストかなにかだったらしい。

「あら、いいわね。けれど私こういうものだけど、それでも良いのかしら？」

ゆかりはスーツの胸のポケットから黒い手帳を取り出す。

「えっ？　それって……」

「そう、私達警察署の方から来たのよ」

露骨な動揺を見せる男に向かって、ゆかりは妖《あや》しく笑みを浮かべながら言った。

勝己は頭を抱えたくなる。まさか本当に警察を名乗るなんて……。

「それで、お店にいってそのあとアフターにまで付き合うんだっけ？」

「じょ、冗談じゃねえよ。警察は嫌いなんだよ！　俺はなんにもやっていねえよ！」

声を上ずらせる。その態度から見ると、なにか後ろめたいことでもあるのだろう。

「なら、質問に答えてくれるかしら？」

ゆかりの言葉に男はこくこくとせわしなく頷《うなず》く。そんな男に向かって、ゆかりは「この人、知っている？」とスーツのポケットからとりだした一枚の写真を差し出す。

それは（部屋から勝手に持ってきた）芹沢久美子の写真だった。

「ああ、この女かよ。こいつがなにかやったわけ？」

「この人を知っているのか？」勝己は身を乗り出して訊ねる。

「最近このマンションに来た女だろ。けっこういい女だから挨拶《あいさつ》してやったのに、無視しやがるんだ。お高くとまりやがって、むかつくぜ」男は苛立《いらだ》たしげに舌打ちする。

「この人、何号室に住んでいるか知っている？」

「知ってるよ。俺と同じ階だからな。一〇三号室だ」男はあっさりと答えた。

「ありがと。勝己ちゃん、行くわよ」

ゆかりは写真をポケットにしまうと、勝己をうながしてマンションに向かおうとする。

「その女なら、いまの時間は部屋にいないぜ」

男の言葉を聞いて、ゆかりと勝己は足を止める。

「……どういうこと？」

「その女さ、近くのコンビニでバイトしてんだよ。もうすぐ帰ってくるはずだぜ」

「……なんでそこまで詳しく知っているわけ？」ゆかりの声が低くなる。

「なんでって……すぐお隣なんだから、それくらい知っていても不思議じゃないだろ。なんていうかさ、気になるじゃん……。なんか、訳ありみたいだからさ。だからさ……なんかあったら助けてやろうと思ってさ……」

男はしどろもどろになりながら言う。その態度から見るに、芹沢久美子にストーカーまがいの行為でもしているのかもしれない。

「……そのコンビニがどこにあるか教えて」

「この道をそのまま五百メートルぐらい行くと大きな交差点があるからさ、そこを右に曲がって三百メートルぐらいのところだよ」男は首をすくめながら大通りの奥を指さす。

「そう、ありがと。あと言っとくけど、この女性《ひと》におかしなことするんじゃないわよ。……分かっているわね」

ゆかりは脅しつけるような口調で言う。男は怯《おび》えた表情で何度も頷いた。男に軽蔑《けいべつ》の視線を浴びせながら身を翻したゆかりは、ヒールをカンカンとならして歩きはじめる。勝己も慌ててそのあとを追った。

「……本当に芹沢久美子、いましたね」

勝己はおずおずと、明らかに機嫌が悪そうなゆかりに話しかける。横目で勝己を見たゆかりは大きく息を吐いた。

「ごめんごめん。ああいう男見ると、なんとなくイライラしちゃってさ」

「まあ、たしかに気分がいいもんじゃありませんね」

「それもあるけど、個人的な経験もね……」

ゆかりはかぶりを振りながら言う。勝己はなんと言っていいのか分からなかった。

「ああ、気にしないで。こっちの話だからさ」ゆかりはふっと笑みを見せる。

「けどあの男、ゆかりさんのことを女刑事だと信じ込んでいましたね」

勝己は少し雰囲気を軽くしようと話題を変える。ゆかりは得意げに胸をそらした。

「そりゃそうよ。昔、劇団員やっていたからね。あれくらいの演技はお手のもの」

「劇団員だったんですか？」

「そう。かなりの演技派だったのよ。あと演技だけじゃなくて声帯模写とかも得意」

「声帯模写？」

『他人の声色を真似る技術。こんな感じでね』

突然、ゆかりは男の声で話しはじめる。その声は勝己が聞き慣れたものだった。

「いまの声ってもしかして……」勝己は口を半開きにする。

「そう、勝己ちゃんの声よ。どう、目の前で自分の声を出されるの」

「どうって……、なんというか、気持ち悪いというか……」

「人の声色だけじゃなくて、色々な音も真似できるのよ。例えば救急車のサイレン音とか。やってあげようか」

「……けっこうです。凄《すご》いのは十分に分かりましたから」

「なによ、ノリが悪いわねぇ。まあ、そんな感じで演技ならお手のもの。この前だってなかなかのもんだったでしょ」

「この前ってなんのことです？」

「川奈雄太の友達を誘惑して連れてきたときのことよ。あのね、おっぱい大きければ色仕掛けできるわけじゃないのよ。反応を見ながら、相手をどうやったら興奮させられるか見極めて、そのうえでその演技をしているの」

「本当ですかぁ？」

勝己の口調に疑念が混じる。ゆかりは目を細めると、勝己のあごにすっと指を添わせる。それだけで勝己の背筋に妖しい震えが走った。

「勝己ちゃんで試してあげようかしら」

「え、遠慮します！」勝己は身をこわばらせる。

「あら、遠慮しなくていいのよ。勝己ちゃんの好みのタイプなら分かっているから、理想の女の子演じてあげるわよ。そうね、勝己ちゃんスレンダーな子が好みだから、まずはさらしをぎゅうぎゅうに巻いてっと。あとはナチュラルメークでちょっと清純派っぽくかな。あ、けど実は、さばさばした姉さん肌も好きでしょ」

勝己の頭に真美と雪子の顔が浮かぶ。

「な、なに言っているんですか⁉　さっさと芹沢久美子を捜しにいきましょうよ」

「あら、照れちゃって」

勝己が足を早めると、ゆかりはケラケラ笑いながらついてきた。

数十秒歩いたところで勝己は足を止める。

「ん、どうしたの勝己ちゃん？」

首をひねるゆかりの横で、勝己は正面を指さす。数十メートル先、車道を挟んで反対側の歩道にゆったりしたワンピースを着た女性が、エコバッグを片手に歩いていた。

「あれってもしかしたら」

「ええ、芹沢久美子ね……」

ゆかりは歩道を歩いてくる女性に鋭い視線を投げかける。

「ゆかりさん……、どうかしました」

「あっ、なんでもないの。ちょっと気になることがあっただけ。行きましょ」

ゆかりは表情を緩めると、左右を見回して車が来ていないことを確認し、車道を横切っていく。勝己もすぐにそれに倣った。小走りで芹沢久美子に近づいたゆかりは、その前に立ちふさがる。久美子の表情に緊張が走った。

「芹沢久美子さんよね？」

ゆかりがその名を口にした瞬間、久美子の顔が恐怖で歪《ゆが》んだ。その場にエコバッグを落とすと、身を翻して走り出そうとする。バッグの中の牛乳パックがこぼれた。

「走っちゃダメ！」

ゆかりの鋭い声が辺りに響き渡った。久美子はびくりと体を震わせると、怯えきった態度で振り返ってゆかりを見る。

「大丈夫よ。私達は借金取りじゃないから安心して。あなたにちょっとお話を聞きたいだけ。それより、転んだりしたらお腹の赤ちゃんが大変なことになるでしょ」

赤ちゃん⁉　勝己は思わず久美子の腹部に視線を落とす。ゆったりしたワンピースで気づかなかったが、言われてみれば下腹部が大きく膨らんでいた。

「あなた……誰なの？」警戒心に溢《あふ》れた視線をゆかりに注ぎながら、久美子は訊《たず》ねる。

ゆかりは柔らかく微笑むと口を開いた。

「通りすがりの産婦人科医ってとこかしら」


「それで、お医者さん達が私になんの用なわけ？」オレンジジュースを一口飲んだ久美子は、対面の席に座るゆかりと勝己を見ながら硬い声で言う。

路上で声をかけた十数分後、三人は近くにあった喫茶店に入っていた。ゆかりが「路上ではなんだから」と誘うと、久美子はトラブルになることが嫌だったのか大人しくついてきていた。

「川奈雄太さんについてちょっと知りたいのよ」

ゆかりが川奈雄太の名前を出した瞬間、久美子の顔が不愉快そうに歪んだ。

「……やっぱり、あの人のことか」久美子は苛立たしげに独りごちる。

「あなたと川奈雄太さんは恋人同士だったのよね？」

ゆかりに直球の質問をぶつけられた久美子は、深いため息を吐いた。

「私の勤めていたスナックに雄太はよく遊びに来て、そのうちに私を口説くようになってきたのよ。最初は冗談だと思ってた。だって年齢が十歳近く違うでしょ。けれど何度も本気だって言われたから、なんとなくだらだらと付き合うようになっちゃって。あいつ悟にも優しくて、よくおもちゃを買ってきたりしてくれたから」

「悟って、息子さんね」ゆかりが訊ねる。

「ええ、まだ小学五年生なのに手のかからない良い子なの」

久美子の表情が一瞬緩むが、すぐにまた険しくなる。

「なのに、雄太のせいで私だけじゃなく悟まで逃げるはめに……」

「逃げるっていうのは、借金取りからってこと?」

「そう。あいつ、いつの間にか私を保証人にして金を借りていたのよ。あいつがいなくなってはじめて知ったんだけどね。そして……あいつが死んだのが分かって、本格的に私のところへ取り立てに来るようになった。本当ならいまごろは悟と名古屋の実家で過ごすはずだったのに。長期の休みの時は、悟を両親に会わせていたのよ。それなのにこんな状況だから、帰省どころか満足に実家に連絡もできない……」

「ちょっと込み入ったことを聞くけど、あなたのお腹の子って……」

「ええ、雄太との子供よ」

ゆかりは愛《いと》おしそうにワンピースの上から自分の腹を撫《な》でる。

「川奈雄太さんはその子のことは?」

「知っていたわよ。妊娠が分かってすぐに教えたから。子供が生まれるとなれば、あいつもギャンブルなんてやめてまともな職に就いてくれるなんて期待しちゃったのよ。おかしな妄想を口にするのもやめてね」

「妄想？　なんのこと？」

「あいつ、ずっと自分はなんとかっていう大きな建設会社の会長の隠し子かもしれないとか言っていたのよ。だから、もしもの時は父親に助けて貰《もら》えばなんとかなるとか言って、借金してたってわけ。ほらを吹くにしても、もう少しはリアリティがないとね」

　ゆかりと勝己は顔を見合わせる。

　川奈雄太は自らが小笠原雄一郎の息子だということを知っていた？　もしかしたら、自らの死が迫ったとき母親がそれとなく教えたのかもしれない。しかし、これまで小笠原にたかろうとしなかったところをみると、確信は持っていなかった可能性が高い。

「子供のことを伝えたときは、あいつけっこう頼もしいことも言ってくれたのよ。借金を全部返して、お前と子供を幸せにしてやるなんてね。私も馬鹿だから、一瞬その言葉を信じちゃった」

　久美子は首をそらし天井に遠い目を向けるが、すぐにその表情を歪めた。

「けど、舌の根も乾かないうちにあいつはどこかに逃げて、私が借金を背負うはめになった。あいつがいなくなってすぐよ、うちにいやがらせが始まったのは。最初は玄関前に血痕《けっこん》みたいなものが残ってた。そのうち段々いやがらせはエスカレートしていって……。あいつが殺されたのを知ったとき、このままじゃ私と悟も危ないと思って、こんなところに逃げることに……」

言葉を詰まらせる久美子の前で、勝己は口元に力をこめる。

どうやら久美子も借金のせいで川奈雄太が殺害されたと思っているらしい。しかし、この事件はそんなに単純なものではないはずだ。

「ねえ、姿を消す前の川奈雄太さんの様子を教えてくれない？」

ゆかりに声をかけられて、久美子は充血した目を疑わしげに細める。

「……なんでそんなこと知りたいわけ？　そもそも、なんで医者が雄太のことなんて調べているの？　それに、どうやって私がここにいるって調べたわけ？」

至極当然の疑問を久美子はぶつけてくる。

「ちょっと事情があって川奈雄太さんを殺した犯人を捜しているのよ。あなたがここにいるっていうのは、ちょっとしたテクニックを使ってね」

ゆかりは適当極まりない回答をすると、色っぽくウインクをする。久美子の視線に溶け込んだ不審の色はどんどん濃くなっていった。

「……まさか、あなた私達の居場所を借金取りに教えたりしないわよね？」

低い声で訊ねる久美子に向かって、ゆかりは胸の前で両手を振る。

「そんなことするわけないじゃない。言ったでしょ、私は川奈雄太さんを殺害した犯人を捜しているだけ。もしそいつが逮捕されれば、あなたも安心できるんじゃない？　少なくとも命を狙われるような危険はなくなるんだから」

「……妊娠を伝えてから二、三週間は、雄太はなにか思い詰めて、苦しんでいる感じだった。『もうすぐ借金を全部返せる。だから待っていてくれ』とか言ってたけど、なにかすごくつらそうだった」

「けれど、ゆかりは弱々しい口調で話しはじめた。姿を消す寸前に急に雄太は明るくなったの。『これで胸を張ってお前と結婚できる。子供の父親になれる』って、それなのに……」

唇を噛《か》むゆかりを勝己は無言で眺める。その時期は、川奈雄太がどこからか金を手に入れ、藤原に借金を返して麻酔薬を手に入れた時期と一致する。いったい川奈雄太はどこから金を手に入れ、そして何をするつもりだったのだろうか？

「ごめんなさいね。嫌なことを思い出させて」

ゆかりが声をかけると、久美子はゆっくりと立ち上がる。

「もう十分でしょ。家に帰って悟に夕飯作ってあげないといけないのよ」

「……ええ、お時間とらせてごめんなさいね」

ゆかりが柔らかく微笑みながら言うと、久美子は逃げるように店を出た。

「……大変ですね、あの人」閉まった扉を眺めながら勝己がつぶやく。

ゆかりはどこか哀しげな表情を浮かべながら頷《うなず》いた。

「しかし、川奈雄太はいったい何をしようとしていたんですかね？　やっぱり、なにか非合法な仕事でもして、借金を返すつもりだったとか……」

「そんな感じよね。だから罪悪感で思い詰めていたし、その仕事の前金で藤原への借金を返すことができた」ゆかりは気怠《けだる》げに指先で自分の毛先をいじる。

「けどそれだと、藤原に麻酔薬を頼んだことと、姿を消す直前に明るくなったことの理由が分かりませんよね」

「そうなのよねー」ゆかりはすでに冷めているダージリンティーを口に含んだ。

「どうしたんですか、ゆかりさん。なんか元気ないですけど」

勝己が訊ねると、ゆかりは少し弱々しいながらも笑みを浮かべる。

「ああ、ごめんね勝己ちゃん。いやあ、産婦人科医って久美子さんみたいに男に振り回されて不幸になっている妊婦さんをよく見るのよね。そのたびになんかテンション落ちちゃってさ。妊娠と出産って女にとって最高に幸せな経験のひとつなのに、ダメ男のせいでそれが台無しになっているのって悲しいじゃない」

「たしかにそうですね……」勝己はつぶやきながらゆかりの横顔を眺める。

勝己の視線に気づいたのか、ゆかりは皮肉っぽく口角を上げた。

「なによ、人の顔をじーっと見ちゃって」

「いえ、なんでもありません」勝己は慌てて視線をそらす。

「分かっているわよ。それだけでここまでテンション落ちるなんて変だって思っているんでしょ。それで、私が過去に何かあったんじゃないかって思っている」

胸の内を正確に言い当てられ、勝己は言葉に詰まった。

「翼ちゃんにならともかく、私にそんな簡単に考えていることバレるなんて、ちょっと単純すぎるわよ。あと、女の過去を詮索《せんさく》するのはダメ」ゆかりは冗談めかして言う。

「……すみません」

「まあ、私達は勝己ちゃんがなんでうちのクリニックで勤めることになったか知っているからフェアじゃないけど、できるだけお互いの過去は詮索しないようにするのが暗黙の了解なのよ。特に章ちゃんの過去とかね」

「えっ、でも俺、神酒先生の経歴聞いちゃったんですけど。たしか外人部隊で軍医をやっていたって」

「……それ、誰から聞いたわけ？」

「真美さんからですけど……」

「そう。ちなみに私が聞いた時は自衛隊のレンジャー部隊を除隊後、医学部に入り直したって言っていたわね」

「はぁ？」意味が分からず、勝己は呆《ほう》けた声をあげる。

「黒宮ちゃんのときは、紛争地の孤児で日本に密入国して戸籍を買ったって言っていたし、翼ちゃんにいたっては忍者の末裔《まつえい》で子供の時から忍術を叩《たた》きこまれたって聞いたはず」

「じゃあ全部……」

「そう、全部でたらめ。章ちゃんの本当の経歴は誰も知らないの」

「なんですか、……それ」勝己は脱力感を覚えて天井を仰ぐ。

「私達にとって重要なのは章ちゃんの過去なんかじゃないってことよ。いま私達を受けいれて、居場所をくれる神酒章一郎っていう人がいる。それだけで十分なの」

「居場所……」勝己は口の中でその言葉を転がす。

ゆかりは微笑むと、ティーカップの紅茶を飲み干した。

「さて、いつまでもうだうだしていてもしかたないし、とりあえず車に戻りましょ。ほうっておくと翼ちゃんと黒宮ちゃんがイチャイチャしだすかもしれないし」

「いや……そんなことはないと思いますけど」

「えっ、密室に男が二人きりなのよ。なにが起こっても不思議じゃないでしょ」

「……いや、不思議ですよ」

「そうなの？　つまんない」

ゆかりは心の底からつまらなそうにつぶやきながら出口へと向かった。


喫茶店を出た勝己とゆかりは、キャンピングカーを停めている駐車場に向かっていた。すでに日は落ち、辺りは暗くなっている。勝己は自分の肩を揉《も》んだ。朝に桜井の話を聞いてから板橋区の団地に向かい、そして芹沢久美子を追って川崎までやって来た。長距離を移動したうえ、家宅侵入などという慣れないことにまで巻き込まれたせいで、体の奥に重い疲労感が溜《た》まっていた。

「なによ、おっさん臭いわね。まだ若いのに」

「若いといっても、もうアラサーですからね。今日みたいに無茶したら肩ぐらい凝りますよ。ゆかりさんは凝らないんですか？」

勝己が訊《たず》ねると、ゆかりはにやりと笑いながら自分の胸を抱えるように両手を置く。

「いつも凝っているに決まっているでしょ。こんな荷物ぶら下げているんだから」

「……さいですか」

この人の方がおっさん臭いような……。そんなことを考えていると、前方から見覚えのある男が歩いてきた。くすんだ金髪、異常なまでに細く整えられた眉《まゆ》、少し猫背の痩《や》せた体。マンション前で久美子のことについて訊《き》いたホストの男だった。さっきはよれよれのジャージー姿だったが、いまはやけに光沢のある安っぽいスーツを身につけ、金髪を整髪料で逆立てている。今から出勤でもするのだろう。

近づいてきた男は、勝己とゆかりに気づくと顔をゆがめる。

「なんだよ、お前ら。まだ俺になんか用かよ？」

「あなたになんか用はないわよ。偶然顔を合わせただけなのに、自意識過剰なんじゃない」

ゆかりは嘲笑《ちょうしょう》するように言った。どうやら本格的にこの手の男を毛嫌いしているらしい。泣きそうな表情を浮かべる男に、勝己はほんの少しだけ同情する。

「なんなんだよ警察ってやつは。あんたもあんたのお仲間も本当に感じわりいよな」

男はせっかくセットした金髪を、苛立《いらだ》たしげにがりがりと掻《か》いた。

「べつに俺はなにも言ってないじゃないか」

勝己が文句を言うと男は大きくかぶりを振る。

「違うよ。あんたのことじゃねえ。あんたらのお仲間のことだよ」

「お仲間？」翼と黒宮のことだろうか？　勝己は首をひねる。

「いまさっき、あんたらのお仲間の二人組が、玄関前であの女となにか話していたんだよ。なんとなく険悪な雰囲気だったから俺が『大丈夫かい』って声かけたら、『警察だ。引っ込んでろ！』とか言って部屋の中に入っていったよ」

警察が久美子の家に？　勝己とゆかりは顔を見合わせる。

「本当にそいつらは警察だったの？　どんな奴らだった？」

「えっ？　だって自分達で警察だって言ってたし……。スーツ着てでかいサングラスかけたガタイの良い男達だったよ」

勝己の脳裏に一週間前、藤原のマンションで会った男達の姿が蘇《よみがえ》る。

考える前に勝己はアスファルトを蹴《け》って走り出していた。同じようにゆかりも走ろうとするが、ハイヒールを履いているため早く走れない。勝己は一瞬スピードを緩める。

「いいから先に行って。私は翼ちゃん達に連絡してすぐに向かうから！」

ゆかりの指示に頷いた勝己は、再び全力で駆け出した。

なんであの男達に久美子の居場所が分かった？　いったい久美子になにをするつもり

だ？　そもそもあいつらは誰なんだ？

次々に疑問が湧くが、勝己は頭を振ってそれらを頭蓋骨《ずがいこつ》の外に振り落とす。いまは久美子とその息子を助けなくてはいけない。勝己は上体を倒し、足に力を込めた。

ものの数分でマンションまで到着した勝己は、乱れた息を整えながらエントランスに入ると、エレベーターの前を通過して扉を開け、一階の外廊下へと出た。廊下の左側には八つのドアが並んでいる。勝己の表情が歪《ゆが》んだ。

久美子の部屋はどれだ？　ホストの男が言っていた部屋番号が思い出せなかった。ホストの話によると相手は二人組らしい。どうにか不意を突きたかった。そのためには、相手に気づかれないように久美子の部屋を特定しなければならない。勝己は足音を殺しながら廊下を進んでいく。しかし、どの扉にも表札など出ていなかった。

これじゃあどうしようもない。焦りで脳細胞が過熱していく。勝己はジャケットのポケットから愛用の万年筆を取り出すと、せわしなく指先で回しはじめる。精神統一の儀式がいくらか頭を冷やしてくれる。

再び並んでいるドアに視線を向けた勝己は、奥から三番目の扉の下からなにかが流れ出していることに気づく。扉に近づくと、それは白い液体だった。勝己は久美子が持っていたエコバッグの中に牛乳パックが入っていたことを思い出す。

ここだ！　きっと男達ともみ合いでもしたときにエコバッグを落とし、パックから牛乳が漏れたんだ。この部屋の中に久美子がいるに違いない。

勝己はノブを摑《つか》むと、ゆっくりと回して扉を引く。腕に強い抵抗をおぼえ勝己は顔をしかめた。鍵《かぎ》をかけるのを忘れているかもと思ったが、そう甘くはなかった。どうやって中に入ろう？　外から回ってベランダから侵入しようか？

すぐ背後からかすかな物音が響いた。勝己は息を吞《の》むと、素早くその場で回転しながら身構える。

「うわぁ！」押し殺した悲鳴が上がる。そこにいたのは翼と黒宮だった。翼はバンザイでもするように両手をあげている。

「翼先生、驚かせないでくださいよ」勝己は安堵《あんど》の息を吐くと小声で言った。

「驚いたのはこっちだよ。ゆかりさんから連絡があったからわざわざ来たのに。ここが芹沢久美子の部屋で、中に親子が監禁されているわけだよね？」

「そうだと思います。なんとか助けたいんですけど、鍵がかかっていて」

勝己達は囁《ささや》くように会話する。

「……通報して警察を待つことも検討するべきだ。……本当に藤原のマンションにいたのと同じ男達なら、拳銃《けんじゅう》を持っている可能性も否定できない。飛び込むのは危険だ」

黒宮がいつになく真剣な表情で言う。たしかにそれは正論だった。しかし、藤原はマンションに監禁されたとき拷問を受けていた。もし久美子が同じ男達に捕まっているなら、同じような目にあわされる可能性が高い。久美子とその小学生の息子が。

「警察を待っている余裕はありません。俺が助けます！」

勝己は拳《こぶし》を握りこむとはっきりと言う。翼がにやりと笑った。

「おっ、そういう熱血嫌いじゃないよ。それじゃあ黒宮、よろしく」

翼に声をかけられた黒宮は渋い表情を浮かべたものの反論することなく、団地のときと同じように懐から鍵開け用の器機を取り出すと、慣れた手つきで鍵穴に差し込んだ。ものの数十秒でカチリという小さな音が響く。

「……これで中に入れる。……けれど俺と翼は戦力にならない。拳銃を持っているかもしれない相手に一人で立ち向かわないといけない。分かっているな？」

黒宮は前髪と眼鏡の奥からまっすぐに勝己の目を覗《のぞ》きこんでくる。勝己はゆっくりと頷《うなず》いた。陰鬱《いんうつ》にため息を吐いた黒宮は、耳を澄まさないと聞こえないほどの小声で「気をつけろよ」とつぶやいて視線をそらす。

「それじゃあ、合図をもらったら僕が扉を開けるよ。そうしたら勝己が飛び込んで、ヒーローよろしく二人を助けてね」

翼がドアノブを摑んだ。勝己は小さく頷くと自分の胸に手をやり、目を閉じる。

撃たれるかもしれない。頭の片隅に湧いた不吉な想像はみるみると膨らみ、全身を縛り出す。そのとき、扉の奥からほんのかすかに子供の泣き声が聞こえた気がした。瞼《まぶた》の裏に団地の部屋で見た幸せそうな親子の写真が浮かぶ。

「お願いします！」目を開けると同時に勝己が言う。

翼が勢いよく扉を開けた。その隙間に勝己は体を滑り込ませる。玄関に飛び込んだ勝己は、短い廊下を走りながら室内の状況を把握していく。

廊下の奥にリビングらしき空間が見え、サングラスをかけたスーツ姿の男二人が立っていた。一人は角刈りの体格のいい男で、もう一人は中肉中背で髪はオールバックだった。顔こそ見えないが、二人の出《い》で立ちは藤原を拉致《らち》した男達そのものだった。

男達の足元に猿《さる》ぐつわを噛《か》ませられた久美子が横たわっていることに気づく。殴られたのかその顔は赤くなっている。角刈りの男は右手にナイフを握り、左手で少年の髪を鷲掴みにしていた。きっとあの少年が、久美子の息子の芹沢悟だろう。

久美子が抵抗したのか床には食器、ネコのぬいぐるみのついたランドセル、数冊の女性誌などが散乱している。

まずは角刈りの男だ。一瞬にして状況を把握した勝己は、目標を定めると上体を低くしてリビングに走り込む。男達は立ち尽くしたまま、サングラス越しに勝己に視線を向けてきた。

勝己は右の拳を握り込むと、減速することなくナイフを持った角刈りの男に向かっていく。男は慌ててナイフを構えようとするが、すでに遅かった。

勝己は「ああっ！」と気合いの声をあげながら、加速した体重が乗った拳を男の顔面に叩《たた》きこんだ。拳頭に鼻の骨がひしゃげる感触が走り、角刈りの男がもんどりうって倒れる。ナイフとサングラスが吹き飛ばされ、宙を舞った。

「なんだ、てめえ!?」オールバックの男が明らかに動揺した声をあげる。

この隙を逃すわけにはいかない。勝己は軽く右足を踏み出すと、その足を軸に体を勢いよく回転させながら左足を上げる。百八十度近く回転したところで、勝己は思い切り左足を蹴り出した。回転によって加速された踵《かかと》が男の脇腹に突き刺さる。勝己の八十キロ近い体重が乗った後ろ回し蹴りで肝臓を抉《えぐ》られた男は、「ごぼっ」とえずくと、腹を押さえてその場に倒れ込んだ。

荒い息をつきながら、勝己は倒れた二人を見下ろす。過剰に分泌されたアドレナリンで体が細かく震えた。二人が立ち上がってこないことを確認すると、勝己は久美子のそばにひざまずく。久美子は猿ぐつわの下で小さく悲鳴をあげた。

「し、心配しないでください。助けに、来ました。だ、大丈夫ですか？」

興奮のためかうまく回らない舌を必死に動かして勝己は話しかける。久美子はおずおずと頷いた。勝己は安堵の息を吐くと、久美子の猿ぐつわを外していく。

「悟！」口が自由になると同時に叫んだ久美子は、魂が抜けたように座り込んでいる息子に這《は》い寄り、その体を抱きしめる。

母親の腕に抱かれた少年の目が次第に焦点を取り戻していく。

よかった。勝己の胸にじわじわと達成感が湧き上がってきた。

「とりあえず安全な場所に避難しましょう」

倒した男達をどうするべきか勝己には分からなかった。しかし、まずやるべきことは芹沢親子の安全を確保することだ。

「は、はい。分かりまし……」

涙で濡《ぬ》れた顔を上げた久美子が、息を呑んで顔をこわばらせた。久美子の視線が自分の後ろに注がれていることに気づき、勝己はゆっくりと振り返る。思考が凍りついた。

いつの間にか角刈りの男が立ち上がっていた。しかし、勝己の視線は男ではなく、小さな穴に向けられていた。自分の顔面に向かって真っ直ぐに向けられた拳銃の銃口に。

「てめえ……、ぶっ殺してやる……」

サングラスが外れ露《あら》わになった一重の目に殺意の炎を灯《とも》しながら男が言う。

まださっきのダメージがあるはずだ。すぐに飛びかかれば制圧できるかもしれない。行け！　行くんだ！　勝己は自分に必死に言いきかせようとするが、脳と体を繫《つな》ぐ神経が断線してしまったかのように、体はぴくりとも動かなかった。

はじめて意識する『死』の圧倒的な質量に全身をがんじがらめにされた勝己は、ただ呆然《ぼうぜん》と男の指がゆっくりと引き金を絞っていくのを眺めることしかできなかった。

「やめろ！　そいつを殺すんじゃねえ！」

部屋に怒声が響く。それと同時に引き金から男の指が離れた。

「何でだよ！　こいつ俺を殴ったんだぞ！」

角刈りの男は自分を止めた声の主、いまだに床に這いつくばっているオールバックの男を横目で睨《にら》む。

「……分かっているだろ」

オールバックの男は低くこもった声でつぶやきながら、ゆっくりと立ち上がった。

角刈りの男は数秒間、勝己を睨みつけたあと大きくかぶりを振った。

「じゃあ、これからどうするんだよ？　こいつふん縛って、またその女を痛めつけて話を聞くのか？」

「いや、こいつら縛ったら消えるぞ。ガキを脅してもあれの場所を言わなかったんだ。その女は何も知らねえよ」

オールバックの男は蹴《け》りを食らった脇腹をさすりながら顔をしかめる。

「そんなの分かんねえだろ。藤原のときみたいに爪の一枚でも剝《は》いでやれば……」

そこまで言ったところで、角刈りの男は言葉を切って視線を上げた。勝己も耳を澄ます。かすかにパトカーのサイレン音が鼓膜を震わせた。

「ちくしょう！　てめえ、警察呼んでやがったのか」角刈りの男が叫ぶ。

警察？　翼達が呼んだのだろうか。勝己は無言で立ち尽くす。

「ずらかるぞ！」オールバックの男が叫ぶ。

「ちょっと待ってくれ。サングラスがどっかに……」

「そんなもん、どうでもいいだろ。捕まりたいのか！」

オールバックの男は怒鳴りながら、おぼつかない足取りで玄関に向かった。角刈りの男は舌打ちするとオールバックの男のあとを追う。すれ違う瞬間、角刈りの男は銃のグリップを勝己のこめかみに打ちつけた。勝己はその場に膝《ひざ》をつく。角刈りの男は満足げに鼻を鳴らすと玄関に向かった。

二人が部屋から出て行き、扉が閉まる音が鼓膜を揺らした瞬間、勝己は座り込んだまま酸素をむさぼりはじめる。あまりの恐怖に呼吸すらまともにできていなかった。

扉が開く音が響く。勝己と久美子はびくりと体を震わせながら玄関に視線を向ける。

「お邪魔しますよー」軽い声が聞こえてきた。

玄関から入っていきたのはあの男達ではなく翼だった。続いて黒宮、そしていつのまに到着していたのか、ゆかりも室内に入ってくる。

「大丈夫だったかい？」

翼の問いに勝己はこたえようとするが、舌がこわばって言葉が出なかった。

「無茶したらダメでしょ！　撃たれたらどうするわけ！」

翼とは対照的に、ゆかりは険しい顔で勝己を叱りつけた。勝己は喉《のど》の奥から「すみません」とかすれた声を出す。

「まあまあ、ゆかりさん。撃たれなかったからいいじゃない。結果オーライだよ」

「いいわけないでしょ！　章ちゃんとは違うのよ。銃を持っている人間の相手なんてできるわけないでしょ！」

あくまで軽く言う翼に、ゆかりは顔を紅潮させる。その常識的な反応が勝己にはなぜか嬉《うれ》しかった。

翼が「あまり怒ると皺《しわ》が増えるよ」とつぶやき、ゆかりの顔がさらに赤みを増す。

「あの男達は……」勝己はいまだに震える声で訊《たず》ねた。

「ああ、泡を食って逃げていったよ。廊下の奥にいた僕達にまったく気づかなかったぐらいだから、よほど慌てていたんだろねえ。警察が来ると思ってさ」

翼はくすくすと笑い声を上げる。

「何がおかしいんですか？」

「だって、あんまり見事に引っかかるもんだからさ」

「引っかかる？」眉間《みけん》に皺を寄せた勝己は気づく。いつの間にかパトカーのサイレン音が消えていることに。

「そう、あれは偽物だよ。全部ゆかりさんが出していたの」

「ゆかりさんが？」意味が分からず、勝己の眉間の皺が深くなる。

「そうだよ」

翼はゆかりに向かってうながすようにあごをしゃくる。ゆかりは面倒そうに顔をしかめながら口を大きく開き、喉元に両手の指先を当てた。次の瞬間、開いたゆかりの口からパトカーのサイレン音が小さく響き出す。勝己は唖然《あぜん》として口を半開きにした。

「すごいよね。人のこと妖怪《ようかい》扱いしているけど、自分だって十分化け物じゃん。まあ、おかげであの男達を追い払うことができたけどさ」

「声帯模写の応用よ。そんなことより久美子さん、大丈夫？　お腹は痛くない？」

「え？　ああ、はい」事態についていけないのか、久美子は呆《ほう》けた声で返事をする。

「ここは危険だから私達と一緒に行きましょ。セキュリティーのしっかりした病院があるから、とりあえずそこに息子さんと入院して。精神的ショックで切迫流産になったりしたら大変よ。病院についたら私が診察するから」

ゆかりに促された久美子はおずおずと頷《うなず》くと、息子の手を引いて玄関に向かって歩きはじめる。

「ほら、いつまでもへたり込んでないで勝己も行くよ。神酒さんと合流して、やることやらないと」翼が勝己の肩を叩いた。

「やるってなにをですか？」座り込んだまま勝己は訊ねる。

「……一瞬、男の一人の顔が見えた。似顔絵を作る」黒宮がつぶやいた。

「まあ、似顔絵だけじゃさすがに身元までは分からないだろうけど、それでも無いよりはましだろうからね。手がかりは少しでも多い方がいいしさ」

「手がかり……」

翼を見上げながら勝己は右手の拳《こぶし》を開く。中からくしゃくしゃに丸まった紙マッチが出てくる。そこには『ランジェリーパブ　バニー倶楽部《くらぶ》』と記されていた。

5

恐ろしい……。やけに柔らかいソファーに腰掛けながら勝己は正面を見る。U字のソファーのテーブルを挟んだ対面には、一見すると映画俳優と思ってしまうほど顔の整った男が座り、同性さえも魅了してしまいそうな艶《つや》のある笑みを浮かべている。バニーガールの耳をつけた下着姿の女達は、うっとりとその男の顔を眺めていた。

襲われていた芹沢親子を助けた二日後の夜十時過ぎ、勝己は五反田《ごたんだ》にあるランジェリーパブにいた。

二日前、芹沢親子を青山第一病院の秘密病棟に保護したあと神酒クリニックへと戻った勝己達は、神酒と真美にその日起こったことを説明した。「そんなに刺激的なことがあったなら、俺も参加すればよかった」といった表情で話を聞く神酒に全てを説明したあと、勝己はポケットに入っていた紙マッチを取り出して言った。「これを、男の一人が落としていきました」と。

調べたところ、その紙マッチに記されていた『バニー倶楽部』というのは、五反田にあるホステスが下着姿で接待をしてくれるキャバクラだということだった。そのことが分かると神酒は（真美から湿った視線を浴びながらも）楽しげに「それじゃあ、その店に潜入捜査といくか」と言いだしたのだ。

かくして、勝己はやけにセクシーな下着姿の女性達に囲まれながらウーロン茶をすするはめになっていた。赤い下着のホステスを一人挟んだ奥には、片手にウイスキーグラスを持った神酒がいた。肩にしなだれかかっているホステスの胸元に視線を向けながら、少々鼻の下を伸ばしている様子はどうにも情けなく見えてしまう。しかし問題は神酒ではなく、正面に座る男だった。

……本当にあれ、黒宮先生なのかよ。店に入って一時間近く経つというのに未《いま》だに勝己は、ホステス達の視線を惹《ひ》きつけている美男子と、いつもうつむいてぼそぼそと喋《しゃべ》る内科医が同一人物とは信じられなかった。

「それじゃあ、黒宮と勝己、俺と一緒に店に行くぞ」

二時間ほど前、この店の近くのコインパーキングに駐車したキャンピングカーの車内で神酒はそう宣言した。同時に翼、ゆかり、そして黒宮が不満の声をあげた。

「僕も下着姿の女の子達とお酒飲みたい！」

「私もホステスにセクハラしたいのにー」

同時に文句を言った翼とゆかりに、神酒は冷めた眼差《まなざ》しを投げかけた。

「翼は未成年だと思われるから、入店するのに身分証明書を見せることになる。潜入捜査でそんなことできるわけないだろ。あと、ああいう店に女が客として行ったら目立つし警戒される。それにゆかりのセクハラはきつすぎて、店から追い出される危険性がある。よって二人の異議を却下する」

正論を投げかけられぐうの音もでなくなった二人に代わり、黒宮がいつも以上に暗い口調でつぶやいた。

「……なんで俺がそんな店に？　神酒さんと九十九が二人で行けばいいじゃないか」

「なに言っているんだ。お前が一番必要なんだ。お前がいればどんな女も口が軽くなるからな。ということでゆかり、翼、いつものをよろしく頼む」

怪しい笑顔を浮かべながら神酒が言うと、同じような笑みを浮かべながらゆかりと翼がじりじりと黒宮に近づいていった。

その後、黒宮はゆかりの手で長い髪を後ろで束ねられ、眼鏡をコンタクトに替えさせられ、さらにうっすらと化粧までさせられた。ゆかりにより変身させられた黒宮を見た勝己は目を見張った。それまで野暮《やぼ》ったい黒縁の眼鏡と長い前髪で隠されていた黒宮の顔はおそろしいほどに整っていた。しかしその時点では、黒宮の全身からはいつも通りの暗く沈んだオーラが醸し出されていた。

続いて、ゆかりと交代した翼は、黒宮と目を合わせながら小声でなにやらつぶやきはじめた。やがて、黒宮の表情にじわじわと自信が漲《みなぎ》っていくのを、勝己は呆然《ぼうぜん》と眺めたのだった。

翼は「ちょっと暗示をかけて、昔の黒宮に戻しただけだよ。黒宮はこういうの凄《すご》くかかりやすいからね。まあ明日《あした》には元に戻っているよ」とか言っていた。しかし、これが『ちょっと』か？　翼の言葉を思い出しつつ、勝己は黒宮を眺める。

「ねえ、君達。バニーガールのウサギ耳には、どんな意味があるか知っているかい？」

長い足を組み替えながら黒宮がホステス達に訊ねる。ホステス達は顔を見合わせると、「知らなーい」と声を合わせた。

「ウサギはね、とっても繁殖力が高い動物なんだよ。決まった発情期がなく、いつでも交尾することができる。つまり君達がつけているそのウサギの耳は、私は発情していていつでも交尾できますっていうサインなんだ」

そう言いながら、黒宮は隣にいたホステスの肩を抱いてその目を見つめた。ホステスは「いやだー」と言いながらも頰を赤らめる

「ちなみに、ウサギ以外にも発情期というものが明確でなく、年中交尾可能なほ乳類がいるんだ。知っているかな？」

再度の黒宮の質問にホステス達は首を左右に振る。黒宮は唐突に肩を抱いていたホステスの頰に唇を当てながらつぶやいた。

「俺達人間だよ。君達みたいに可愛い女の子に囲まれたら、男なら誰でも発情しちゃうんだよ」

ホステス達の間からキャーという悲鳴のような嬌声《きょうせい》が上がった。

こんな店で盛り上がっていて良いものだろうか？　右腕に抱きつくように両手を回してくるホステスの胸の柔らかさにどぎまぎしながら、勝己は口をへの字にする。この店に向かうために勝己が、章一郎と（遊び人モードになった）黒宮とともにキャンピングカーを降りる際、真美がにっこりと微笑みながら「楽しんできてくださいね」と声をかけてきた。しかし、勝己はすぐに気づいた。真美の目がこれっぽちも笑っていないことに。割り切ってこの状況を楽しもうかとも思うのだが、そのたびに真美の目つきが脳裏にちらつき、背筋が寒くなるのだ。

「ねえ、お兄さん達、うちのお店初めてでしょ。どうしてここに来たのぉ？」

ホステスの一人が舌っ足らずな口調で言う。勝己の体に緊張が走った。神酒と黒宮の緩んでいた顔も引き締まる。ずっとこの質問が出るのを待っていたのだ。

「この前、飲み屋で仲良くなった人に、お勧めだって教えてもらったんだよ」

黒宮は店に入る前に打ち合わせしたとおりのセリフを口にする。予想どおりホステスから「えーっ、それって誰なんですかぁ？」との言葉が返ってきた。

「えーっと、そのとき酔っていたから名前覚えていないんだよね。名刺もなくしちゃったし……。あの人には悪いことをしたよ。お礼を言いたいのに……」

黒宮はつらそうに顔をしかめる。その芝居にホステス達の顔も歪《ゆが》んだ。

「どんな人でした？　常連さんなら特徴を言ってくれれば分かるかもしれませんよ」

神酒の隣に座るホステスが訊《たず》ねると、黒宮は彼女に柔らかく微笑みかけた。

「口で説明するのは苦手なんだよ。そうだ、鉛筆と紙とかないかな？」

黒宮が言うと、ホステス達が一斉に若いボーイに「紙と鉛筆！　早く！」と声をかける。慌てて紙と鉛筆を探しに行くボーイに、勝己は同情する。

ボーイから鉛筆を手に取った黒宮は、ガラステーブルの上に置いた紙に絵を書きはじめた。すさまじいスピードで紙の上に走っていき、見る見るうちに男の顔がそこに浮かび上がっていく。この暗い店内では一見すると写真に見えるほどにその絵はリアルだった。

似顔絵は完成すると、そこには厳《いか》つい顔をした角刈りの男が描かれていた。二日前、勝己の顔面に銃口を向けた男が。

あの日、廊下の奥にいた黒宮は、芹沢久美子の部屋から出て来た角刈りの男の顔を一瞬見た。それだけで、黒宮の脳にはその顔が完全に記憶できたらしい。まったくどんな脳みそしているんだか……。勝己は尊敬と呆《あき》れがブレンドされた視線を黒宮に向ける。

「この人、誰だか分かるかな？」鉛筆をテーブルに置いた黒宮は、紙の上に現れた男を指さす。ホステス達の表情は、いつの間にか渋いものになっていた。

「これ、鍋島《なべしま》……さんよね」

ホステスの一人が硬い声でつぶやく。他のホステス達が小さく頷《うなず》いた。

「鍋島？」

「常連さんの一人ですけど……、なんていうか、かなり問題があるというか……」

目をしばたたかせた黒宮に、ホステスの一人がためらいがちに説明する。

「問題があるって、セクハラとかするってことかな？」

「それもなんですけど。かなりけちで、けっこうお金持っているって自慢しているくせに、全然私達にはお酒注文させてくれないし、サービスがちょっとでも悪くなると怒鳴りだすしで……。それに時々、『金払うからヤらせろよ』とか言ってくるし……」

苦々しい口調で黒宮の左隣に座ったホステスが言う。

「そうなんだ。それはひどいね……。ちなみに、その鍋島さんはどんな人なのかな？」

　黒宮はホステス達に同情するように、高い鼻の付け根に皺《しわ》を寄せる。

「たしか、貿易会社の役員かなんからしいですよ。いつも自慢げに言っているし」

「なんていう貿易会社かは知っている？」

　おずおずとこたえたホステスに、黒宮は柔らかい声で訊ねた。ホステスは哀しげな表情を浮かべると「そこまでは……、ごめんなさい」と謝罪する。

「君が謝ることなんてないんだよ」黒宮はホステスの背中を優しく撫《な》でた。

「あっ、あいつの名刺持っているかも」勝己の隣に座ったホステスが手をあげる。「どんな嫌な客でも、なにかの役に立つかもしれないから名刺は保管しているの」

　ホステスは膝《ひざ》の上に置いたバッグの中を探ると、一枚の名刺を取り出した。

　客の名刺を他人に見せていいのかよ。勝己は内心で突っ込みながらも、顔を前に出して名刺を見る。神酒と黒宮も同じようにテーブルに手をついて身を乗り出していた。

『後藤田《ごとうだ》貿易　常務取締役　鍋島一太《いちた》』

　名刺にはそう記されていた。

「えっと、後藤田貿易は主に東南アジアから果物、調味料、装飾品の輸入をしているみたいだね。従業員は三十人ぐらいの小さな会社だってさ」

　ソファーの背もたれに体重をかけながら、翼が面倒そうな口調でつぶやく。

ランジェリーパブで角刈りの男の情報を手に入れた二日後の昼、神酒クリニックのスタッフ六人は地下にあるバーで、喫茶巽のマスターが作ってくれた昼食のサンドイッチを食べながら情報の整理をしていた。

「それで、鍋島って男は本当にその会社の役員だったのか？」

卵サンドを片手に神酒が訊ねる。翼は隣に座る黒宮の口元に耳を寄せた。

「いや、そもそもそんな小さな会社に常務なんていないってよ。ねえ、黒宮さあ。そろそろ自分で喋《しゃべ》ってくれない？　面倒くさいんだけどさぁ」

翼がため息混じりに言うが、黒宮は弱々しく首を左右に振るだけだった。

昨日一日で黒宮は後藤田貿易という会社について調べたらしいが、その声はなぜかいつも以上に小さくほとんど聞き取れないため、翼が通訳するはめになっていた。

「黒宮先生、大丈夫なんですか？」

勝己は隣のカウンター席でツナサンドをぱくついているゆかりに声をかける。

「ああ、いつものこと。ノリノリモードになったあとは三日くらい、いつもよりさらにテンションが低くなるの。翼ちゃんの催眠ドーピングの反動みたいなものね」

ゆかりは楽しげに言うと、手にしていたツナサンドを口に押し込んだ。

反動って、大丈夫なのだろうか？　勝己はうなだれる黒宮に憐憫《れんびん》の視線を向ける。

「それじゃあ、その鍋島っていう人、全然その会社に関係なかったってことですか？」

カウンターの中で全員分の紅茶を淹《い》れている真美が訊ねる。

「東南アジアと貿易……か」神酒が難しい顔をしてつぶやいた。

「ん、どうしたの神酒さん。難しい顔してさ」翼が声をあげる。

「桜井さんが言っていただろ。藤原が拉致《らち》されたときの拳銃《けんじゅう》が東南アジアから輸入されていたものだって」神酒はあごを撫でた。

「偶然じゃないの？　東南アジアと取引している会社なんて腐るほどあるでしょ。鍋島って男がホステスの気を引くために、でたらめな名刺を作ったんじゃない？」

口の中に残っていたツナサンドを飲み込んだゆかりは、指を舐《な》めながら言う。

「もしホステスの気を引くことだけなら、そんな小さな会社を選ぶのはおかしいだろ。もっと有名な会社を選ぶか、じゃなきゃ実在しない会社にするのが普通だ」

「たしかに言われてみればそうかもね」ゆかりは人差し指を唇に当てた。「じゃあ、鍋島は本当に後藤田貿易の関係者ってこと？　つまり、その貿易会社が……」

「ああ、その貿易会社が拳銃を密輸している可能性があるな。それだけじゃない。最近新しいルートで出回っているっていう麻薬も、この会社がらみかもしれない」

「えー、ちょっと飛躍しすぎじゃない？　普通の小さな貿易会社がそんなやばいことに手を出さないでしょ」

後頭部で両手を組んだ翼に、黒宮がなにか耳打ちする。翼の目が大きく見開かれた。

「そういう大切なことはもっと早く言えって！」

「どうしたのよ？」

ゆかりが訊ねると、翼はこりこりとこめかみを掻《か》く。

「なんかさ、その後藤田貿易の社長の後藤田道貞《みちさだ》って男、もともと暴力団のフロント企業で雇われ社長やっていたんだって。けれどその暴力団が数年前に暴対法のあおりで解散して、それと同時にそのフロント企業を辞めて後藤田貿易を作ったんだってさ」

「ビンゴだな……。その後藤田道貞という男が密輸の元締めで、鍋島は後藤田に雇われてやばい仕事をする兵隊、おそらくは解散した暴力団の組員だろうな」

神酒があごを引く。室内の空気が張り詰めた。そのとき、勝己はあることに気づく。

「あの……、たしか川奈雄太って、『大きな仕事をする』みたいなことを言っていたんですよね。そして、そのあとタイに行って、戻ってすぐに失踪《しっそう》した」

その場にいた全員の視線が勝己に注がれる。勝己は思わず首をすくめた。

「つまり、川奈雄太が後藤田貿易の密輸を手伝っていたってこと？」

ゆかりの言葉に勝己は「そうかもしれないと……」と頷く。

「たしかに、借金を抱えた人間を運び屋として使うのはあり得るな」神酒は腕を組む。

「じゃあ、川奈雄太は依頼された密輸に失敗して、その制裁として殺されたの？」

翼が言うと、神酒は首を左右に振った。

「いや、普通密輸に失敗するのは税関で見つかったときだ。その場合はもちろん逮捕されるけれど、川奈は普通に入国できている。それに川奈が密輸に失敗しただけなら、鍋島達が藤原や芹沢久美子を襲う必要はない。そこから考えられることは一つ。……川奈雄太は密輸品をかすめ取ったんだ」

「持ち込んだ密輸品を、後藤田に渡さないで自分のものにしようとしたってことね」

ゆかりが確認すると、神酒は頷く。

「ああ、そして後藤田達は川奈を捕まえたが、川奈は密輸品の場所を吐く前に命を落とした。だから後藤田は隠し場所を知っているかもしれない藤原や芹沢久美子を、鍋島達に襲わせた」神酒は一息に話すと、大きく息を吐いた。

部屋に重い沈黙が落ちる。

「……けれど章一郎さん。バラバラにされた遺体が最初に見つかってから、もう半年ぐらい経っているのよね。なんでいまごろ後藤田は藤原と久美子さんを襲ったの？　それに、そこまでして取り返したい密輸品って？」真美がおずおずと沈黙をやぶった。

「なんでいまになって動き出したかは分からない。密輸品は少なくともかなりの価値があるものだろうな。麻薬とか……」神酒は歯切れ悪くつぶやく。

「でもさ、密輸ってそんな簡単にできるものなの？　川奈雄太はプロの運び屋ってわけじゃないでしょ。素人に高価なものの密輸をまかせたりするかしら？」

ゆかりのもっともな指摘に、再び部屋の中に沈黙が降りる。事件の真相に近づきつつある実感はあるものの、その輪郭はいまだにはっきりしない。そのとき、室内に低音でベートーヴェンの『運命』のメロディーが流れた。全員の視線がその不吉な旋律が聞こえて来た方向を向く。黒宮がのそのそとポケットからスマートフォンを取り出していた。

どうやら着信音だったらしい。うつむいたままスマートフォンを眺めた黒宮は、気怠《けだる》そうに隣の翼に液晶画面を見せる。翼の目が大きくなった。

「神酒さん、大変大変。鍋島が現れたって!」翼は甲高い声で言う。

「鍋島が⁉　どこにだ?」神酒はカウンター席から腰を浮かした。

「この前に神酒さん達が潜入したランジェリーパブだよ。黒宮があそこのホステスと連絡先交換して、もし鍋島がまた現れたら連絡するようにお願いしといたんだってさ」

6

「出てきませんねえ……」

「そ、そうだね」

運転席でつぶやく真美に、勝己は相槌《あいづち》を打つ。フロントグラスの奥、数十メートル先には雑居ビルがあり、その入り口に『ランジェリーパブ　バニー倶楽部』の文字と、やけに胸の大きな少女の絵が描かれた立て看板が立っている。二日前、勝己が神酒達とともに潜入調査をした店だった。

鍋島が店に来ているという情報を得てすぐに、勝己は真美とともに(バンに体当たりした部分の修理を終えたばかりの)ミニで店の前までやって来て、そこで張り込みを行っていた。午後から有名俳優の腹腔鏡下胆嚢摘出手術《ふくくうきょうかたんのうてきしゅつしゅじゅつ》が入っていたため、執刀する神酒と助手を務めるゆかり、麻酔をかける黒宮、そして落ち込んでいる黒宮の精神的なサポートを行う翼は手が離せなくなったため、消去法で勝己と真美が鍋島を尾行し情報を集めるという任務を請け負うこととなっていた。

店の前について三十分ほどの時間が経っているが、まだ鍋島は出て来ていない。そしてこの三十分、勝己はずっと息苦しさをおぼえていた。

原因は分かっている。勝己はちらりと横目で真美に視線を向ける。その目は不機嫌そうに細められている。三十分前路肩にミニを止めて張り込みをはじめてから、ずっとそんな調子で睨《にら》み続けているのだ。……店の看板に描かれた少女の絵を。

なんか機嫌悪いよな……。勝己が首をすくめながら視線を正面に戻した瞬間、真美が「……勝己さん」と低く籠《こ》もった声でつぶやいた。

「な、なに……?」

「勝己さん、この前あのお店に行ったんですよね。……楽しかったですか?」

「た、楽しかったって……。あれは情報を集めるためにしかたなかったから……」

なんとこたえるのが正解なのか判断できず、勝己は言葉を濁す。

「あのお店って、看板に描かれているみたいにスタイルの良い女の子がいっぱいいるんですよね？　そういう人といちゃいちゃして楽しかったですか?」

「いや、情報を聞き出すことにいっぱいいっぱいで、楽しむとかそんな余裕は……」

セクシーな下着姿のホステス達に囲まれ、実はそれなりに楽しかったのだが、そんなこと絶対に言えない。勝己の頭の中では、本能が危険信号を鳴らし続けていた。正面を向いていた真美が突然、首だけぐるりと回して勝己に向き直る。そのホラーじみた動きに、勝己の口から「ひっ」と悲鳴が漏れる。

「けど、男の人ってスタイルがいい女の人が好きなんですよね。胸が大きな人が色っぽい下着姿なんかで接待してくれたら、はしゃいじゃうのもしかたないですよね」

真美は顔を少し傾けてコケティッシュに微笑む。普段、真美のそのような仕草を前にすると淡い恋心でドキドキしていた。しかしいま、真美の目がまったく笑っていないことに気づいている勝己の心臓は違う意味で加速していた。背中に冷たい汗が伝う。

「……どうなんですか？」微笑んだまま真美が目を見つめてきた。

「い、いや。あの……」

声を震わせながら、勝己は必死に言葉を探す。

「あの店にいるホステスより、真美さんの方がずっと魅力的だよ」

「えっ……？」真美は目をしばたたかせたあと、急に視線をそらせてうつむく。

どうしたというんだろう？　真美の頬がかすかに赤くなっているのを見て、勝己は自分の口にしたセリフを頭の中で反芻《はんすう》する。数瞬後、勝己は大きく目を見開く。なんとか誤魔化《ごまか》そうとしているうちに、思わず告白じみたことを口にしてしまっていた。

「で、でも私、ゆかりさんみたいに胸大きくないし……」

うつむいたまま蚊の鳴くような声で真美がつぶやく。

「い、いや胸の大きさなんて関係ないよ。どちらかと、真美さんみたいなスレンダーな女性の方が俺は好き……。いや、そうじゃなくて、真美さんは十分スタイル良いっていうか。もっと自信を持っていいっていうか……」

勝己は慌ててフォローしようとするが、言葉を重ねれば重ねるほど、さらに告白しているような雰囲気になってしまう。真美は頬をさらに赤らめ、完全に黙り込んでしまった。ミニの車内に気まずい沈黙が落ちる。勝己は必死に脳に鞭《むち》を入れ、違う話題を探す。

「あ、えっと……。そうだ。神酒先生達もう手術はじめている頃だよね」

「そ、そうですね。予定ならそろそろはじまっている頃ですよね」

真美は顔を上げてかすれた声をあげる。

「けど、真美さんがいなくても大丈夫かな？」

「今日は腹腔鏡の手術で、いつもほど使う器械も多くないから問題ないですよ。問題は手術終わったあとですよね。いつも私が器械の洗浄と片付けをやっているんですよ」

二人は下手な芝居のようなやりとりで、気まずくなった空気の希釈を試みる。

「でも、さすがに片付けぐらいしてくれるんじゃない？　大人なんだから」

「してくれると思います？　うちの先生達が」

真美はいたずらっぽい笑みを浮かべる。今度はちゃんと目も笑っているのを見て、勝己は小さく安堵《あんど》の息を吐く。なんとか窮地を逃れることができたようだ。まあ……、なんとなく告白を流された雰囲気になっているのは寂しいが。

「……しないだろうね」神酒、ゆかり、翼、そして黒宮、誰一人として面倒な後片付けをやっている姿が想像できなかった。

「みんな、そういう普通のことが苦手ですからね。章一郎さんなんて洗濯もまともにできないから、私がやってあげているんですよ」

真美が苦笑を浮かべながら言う。勝己の胸に鋭い痛みが走った。

「どうかしました?」勝己がこたえないのを不審に思ったのか、真美が訊《たず》ねてくる。

勝己は必死に笑顔を作りながら、「なんでもないよ」と声を搾り出した。すでに真美のことは諦《あきら》めたつもりだったが、それでも生々しい話を聞かされることはつらかった。

「あっ! 勝己さん」

勝己が痛む胸にそっと手を当てていると、真美が声をあげてフロントグラスの奥を指さした。見ると雑居ビルの中から一人の体格の良い男が出てくるところだった。勝己は身を乗り出す。角刈りの頭、腫《は》れぼったい一重の目、厚くて少し歪《ゆが》んだ唇。それは間違いなく芹沢久美子の部屋で勝己に殴り倒され、拳銃《けんじゅう》を向けてきた男、鍋島だった。

反対側の歩道に立ち左右を見回す鍋島の顔の中心には、白いガーゼが張られていた。勝己に殴られたときに鼻が折れたのだろう。そんな状態にもかかわらずランジェリーパブの昼営業に遊びに行く鍋島の感覚が、勝己には分からなかった。

「タクシーを捕まえるつもりですね……」

真美は険しい表情でイグニッションキーを回す。エンジンの重低音が座席の下から響いてくる。勝己は慌ててシートベルトを締めた。

　真美の予想どおり鍋島はタクシーを停めて乗り込んだ。タクシーが発車すると同時に、真美はサイドブレーキを解除し、滑るような手つきでギアを入れる。

「あ、あの、真美さん。安全運転でおねが……」

　勝己が言い終えないうちにエンジンが一際大きな唸《うな》りをあげ、ミニは勢いよく円を描いて反対車線へと飛び込んでいった。遠心力でドアに押しつけられた勝己は舌を噛《か》む。

「行きますよ。舌、噛まないように注意してくださいね」フロントグラスの奥に見えるタクシーをあごを引いて睨《ね》め上げると、真美はぺろりと唇を舐《な》めた。


「勝己さん、大丈夫ですか？」

「……あんまり大丈夫じゃない」

テーブルに突っ伏しながら勝己は弱々しく答える。鍋島の追跡開始から約一時間後、勝己と真美は品川《しながわ》にある喫茶店の隅に座っていた。

「勝己さん、車酔いしやすいんですね。次から酔い止め用意しておきますね。うちのクリニックって酔いやすい人が多いんで、いつもストックしてあるんですよ」

　それはみんなが酔いやすいんじゃない。誰かさんの運転が荒いだけだ。勝己は内心で突っ込みを入れつつ、ここに来るまでのことを思い出す。真美はミニを鍋島の乗ったタクシーの後続車の陰に隠すなどしながら巧みに追跡を続けた。しかし、タクシーとの距離が離れすぎたら急加速して数台の車の隙間を縫っていったり、タクシーが路地に入るとドリフトしながらその後を追ったりで、同乗していた勝己は何度も脳と三半規管を激しくシェイクされた。その結果、鍋島がタクシーを降りてこの喫茶店に入っていくのを確認する頃には、勝己は顔を真っ青にしながら、胃の中のものが逆流しないように必死に口を押さえているような状態になっていた。

「……鍋島は何してる？」

このカフェに入って二十分ほど経っている。なんとか吐き気も治まってきた勝己は顔を上げ、対面の席でカフェラテをすすっている真美に訊ねる。真美はカップに口をつけたまま、勝己の肩越しに鋭い視線を送る。勝己の背後にある窓際の席に鍋島は座っている。鍋島と顔を合わせている勝己は（真美が前もって用意していた）伊達《だて》メガネをかけたうえ、鍋島に背中を向けていた。

「一人でコーヒー飲んでいます。けどさっきから何度も腕時計確認していますから、誰かを待っているんだと思います」真美はコンパクトを手渡してくる。

「いったい誰を待っているんだろう？」

勝己は受け取ったコンパクトの鏡を使って、後ろにいる鍋島を見た。真美の言うとおり、鍋島はせわしなく辺りを見回し、やけに落ち着きない様子だった。

「分かりませんけど、来たらちゃんとそれで撮影できますから大丈夫ですよ」

真美は声をひそめて勝己の手を指さした。勝己は小さく頷《うなず》くとコンパクトを閉じる。キラキラと輝く硝子《ガラス》玉が埋め込まれたコンパクト、その側面に一つだけ、よく見ると他の硝子玉と輝きが違うものがあった。真美の説明ではそれがレンズで、コンパクトを少し力を込めて上下から押すことで写真を撮影できるらしい。

「……勝己さん」囁《ささや》くように声をかけてくる。「来ましたよ」

反射的に振り返りかけた勝己は、真美に「ダメです」と小さな声で言われ、慌てて正面に向き直る。

「良かったらこれ使ってください」

コンパクトの隠しカメラで撮影しながら、真美が空いている手でスマートフォンを渡してくる。そのスマートフォンを包むケースは裏側が鏡面仕立てになっていて、小さな手鏡として使えるようになっていた。

勝己は「ありがとう」とそれを受け取ると、鏡で背後の様子をうかがう。紺色のサマージャケットを来た初老の男が鍋島に近づいていた。細身の長身で、頭髪にはボリュームはあるものの、かなり白いものが混じっている。勝己からは男の後ろ姿しか見えなかった。

男は片手を挙げて近づいていくと、鍋島の対面の席に腰掛けた。勝己の位置から、鼻が高くやや垂れ目の男の顔が見えるようになる。

男はウェイトレスに注文をすると、柔らかい笑みを浮かべながら鍋島と話しはじめた。

「なんだか、お洒落《しゃれ》なおじさまって感じの人ですね」

コンパクトで撮影をしながら真美はつぶやく。しかし、勝己はこたえることができなかった。いや、それ以前に真美の言葉が頭に入ってこなかった。

勝己の手からスマートフォンがこぼれ落ちる。

「勝己さん……？　どうかしたんですか？」真美が訝《いぶか》しげに訊ねてきた。

「……知っている」半開きの勝己の口から、震える声が漏れる。

「知っている？　知っているって、鍋島と話している男をですか？」

真美は早口で訊ねるが、勝己はその言葉に反応することができなかった。

なんであの人がここに？　疑問が頭を満たし、脳神経が焼き切れてしまいそうだった。

「勝己さん！」

唐突に頬に柔らかい感触をおぼえ、勝己はまばたきをくり返す。視線をあげるといつの間にか真美が右手を伸ばし、勝己の頬に触れていた。

「落ちついてください。大丈夫です、私がついてます」

真美に見つめられた瞬間、体を覆っていたふわふわとした浮遊感が消え去った。

「落ちつきました？」

真美の問いに、勝己は今度は頷くことができた。

「じゃあ教えてください。いま鍋島と話をしている男は誰なんですか？」

勝己は唾《つば》を飲み下すとゆっくりと口を開く。

「三森大樹、白泉医科大学第一外科学講座の教授。……僕を神酒クリニックに紹介してくれた恩師だよ」

第三章

1

あっ、これはちょっと機嫌悪いな……。自由《じゆう》が丘《おか》の駅から歩いて五分ほどの所にあるカフェに入ってきた新庄雪子の顔を見て、勝己は警戒する。大学時代から十年以上の付き合いだ。雪子が不機嫌なときはすぐに分かる。

カフェの奥に座っている勝己を見つけた雪子は、ほとんど表情を動かすことなく、ヒールをカツカツと鳴らしながら大股《おおまた》で近づいてくる。

……ちょっとどころじゃない。めちゃくちゃ不機嫌だ。こういうときのあの人って、説教臭くて面倒なんだよな。勝己は雪子に気づかれないようにため息を吐いた。

「待った?」雪子は勝己を睥睨《へいげい》しながら、抑揚のない声でつぶやく。

「いえ、全然待ってなんかいないよ。いま来たところ」

「あっそ」雪子は対面の席に腰掛け、ウェイトレスにチョコレートパフェを頼んだ。

「それで勝己……あんた、いったい何をしているわけ?」

「いや、何をしているって言われても……」勝己は媚《こ》びるような笑みを浮かべる。

「笑って誤魔化《ごまか》そうたって、そうはいかないよ。急にわけの分からない依頼をしてきてさ」

雪子は勝己の目を真っ直ぐに覗《のぞ》き込んできた。

四日前、大学時代の恩師である三森大樹が鍋島と話しているのを目撃した勝己は、その晩に雪子に電話をして「この前言っていた、三森教授に関する悪い噂について詳しく調べてくれないか」と依頼をした。当然のようにいぶかしむ雪子に一時間近く頼み込んで、ようやく引き受けてもらっていた。

そしてその四日後の土曜日、「一応調べてみたよ」という雪子に呼び出され、勝己は自由が丘にあるこのカフェで待ち合わせをした。

勝己は無言のまま、雪子の視線を受け止め続ける。最初は嫌々、事件の調査に参加していたが、襲われている芹沢親子を助けた頃から、どうにか一連の事件を解決したいと思いはじめていた。……特に恩師がこの事件に関わっているなら。

「……分かったわよ、今回はなにも訊かないであげる。けど、全部すんだらちゃんと説明しなさいよ」雪子はふっと表情を緩める。

「そのときは必ず説明するよ」勝己は大きく頷いた。

「あと、今度あんたの奢《おご》りで飲みに行くわよ。行きたかった高級イタリアンのお店があるんだ。値段みてちょっと尻込《しりご》みしていたけど、奢りなら気にせず楽しめるしね」

「お、お手柔らかに……」勝己は引きつった笑みを浮かべる。神酒クリニックから以前の病院でもらっていたのと同程度の給料をもらってはいるが、その前の数ヶ月無職だったので財布にあまり余裕はなかった。

「なによ、ケツの穴の小さい男ね。私にあんな危険なことやらせておいてさ」

「ケツの……。あの、危険なことってどういうこと？」

勝己が眉根《まゆね》を寄せると、雪子は険しい表情を浮かべながら軽く身を乗り出してきた。

「院内でそういう噂に詳しそうな人に片っ端からあたって、話を聞いてみたのよ。そしたら教授、想像以上にやばいことに手を出しているっぽいのよ」

「やばいことって、具体的には……」

「前にも言っていたでしょ。暴力団関係者と関係しているって噂が流れているって。詳しく話を聞いてみたらさ、思った以上にべったりなみたいで……」

雪子が声をひそめたとき、ウェイトレスが「お待たせしましたー」とチョコレートパフェを運んできた。雪子はとたんに目を輝かせると、パフェをぱくつきはじめる。

この人、甘い物を食べてる間、自分の世界に入り込んじゃうんだよな。長年の付き合いでそのことを知っていた勝己は、雪子が食べ終えるのをおとなしく待つ。

「……それで三森教授が暴力団とべったりって、具体的にはどんな状況なわけ？」

雪子がパフェを食べ終えるのを待って、勝己はおずおずと声をかける。パフェの甘さで緩んでいた表情を雪子は引き締めた。

「暴力団の依頼で非合法の手術をしているみたい。病院の外でヤクザっぽい男と三森教授が話しているのを偶然見たっていう人がいるのよ。その人がこっそり話を聞いていると、なにかの手術について話していたらしいの」

「ヤクザっぽい男と病院の外で……」勝己の脳裏に鍋島の姿が浮かぶ。

雪子がバッグの中から十数枚の写真を取り出した。

「これ、昨日教授室に忍び込んで撮影したの」

「なっ？　忍び込んで⁉」

「何を驚いてんのよ。勝己が頼んだんでしょ、三森教授のことを調べて欲しいって」

「いや、そうだけど。まさか三森教授の部屋に忍び込むなんて……」

「あのねえ、三森教授はうちの医局の教授、つまりは私の上司なわけよ。自分の上司がおかしなことをしていたら、部下として徹底的に調べないわけにはいかないわよ」

ああ、そういえばこういう人だった。何事も中途半端では満足しないのだ。

「もし三森教授に見つかってたら、どうするつもりだったんだよ？」

「大丈夫よ。一昨日《おととい》から教授夏休みだから。一週間休むうえ、そのまま学会休みもとってフィリピンの外科学会に行くんだって。羨《うらや》ましいよね」

「夏休み……フィリピン……」勝己は口の中でその単語を転がす。

後藤田貿易は東南アジアから密輸を行っている可能性がある。このタイミングで三森がフィリピンに行くというのは偶然なのだろうか？

「ん？　勝己、どうしたの？」

「あっ、なんでもないよ。けど、教授室って鍵《かぎ》かかっていなかったわけ？」

「教授室の鍵の場所ぐらい知っているわよ。医局にある秘書の机の抽斗《ひきだし》に入っているの。だから、秘書が昼食に行っている間にちょっと拝借したんだ」

その行動力に呆《あき》れ半分、賞賛半分に勝己は「はぁ」と相槌《あいづち》をうつ。

「それで雪子さん、教授室でなにか見つかったの？」

自慢げに薄い胸を張っていた雪子は、眉《まゆ》をひそめて写真を指さした。

「やばそうなものがいっぱいね。それを見てみて」

言われて勝己は写真に視線を落とす。それは英語で書かれた書類らしきものだった。

「……なんなの、これ？」勝己は書類に書かれている細かい文字を追う。

「英語だからって面倒くさがらずに、ちゃんと読みなさいよね。入金の証明書よ。海外の銀行が発行したもので、入金を確認したって書かれているでしょ。入金された口座の名前は『Daiki Mitsumori』で入金額は三十万ドル以上、つまり四千万近い金額ね」

「四千万⁉」勝己は思わず声を張り上げてしまう。

「静かに。他の客に聞こえるでしょ」雪子は形の良い唇の前で人差し指を立てる。

「ごめん。けど、これって普通の貯金をこの口座に移しただけじゃないの？」

「……この銀行のことをネットで調べてみたのよ。そうしたら預金者の情報を絶対に漏らさないってことで有名で、犯罪者なんかがよくマネーロンダリングとかに使っている銀行なんだって。それにね、入金の書類はそれだけじゃないの」

雪子は勝己から写真を奪い取ると、「これも、これも……」と写真をテーブルの上に置いていく。それらもすべて英語で書かれた書類だった。

「私がぱっと見ただけでも五枚、銀行からの書類があった。そこに預けられている金額合計したら、軽く一億円を超えていたんだよ。そして、書類を発行していた銀行は全部、さっき言った銀行と同じような種類のもの……」

言葉を切った雪子はグラスの水を一口飲むと、言葉を失っている勝己の顔を見る。

「三森教授がなにかやばいことに関わっているのは、まず間違いない。……ねえ、勝己がうちの教授について調べているのって、いま勤めている病院と関係あるわけ？」

雪子は探るような目つきで勝己の目を覗き込んでくる。勝己はすぐには答えることができず「いや、それは……」と口を濁す。その態度は肯定に等しかった。

「前回会ったときも訊《き》いたけどさ、勝己の勤務先って信用できるわけ？」

「大丈夫だって。スタッフはみんなまとも……、ではないけど優秀な人達だし」

勝己は軽い口調で言うが、雪子の疑わしげな表情は崩れることがなかった。

「大丈夫って言い切れるの？　その病院を紹介したのって三森教授なんでしょ？」

不意を突かれ、勝己は息を呑《の》む。そのとおりだった。勝己に神酒クリニックを勧めてくれたのは、いま疑惑の渦中にいる三森教授その人だ。

「もしかしたら勝己がいま勤めている病院も、なにか裏で暴力団と繋《つな》がって……」

「そんなこと絶対にない！」勝己は無意識に椅子から腰を浮かし、声を張り上げていた。騒がしい店内でもその声量は注目を集めるのに十分だった。多くの客が訝《いぶか》しげな視線を勝己に向けてくる。勝己は首をすくめると、ゆっくりと臀部《でんぶ》を再び椅子におろす。

「そんな興奮しないでよ。痴話喧嘩《げんか》してると思われるでしょ」

雪子は唇をゆがめる。勝己は「ごめん」とうつむくことしかできなかった。

「私も悪かったわよ。仕事仲間のことを悪く言ってさ。けど、勝己ってお人好しだから、誰かに騙《だま》されたりしないか、昔から心配してたんだよね」

「そんな心配してたんだ……」勝己は唇を尖《とが》らせる。

「しかたがないじゃない。可愛い弟分なんだからさ」

弟分か……。ナチュラルに残酷なこと言うよな。勝己は自虐的な笑みを浮かべる。

「去年の年末、勝己が大変なことになったときもさ、私すぐに誰かに騙されたんだと思ったんだよ。というか、いまでもちょっと疑っているかも」

あの勝俣病院でのことに言及され、勝己の表情がこわばる。

「違うって、雪子さん。あれは全部俺が悪いんだ。俺のせいなんだ……」

「けど、飲んだのは前日だったんでしょ。酔って治療ができないっておかしくない？それにさ、私も頼まれて何度か当直したことあるから知っているけど、勝俣病院の院長ってたしか三森教授の遠い親戚だったはずだよ。勝己があそこの当直引き受けていたのも教授の紹介でしょ？　やっぱりなにか裏がある気がする」

「……何があろうと、俺がちゃんと治療できていたら患者は助かったはずなんだ。あの人が亡くなったのは全部俺の責任なんだよ」

「……あんまり背負い込み過ぎるのもどうかと思うけどね。まあ、私が言いたいのは、あんまり他人を信用し過ぎない方が良いってこと。頭の隅に入れておいてよ」

雪子はグラスにこびりついているクリームをスプーンで剝《は》がした。


話を終えてカフェを出た勝己と雪子は、自由が丘駅へと向かっていた。駅へと続くメインストリートは家族連れやカップルで溢《あふ》れかえり、勝己は軽く息苦しさを覚える。

「自由が丘っていつもこんなに混んでいるわけ？」

駅から遠ざかって行く人の流れに逆らいながら、勝己は隣にいる雪子に声をかける。

「なんか今日は商店街でお祭りがあるみたい。普段はもっとすいているんだけど……」

「なんでそんな日に、わざわざここで待ち合わせにしたんだよ？」

「お祭りがあるなんてさっき知ったんだから、しょうがないじゃない」

雪子はふて腐れたように言うと、勝己の手を引いてメインストリートから隣の小道へと入った。そこもかなりの人通りがあったが、メインストリートよりはかなりましだった。勝己はふぅと息を吐く。

「ところでさ、勝己は今日休みなわけ？　これからどうするの？」

雪子に問われ、勝己は目だけ動かして雲一つない青い空を見る。今日は手術の予定もないし、術後患者の回診も午前中に済ませてきていた。

「特に予定はないけど……」

「なによ、元気ないじゃん」

「元気なわけないだろ。三森教授のこと聞いちゃったら。逆に雪子さんは平気なわけ？　三森教授とは長い付き合いだし、雪子さんの所属医局の教授でもあるじゃないか」

勝己が暗い声で訊ねると、雪子は鼻の頭を軽く掻《か》いた。

「付き合いは長いけど、私は勝己ほど三森教授を信頼していたわけじゃないからね。人が良さそうに見えるけど、裏で何を考えているか分からないって思っていたんだ」

雪子はあっさりと言い放つと、勝己の腕に自分の腕を絡めた。

「話戻るけどさ、予定がないならデートでもしない？　私も今日は暇なのよね」

「デートって……」俺のことふったくせに……。勝己の唇がへの字にゆがむ。

「そんな顔しないでよ。思った以上に落ち込んでいるから、ちょっと元気づけようと思っただけだって。あっ、元気づけるって言ってもエロい意味じゃないよ。勝己いま片思い中らしいから。そう言えばさ、片思いの彼女とはどうなったの？　進展あった？」

楽しげにまくし立てる雪子に圧倒されながら、勝己は苦笑を浮かべる。雪子からはテンションを上げてなんとか励まそうとする気持ちが伝わってきた。その心遣いに、勝己の気持ちはいくらか楽になる。

「進展も何も、全然だよ」先日なんて真美にのろけられる始末だ。

「そうなんだ。いやあ、なんか青春って感じだね。若いって良いねえ」

「雪子さん俺と二歳しか違わないでしょ」

「そんな細かいことは良いじゃん。いいから勝己の恋愛事情について詳しく教えてよ。最近時間はあるのに全然予定がないんだよね」

「大学病院の外科って、ものすごく忙しいんじゃないの？」

「私は乳腺外科が専門だから、それほどでもないよ。それに実は私も一昨日《おととい》から一週間夏休みだったりするんだよね」

「夏休みとったんだったら、海外旅行でも行けばいいじゃん」

「いやよ、せっかくの休みになんでわざわざ疲れることするわけ。私は休みはぐだぐだ過ごすことに決めてるの。というわけで、とりあえずどこかで時間潰《つぶ》して、そのあと居酒屋でも行ってさ……」

　雪子がしなだれかかりながら言う。そのとき、人混みの中を前方から髪を茶色に染めた若い男が早足で近づいてきた。避ける間もなく、男は勝己の肩に体当たりでもするかのように体をぶつけてくる。不意を突かれ軽くバランスを崩した勝己に、男は鋭い一瞥《いちべつ》と舌打ちを投げつけた。雪子が「ちょっと！」と声を荒らげるが、男の姿はすぐに雑踏の中に溶けていく。

「勝己、大丈夫？」

「ああ、大丈夫大丈夫」勝己は肩をさすりながら言う。

「ならいいんだけどさ。やっぱりこの辺りちょっと混みすぎだよね。とりあえず、目黒《めぐろ》辺りに出てお茶でも飲もうか」

雪子の提案に「そうだね」と答えかけた勝己は、右手に違和感を覚えて視線を落とす。サマージャケットのポケットに見覚えのない封筒が入っていた。

なんだこれ？　さっきの男か？　勝己は振り返るが男の姿を見つけることはできなかった。首をひねりながら、勝己は封筒を手にとる。その瞬間、体が大きく震えた。

「勝己？」異変に気づいた雪子が訝しげに声をかけてくる。

「ごめん雪子さん、ちょっと用事ができた」

勝己は雪子にそう言うと、駅に向かって人混みを掻き分けて進みはじめる。

「えっ？　ちょっと勝己？　もう、なんなわけ……」

背後から雪子の不満げな声が聞こえてきた。

2

「……こんな感じか？」

鉛筆を片手に黒宮がいつも通りの平板な口調で訊《たず》ねてくる。勝己は必死に記憶を探りながら、カウンターに置かれた紙に描かれている男の似顔絵を凝視する。

「いえ、もう少し鼻が低くて……、目はちょっときつい感じでした」

「そうか……」勝己の指摘を受けた黒宮は男の鼻と目を消しゴムで消すと、鉛筆で新しい鼻と目を描いていく。「……これでどうだ？」

「……はい、たしかこんな男だったような気がします」勝己は小さく頷《うなず》く。

「『だったような気がします』って、なんか頼りないなぁ」

黒宮よりも奥のカウンター席に腰掛けた翼が揶揄《やゆ》するように言う。

「しかたないじゃないですか。この男の顔を見たの、本当に一瞬だったんですから。そんなはっきりとは覚えていませんよ」勝己は唇を尖らせた。

自由が丘で雪子と別れてすぐ、勝己はクリニックに向かい、地下のバーにいた神酒に事情を話した。話を聞いた神酒はすぐにスタッフ全員に招集をかけた。

「だからさ、さっきから何度も言っているじゃん。僕に催眠術をかけさせてよ。その男の記憶を引き出してあげるからさ。黒宮ほどじゃないけど、君も催眠術にかかりやすそうだし、きっと上手《うま》くいくよ」

「絶対嫌です！」勝己は身を引きながらはっきりと言う。先日の黒宮の豹変《ひょうへん》と、その後の反動を見ては、とてもじゃないが翼の催眠術など受ける気になれなかった。

「心配しなくても大丈夫だって。黒宮に暗示をかけたのとは完全に別物だからさ。ちょっと催眠をかけて、脳の奥に眠っている記憶を呼び起こすだけ。なんの心配もないよ」

翼はやけに愛想良く言う。その態度が勝己の不信感をさらに膨らませた。

「映画で知っていますよ。マッド・サイエンティストはいつも、『なんの心配もない』って言うんです。けれどそれを信じた奴は痛い目を見ることになるんです」

「僕はマッド・サイエンティストなんかじゃない！　精神科医だからマッド・サイカイアトリストだ」

「……自分が『マッド』なのは認めるんですね」

勝己は呆《あき》れ声でつぶやくと奥の扉が開き、神酒、ゆかり、真美の三人が出てきた。

「似顔絵はできたかい？」

神酒が訊ねると、黒宮は無言のままカウンターの上に置かれていた紙を掲げる。神酒達は穴が開くほどに、そこに描かれた似顔絵を凝視する。

「誰かこの男に見覚えは？」神酒がスタッフ達を見回すが、全員が首を左右に振った。

「勝己ちゃん、間違いなくこんな顔だったわけ？」

ゆかりの問いに、勝己は「たぶん……」と首をすくめる。

「ほら、やっぱり催眠術やるべきなんだよ、催眠術」

はしゃいだ声をあげる翼に、勝己は「絶対やりませんから」と念を押す。

「まあ、封筒を渡してきた男の正体はおいといて、まずは中身を確認しよう」

神酒は手に持っていた縦長の封筒をカウンターの上に置いた。封筒に書かれている文字を目で追って、勝己は口元に力を込める。

『お前達が追っている事件に関する情報だ　仲間と見ろ』

封筒には太く角張った文字でそう記されていた。

「この封筒、特に異常はなかったわけ？」翼が指先で封筒をつつく。

勝己達が似顔絵を作っている間、神酒達は封筒に危険物が仕込まれていないか検査を行っていた。

「大丈夫だ。X線写真では異常がなかったし、封筒の端に小さな穴を開けて鼻腔《びこう》用内視鏡で中も確認した。爆発物や毒物は仕込まれていなかったよ」

神酒が答えると、翼は封筒を指で押して勝己の前まで移動させる。

「だってよ。開けてみたら。僕が離れてからね」

「……分かりましたよ」

そそくさと部屋の端に移動する翼に白い目を向けながら勝己は封筒を手に取り、慎重に開くと中を覗《のぞ》き込んだ。中には写真が一枚だけ入っていた。勝己はその写真を取り出しカウンターの上に置く。

「なに、これ？」写真を見たゆかりが訝《いぶか》しげにつぶやく。それは若い男が写った写真だった。証明写真のように男は真っ直ぐに正面を見ている。画質はかなり粗い。そして、写真には太い線で文字が書き殴ってあった。『思い出せ』と。

「思い出せ？」勝己はつぶやく。その瞬間、脳の奥底に疼《うず》きを覚えた。

「この人って誰なんでしょう？　見覚えないんですけど」

真美が小首をかしげると、黒宮がぼそりと「川奈雄太……」とつぶやいた。

「なに？　黒宮ちゃん、なにか言った？」

「その男は、川奈雄太。バラバラ殺人の被害者だ。……ニュースで見た」

ゆかりの問いに、黒宮は気怠《けだる》そうにこたえる。

「えっ、川奈雄太の写真なんてニュースに出てた？　私、見た覚えがないんだけど」

「身元が分かった三日後のニュースで少しだけ流れた。……けどそのあと、大きな事件が続いて事件自体のニュースがほとんど流れなくなった」

「ああ、だから見覚えないわけだ。けど川奈雄太ってこんな顔していたのね。悪くないじゃない。これならもうすぐ産まれてくる久美子さんの赤ちゃん、可愛くなる可能性が高いわね」ゆかりは胸の前で手を鳴らした。

「けどさ、これってどういう意味なわけ？　『思い出せ』って言われても、そもそも黒宮以外、僕達は川奈雄太の顔なんて知らなかったわけでしょ。小笠原雄一郎も芹沢久美子も川奈の写真なんて持っていなかったしさ」

安全を確認して部屋の隅から戻って来た翼が、写真を覗き込む。神酒が「たしかにそうだな……」と腕を組んだ。写真に記された不可解なメッセージの意味を読み取ろうと、みんな黙り込む。そのとき、勝己のつぶやきが沈黙を破った。

「……知っています。俺はこの男を知っています」

「知っているって、勝己ちゃんもニュースで川奈雄太の顔を見ていたってこと？」

「いいえ、俺はニュースは見ていませんし、新聞も読んでいません」

ゆかりの質問に勝己は首を左右に振る。勝俣病院での事件後、ニュース、新聞、週刊誌で吊《つる》し上げられてからというもの、それらのものをほとんど見なくなっていた。

「それじゃあ、なんで川奈雄太の顔を知っているわけ？」

「……わかりません。ただこの『思い出せ』っていう言葉は、間違いなく俺へのメッセージです」

写真の男を、川奈雄太をなぜ知っているのか、どれだけ脳を絞っても思い出すことができなかった。自分はなにか大切なことを忘れている、とてつもなく大切なことを。その確信がじりじりと精神を炙《あぶ》った。

両手で頭を抱える勝己の肩がぽんっと叩《たた》かれた。振り返ると、いつの間にか翼が背後に立っていた。翼の楽しげな表情を見て、勝己は頬の筋肉を引きつらせる。

「こういうときこそあれだよ、催眠術。全部僕にまかせてみなって」

一瞬「絶対嫌です！」という言葉が口をつきかける。しかし、舌先まで出たその言葉を必死に呑《の》み下すと、勝己おずおずとつぶやいた。

「……お願いします」

「えっ、マジ？」自分から誘っておきながら、翼は目をしばたたかせる。

なんだよ、その反応は？　さらに不安になるじゃないか。内心で文句をたれながら勝己は頷いた。

「何か大切なことを忘れているんです！　ものすごく大切なことを。けれど、どうしてもそれが思い出せないんです。だから翼先生、お願いします！」

勝己はすがりつくように懇願する。なぜこれほどまでに必死になっているのか、自分自身でも分からなかった。

「いやぁ、そこまで頼られたら失敗するわけにはいかないなぁ。よしっ、僕が君の脳の底から記憶を引き出してあげるよ」

翼は軽くあごを引くと、くっくっとくぐもった笑い声を漏らしはじめた。


「そう、ゆっくりと呼吸を続けて。手足とみぞおちが温かくなっていく」

「……はい」勝己は目を閉じたまま答える。翼の声はなぜかエコーがかかっているかのように響き、体に染みこんでくるようだった。

記憶の再生を頼んだ勝己を、翼はすぐにバーのソファーに横たわらせ、催眠術を開始した。本当にこんなことで記憶を呼び起こすことができるのか最初は疑問だった。しかし翼の指示に従い呼吸を整え、その声を聞いているうちに、意識はあるのに眠っているような、温かい液体の中に浮いているような不思議な感覚に陥っていった。

「準備OK。思った通り簡単に催眠導入できたね。やっぱり脳筋って単純だよね」

なにやら失礼なことを言われ、勝己は目を閉じたままかすかに身じろぎをする。

「おっ、やばいやばい。せっかくうまく導入できたんだから、さっさとやっちゃわないとね。それじゃあ勝己、何が見えるかな」

「何も……見えません」勝己は目を閉じたまま答える。

「そんなことはないよ。よーく辺りを見てみなって。川奈雄太の顔を思い出しながら」

翼に言われたとおり、勝己は写真に写っていた川奈雄太を思い出す。そのとき、暗闇に明かりが灯《とも》ったかのように感じた。夢の中にいるような心地で勝己は周囲を見回す。

「ほら、見えたでしょ。それで君はどこにいるの」

「待合……、病院の待合にいます……」勝己は熱にうかされたような口調で答える。そう、勝己は薄暗い外来待合に一人で立っていた。

「病院、それは君が前に勤めていた四葉記念病院の外来かい？」

「いえ、……違います。ここは四葉記念病院じゃありません。ここは……」

勝己はそこで言葉を切ると、うめき声をあげる。

「焦んなくていいよ。深呼吸をするんだ。なにも怖がることなんてないんだ」

翼の柔らかい声が聞こえてくる。勝己はもう一度、待合を見回した。

「ここは、勝俣病院。……俺が医療事故を起こした病院です」

「勝俣病院？……そこになにが見える？」

翼の訊《たず》ねる声が聞こえてくるのと同時に、待合の奥に倒れている人影が見えた。あの日と同じように……。

「患者が倒れています……。俺が助けられなかった患者が……」

「その患者の他には？」

「患者のそばに看護師がいます。中年の看護師です」

る。

「そうか……、それじゃあその二人に近づくんだ」

翼の指示に勝己はすぐに従うことができなかった。足が動かず、その場から動けない。

「焦らなくていい。ゆっくり、自分のペースで近づいて」

聞こえてくる翼の口調がさらに柔らかくなる。勝己はゆっくりと、まるで薄氷の上を進むかのような足取りで二人に近づいていった。どこからかカラカラと音が聞こえてくる。

男は腹を押さえて体を丸め、その体の下には血が広がっていた。看護師は蒼白《あおじろ》い顔で男を見下ろしている。勝己は男の体に手を伸ばす。そのときなにかが引っかかった。

「なんだ？」無意識に勝己はつぶやく。

「どうかしたのかい？」翼の声が聞こえてきた。

「手が引っかかって……、なにかに……」

「……きっと君の記憶が再生されているんだ。目を凝らしてよく見るんだ。何か見落としているものがあるはずだ」

「見落としているもの……」勝己はつぶやきながら自らの手を見下ろす。そのとき、右手の甲からなにかが伸びていることに気づいた。

なんだこれは？　勝己は目を凝らす。それは透明の細い管だった。毎日のように目にしている管、点滴ライン。勝己は大きく息を呑《の》む。

思い出した！　あの日、内線電話で呼び出されたとき、俺は前日の疲れのせいか軽いめまいをおぼえたので、当直室で点滴を打ってたんだ。そして呼び出された俺は、移動式の点滴棒を引っ張りながら病院待合に向かった……。

そのとき、背後から足音が聞こえてくる。振り返るとすぐ後ろ、点滴棒の傍らにこわばった表情を浮かべた看護師が立っていた。看護師は右手に注射器のシリンジを持ち、それを勝己の手の甲へと繋《つな》がる点滴ラインの側管に差し込んでいた。

いったい何を？　そう思った瞬間、勝己の視界が大きく回転した。その場に倒れ伏せながら理解する。看護師になにか薬を、おそらくは鎮静剤を静脈投与されたのだと。

なんでこんなことを？　こんなことをしたら患者を助けられないじゃないか。また患者を死なせてしまうじゃないか。床に倒れ伏せた勝己は混濁する意識のなか、そばに倒れている男に必死に手を伸ばす。男がゆっくりと勝己の方を見た。

男の血液で汚れた顔が目に飛び込んでくる。

「うわあああー！」絶叫を上げながら勝己は上半身を跳ね上げた。

「落ち着いて。大丈夫だ、なんにも心配はいらないよ」

肩に手が置かれ声がかけられる。見ると、翼が顔を覗《のぞ》き込んできていた。

「翼先生……」

「君は記憶の世界から現実の世界に戻ってきたんだ。分かるね？」

勝己は頷《うなず》きながら周囲に視線を向ける。神酒、ゆかり、黒宮、そして真美。クリニックのスタッフ全員がソファーの周りに立ち、心配そうに勝己を見下ろしていた。

「すみません、混乱して……」勝己はまだ動悸《どうき》の治まらない胸を押さえる。

「謝る必要なんてないさ。それよりなにか思い出せたかい？」

神酒がいたわるような口調で訊ねてくる。勝己はからからに乾燥した口腔《こうこう》内を舐《な》めて湿らせると、ゆっくりと口を開いた。

「勝俣病院で俺が死なせてしまった患者、その男こそ……川奈雄太でした」

3

「つまり、勝己ちゃんは看護師に鎮静薬を打たれて意識を失って、川奈雄太を助けられなかったってこと？」

「たぶん、……そうだと思います」ゆかりの質問に勝己はためらいがちに頷く。

翼の催眠術を終えた勝己は、記憶の世界で見たことをクリニックのスタッフ達に説明していた。しかし、勝己の説明を聞き終えたスタッフ達は全員が困惑の表情を浮かべ、お互いに顔を見合わせた。その反応も当然だ。勝己自身さえ自分が見たものを信じられなかったのだから。

「けど、なんで看護師が勝己ちゃんを気絶させるわけ？　勝己ちゃんがいないと、怪我してる患者の治療ができないでしょ。現にそのあと患者は……」ゆかりは言葉を濁す。

「俺にも分かりません。もしかしたら、さっき見たものは間違いだったのかも……」

勝己が弱々しくつぶやくと、翼が「そんなことない！」鋭い声をあげた。

「僕の催眠術は、脳の奥にしまわれていた記憶をそのまま見せるものだ。さっき勝己が見た光景は、現実に起こったことに違いないんだ」

「そうは言うけど翼ちゃん、勝己ちゃんが助けられなかった患者が川奈雄太だったなんて、そんなことあり得ると思う？　だってさ、勝己ちゃんがなんていうか……助けられなかった患者の身元って分かっているんでしょ？」

ゆかりが横目で視線を投げかけてくる。

「はい、覚醒剤《かくせいざい》依存症で、かなりひどい覚醒剤精神病を発症していた患者でした。以前から自殺未遂をくり返して、色々な病院に入院していたらしいです」

「ほら、やっぱり川奈雄太とは全然別人じゃない。翼ちゃんが失敗したんじゃないの？　昔の記憶に川奈雄太の顔が混ざっちゃって、勝己ちゃんが混乱したとか」

「そんなこと絶対ない、……はずなんだけど」翼は唇を尖《とが》らせてうつむく。

「……もし」ずっとカウンター席で腕を組んで黙っていた神酒が声をあげる。「もし、勝己が見た光景が現実に起こったことだとしたらどうだろう」

「章ちゃん、なに言っているのよ。そんなわけないじゃない」

「あくまで仮定だよ」ゆかりの反論に、神酒は静かな口調で話しはじめる。「もし勝己が言ったことが実際に起こったとすると、失踪《しっそう》する寸前に川奈雄太は腹から出血した状態で勝保病院にやって来たってことになる。そして川奈の治療を行おうとした勝己に、看護師が鎮静剤を打って気絶させた。次に勝己が気づいたときには川奈とは違う腹に傷を負った男が死んでいた。つまり患者が入れ替えられていたってことだ」

「誰がなんのために？」真美が小首をかしげる。

神酒は「我が意を得たり」といった様子で手を打ち鳴らした。

「そう、それが問題だ。誰がなんのためにそんなことを行ったか。まず『誰が』の方だが、勝己を気絶させた看護師が関わっているのは間違いない。けれど、看護師一人でそんなことをするとは考えにくい。なあ、勝己」

「は、はい」唐突に声をかけられ、勝己は姿勢を正す。

「お前が意識を失う前、看護師は誰かに連絡を取っていなかったか？」

「……そういえば、どこかに姿を消していた気がします」

「普通に考えれば、その間に誰かの指示を仰いだ可能性が高い。そしてその相手として一番考えられるのは、病院の責任者である院長だ」

「院長が？」勝己は眉根《まゆね》を寄せる。

「ああ、院長ならその気になれば患者の入れ替えも可能だっただろう。入院中か、またはすでに前日にでも死亡していた身寄りのない患者を使えばいい。書類を偽造すれば疑われることはない」

「ちょっと待ってよ。たしかに可能かもしれないけど、なんでわざわざそんな危険なことをするわけ？　もしバレたら大変なことじゃない」ゆかりは眉をひそめる。

「考えられる理由は一つ。勝己にそのまま治療をさせたら、それ以上に危険な状況に陥るからだ」神酒が押し殺した口調で言う。「勝己、お前は事件の夜、患者にどんな治療をするつもりだったんだ？」

「えっ、治療ですか？　そりゃあまずは輸液でバイタルを安定させてから……」

「開腹して止血をするつもりだった。そうじゃないか？」

神酒に指摘され、勝己はまばたきをくり返す。

「はい、そうです。傷は明らかに腹腔《ふくこう》内まで達していて、大量に出血していましたから。けれど、なんで分かったんですか？」

「そう考えれば、俺の仮説に説明がつくからだよ」神酒は唇の片端を上げた。

「その『仮説』ってなんなわけ？」翼が訊《たず》ねる。

「川奈雄太は借金で首が回らなくなり追い詰められていた。そして、その借金を返すために、後藤田貿易が行っている密輸に手を出した可能性が高い」

神酒が話しはじめると、翼が不満げに唇を尖らす。

「神酒さん。いまは密輸の話じゃなくて、患者入れ替えの話をしているんだけど」

「密輸と患者入れ替えは、おそらく一連の事件なんだよ」

神酒は低い声で言う。翼は「一連の事件？」と神酒の言葉をおうむ返しした。

「そうだ。どうやって税関で見つかることなく麻薬を密輸しているか分からなかっただろ。その答えがここにある」

勝己は頭の中で火花が散ったように感じた。脳内に湧いた想像に背筋が冷たくなる。

「まさか……腹腔内に？」おずおずと口を開いた勝己はかすれた声を絞り出す。

「そう、腹腔内に麻薬を詰めて密輸していたんだ」神酒は重々しく頷いた。

ゆかり、翼、真美はその意味が理解できなかったのか一瞬呆《ほう》けた表情を晒《さら》したあと、目を大きく見開く。黒宮だけは、すでにその結論に達していたのか無反応だった。

「え、腹腔内に麻薬って、どうやって？」ゆかりが上ずった声を上げる。

「簡単だろ。手術で腹に穴を開けて、そこに滅菌した袋にでも密封した麻薬を詰めて閉じればいい。袋を小さくしたら傷もかなり小さくて済んだはずだ。腹膜に絹糸で袋を固定しておけば、傷口を開くだけで簡単に取り出すこともできる。それくらいの傷なら、一、二週間で抜糸できる。そしてその痕《あと》は一見すると、虫垂炎の手術痕にしか見えない。そのまま税関を通っても、まず見つかるわけがない。税関職員はバッグの中身を見ても、腹の中までは見ないからな」

神酒の説明を聞きながら、勝己はあの患者の腹の傷を思い出していた。たしかに傷口は右の下腹部、虫垂炎の手術でメスを入れる場所と一致していた。

「……本当にそんなことを？」真美が片手で口元を覆いながらつぶやく。

「あり得ない話じゃない。これよりももっと稚拙な方法だが、麻薬を詰めたコンドームを飲み込んで密輸する奴だっているんだ。胃酸でコンドームが溶けて麻薬中毒で死亡したり、便として排泄《はいせつ》されたりするリスクがない分、腹腔内に詰める方が合理的だ」

「けどさ、腹腔内に入れて密輸するのも危険でしょ？　腹膜炎を起こしたりは……」

まだ驚きから立ち直っていないのか、ゆかりの声は弱々しかった。

「もちろん、麻薬を包む袋がしっかり滅菌できていなかったり、手術の操作が未熟だったりすれば、かなりリスクが高いだろうな。ただ、一流の外科医がしっかりした施設を使って行えば十分に可能だ。そう思わないか？」

質問を返され、ゆかりは硬い表情で考え込む。おそらく自分ならそれができるか、頭の中でシミュレートしているのだろう。数十秒後、ゆかりは小さく頷《うなず》いた。

「可能ね。ただ、大きなものは入れられない。内臓を圧迫するから」

ゆかりの表情からは動揺が消え、プロの外科系医師の顔つきになっていた。

「そうだな。だから覚醒剤や大麻じゃなく、少量でも利益を上げられるヘロインなんかを密輸したんだ。そういう麻薬は重さ当たりの値段が飛び抜けて高いからな」

神酒は「説明終了」とばかりに両腕を広げた。

「それじゃあ、あの夜に俺が診たのは本当に川奈雄太で、その腹腔内には……」

「そう、麻薬が入っていたんだろうな」神酒が勝己のセリフを引き継いだ。

「じゃあ、本当に俺は……」

それ以上は舌がもつれてうまく言葉を紡げなかった。神酒はカウンター席から立ち上がると、勝己の肩に手を置く。厚く力強い手だった。

「そうだ、お前は酔って患者を死なせてなんていない可能性が高い」

その言葉を聞いた瞬間、全身を脱力感が襲う。勝己は大きくふらついた。

「大丈夫ですか？」倒れかけた勝己の体を真美が慌てて支えた。

近距離で真美のつぶらな瞳《ひとみ》に見つめられ、勝己は姿勢を正す。

「大丈夫、……大丈夫だよ」

震える声で言う勝己に、真美は「気をつけてくださいね」と柔らかく微笑んだ。

「けどさ、いま神酒さんが言ったことが正しいとして、なんで川奈雄太は大怪我した状態で勝俣病院にやって来たわけ？」翼は鼻の付け根に皺《しわ》を寄せる。

「……もしかしたら、川奈雄太は自分で腹を開けようとしたんじゃないか」

神酒が押し殺した声で答えると、翼は「自分で？」とつぶやく。

「藤原が言っていただろ、川奈に麻酔薬と注射器を用意してやったって。つまり、川奈は自分の傷口を開けようとしたんだ。腹腔内にある麻薬を取り出すためにね。取り出した麻薬を売って大もうけしようとでも思っていたんじゃないか。けれど、素人の川奈が自分の開腹なんてことをまともにできるわけもなく、大きな血管を切って腹腔内で出血を起こしてしまった。焦った川奈は勝俣病院に向かうしかなかった」

勝己はあの患者が腹の傷について「自分でやった」と言っていたことを思い出す。

「もともと勝俣病院で麻薬を取り出す予定だったってことね」ゆかりがつぶやく。

「きっと何日かあと、深夜にでも麻薬の摘出手術を受けるはずだったんだろうな。けれど、出血をしたせいで勝俣病院に助けを求めた。他の病院に行ったら、通報されるだろうからな。そしてそこにいたのが、なんの事情も知らない勝己だった」

唐突に名前を呼ばれて、勝己は体をこわばらせる。

「勝己は開腹して治療しようとする。けれど運が悪いことに、夜勤のナースは全ての事情を知っている人物だった。腹の傷を見て事情を察したナースは電話で院長に対応をたずねる。焦った院長は、ナースに勝己を気絶させるように指示を出した。その指示通りに行動したナースによって勝己は昏睡《こんすい》し、そして川奈雄太は命を落とした」

神酒のセリフを聞いた勝己は、両手の拳《こぶし》を握りしめた。

「なんで俺はなにも覚えていなかったんだ……」

「自分を責めるなって。たぶん、昏倒《こんとう》している間に鼻から胃までチューブでも入れられて、アルコールと睡眠薬のフルニトラゼパムが投与されたんじゃないか。それらを投与されたら前向性健忘が起こる。つまり、気を失う前のことを忘れてしまうんだ」

「そんなことまで……」神酒の説明に勝己は絶句する。

「もし麻薬の密輸に協力していたなんて知られたら身の破滅だからな、どんなことでもするさ。……本当にどんなことでもな」神酒の表情に暗い影がさす。

「待って待って、その勝俣病院で死んだはずの川奈雄太が、なんでバラバラにされて埋められていたわけ？」翼は頭痛でもするのか、顔をしかめる。

「そんな状況で死んだりすれば、当然遺体は調べられるだろ。もし行政解剖でもされようなものなら、麻薬が見つかるかもしれない。だからこそ患者の入れ替えを行う必要があった。勝己を前向性健忘にさせたのも、患者が入れ替わっていることに気づかせないためだ。そして、川奈雄太の遺体は後藤田貿易の奴らに渡して処理してもらった」

「あのサングラスの男達、……鍋島達ね」

ゆかりの言葉に神酒は頷く。

「そうだ、そして男達は遺体を処理する前に腹の中から麻薬を取り出そうとする。そのために、奴らは遺体を切断した。そして、もし遺体が見つかっても、腹の中を探ったということに気づかれないようにするために、全身をバラバラにして埋めたんだ」

話し疲れたのか、神酒は大きく息を吐いた。バーに重苦しい空気が満ちてくる。

「けど、鍋島達が藤原とか久美子さんを襲ったってことは……」

息苦しさに耐えきれなかったのか、ゆかりが早口で言う。

「ああ、まだ麻薬は見つかっていない。川奈は自分の腹から麻薬を取り出すことには成功していたんだ。そして、勝俣病院に向かう前にそれをどこかに隠した。鍋島達はいま、後藤田の指示でそれを必死に捜している」

「けれど、川奈が死んでから半年以上経っているでしょ。なんでいま頃なのかしら？」

ゆかりが独りごちるように言うと、神酒は渋い表情を浮かべる。

「もしかしたら、俺達が川奈雄太について調べはじめたからかもな」

「えっ、章ちゃん、どういうこと？」

「鍋島達は、藤原のときも芹沢久美子のときも俺達の一歩だけ先を行っていた」

「……情報が漏れているってこと？」ゆかりの声が重量感のあるものに変化した。

「その可能性もなくはない」神酒は歯切れ悪く言う。

「それで章一郎さん。これからどうするの？」

さらに重くなりかけた空気を必死に振り払うように、真美が声をあげた。神酒はあごを撫《な》でると、視線を勝己に向ける。

「勝己、勝俣病院の院長は知っているか？」

「え？　ああ、はい。何度か会ったことはあります。六十過ぎの先生ですけど……」

「その院長は外科医か？　腹腔《ふくこう》内の袋を破らないで摘出できる技術があると思うか？」

神酒の質問の意図を悟った勝己は首を左右に振る。

「いいえ、院長は内科医でした。そんな高度な技術は持っていないはずです」

「となると、院長は病院の施設を提供していただけで、運び屋の腹からブツを摘出していたのは別の人物っていうことになるな」

神酒は痛みをこらえるかのような表情を浮かべる。その頭に誰の顔が浮かんでいるのか、勝己には手にとるように分かった。

「院長の親戚《しんせき》で一流の外科医、頻繁に東南アジアに行っていて黒い噂があり、さらに海外の隠し口座に多額の預金を隠していた……。もう役満じゃない」

黙り込んだ神酒を見て、ゆかりがため息交じりに言う。

「三森教授、それが後藤田貿易の密輸を手伝っている外科医よ。章ちゃんの友人かもしれないけど、ここまで条件がそろったら疑わないわけにはいかないでしょ」

「ああ、……そうだな」神酒の口元に力がこもる。

「あくまでいまの話は章ちゃんが思いついた仮説で、なにも証拠なんてないでしょ。さすがにこれだけで、勝俣病院の院長とかナース、あとは後藤田貿易の社長を尋問するのは問題になる。カジノに勤めていたチンピラと違って、少なくとも表向きは堅気の人間だからね。けれど、章ちゃんが『友人として』三森教授に話を聞くことぐらいできるんじゃないの。そしてその場に翼ちゃんを連れて行きさえすれば、いまの仮説が正しかったのかはっきりする。違うかしら？」

ゆかりの口調に問い詰めるような響きはなく、淡々と事実を確認しているかのようだった。神酒はゆかりと視線を合わせる。

「……いや、そのとおりだ。俺が三森教授から話を聞こう」

神酒の声はどこか哀しげに勝己には聞こえた。

4

翼に催眠術をかけられた三日後の夕暮れ、勝己は自宅から駅までの道のりを一人歩きながら、赤く焼ける空を見上げていた。この三日間、どことなく足元が定まらないような心持ちが続いていた。勝俣病院で命を落とした患者が、入れ替えられたものであるかもしれないと知ってからというもの、胸の奥で何かがざわついている。

これからずっと、一人の男を死なせてしまったという十字架を背負って生きていくつもりだった。どうすればその罪を償えるのか、毎日自問し、そして答えを見いだすことができずに悩んでいた。しかし、自分が薬で眠らされた可能性を知ってからというもの、心の足場が定まらなかった。

神酒の仮説はあくまで『仮説』にしかすぎない。患者の入れ替えなどなく、実際に自分が酔いつぶれて、そのせいで患者が死んだ可能性だっていまだにあるのだ。それにもし仮説が真実であったとしても、自分は十字架を下ろしていいのか分からなかった。なにがあったにしても、自分があの男を、腹から血を流して助けを求めていたあの男を救えなかったことに違いはないのだから。

なんにしろ、一刻も早くあの夜に起こったことの真実が知りたかった。しかし、事態はなんの進展もないまま時間だけが過ぎていた。三森教授が消えたのだ。三森教授と話をすると決めた神酒が必死に連絡を取ろうと試み、さらに黒宮がＳＮＳなどを片っ端から漁《あさ》ってその行方を追ったが、三森教授は数日前、夏休みに入ってから忽然《こつぜん》と姿を消していた。来週学会があるというフィリピンへ向けてすでに出国したのではないかと勝己は思ったが、黒宮曰《いわ》く（どんな非合法な方法で調べたか知らないが）少なくとも正式なルートで出国した記録はないということだった。

勝己も大学病院の知り合い達に当たり、三森がどこにいるのか知らないか訊《たず》ねたが、誰一人として居場所を知る者はいなかった。どうやら大学の方でも、休暇中とはいえ第一外科の主任教授である三森と連絡が取れなくなり戸惑っているようだった。

もしかしたら、自分が疑われていることに気づいて、三森は姿を消したのではないだろうか。外国の隠し口座に多額の金を隠し持っていたのだ。少しでも危険が迫れば、正規のルート以外で海外へ逃げてもおかしくはない。

右の腰に振動を感じ、勝己は軽く頭を振る。いつの間にか足を止め、空を見上げたまま物思いに耽《ふけ》っていた。ポケットからスマートフォンを取り出すと、メールを一通受信していた。送り主は雪子だった。

『ちょっと早く着いちゃったから、先に一杯やってまーす
六本木着いたら連絡くださいな』

「もう着いたのかよ、あの人……」

メールを読んだ勝己は苦笑を浮かべる。今日は三森教授について先日色々調べてもらった礼に、六本木で雪子に食事を奢《おご》る約束をしていた。待ち合わせ時間まではまだ一時間近くあるはずだが、雪子はすでに着いてしまったらしい。

「……急ぐか」勝己は早足で歩きはじめると、ポケットにスマートフォンを戻そうとする。そのとき、手の中でスマートフォンが身じろぎするように震えだした。

早く来いっていう雪子さんからの催促かな？　何気なく液晶画面を見た勝己の眉根《まゆね》が寄る。そこには『非通知』の文字がおどっていた。

　一瞬、無視しようかと思い、『拒否』のボタンの上に親指をかざす。しかし、なぜか胸騒ぎがして指を動かすことができなかった。勝己はゆっくりと『通話』のボタンを親指で触れ、スマートフォンを顔の横へと持っていく。

「……九十九君」押し殺した声が鼓膜を揺らす。

「み、三森先生!?」勝己の声が裏返る。電話越しではあるがその声は間違いなく恩師の、白泉医科大学第一外科学講座教授である三森大樹のものだった。

「ああ、そうだ。……少し話をしてもいいか？」

　普段は明るく軽い口調で話すことの多かった三森だったが、電話から聞こえてくる声は、なにか思い詰めたような低く籠《こ》もったものだった。

「も、もちろんです！　と言うか、こっちからも何度も連絡を取ろうとしたのに、できなかったんですよ。いったい何があったんですか？」勝己は舌を縺《もつ》れさせる。

「……少し複雑な事態になっているんだ」

「複雑な事態？　いったいなんのことですか？」

　勝己の問いに三森は答えなかった。勝己の胸に怒りが湧いてくる。

「三森先生、先生はいったいなにをしているんですか！　勝俣病院であったこと、あれに先生が関わっているんですか!?」

　激情が口を動かす。三森に対して抱いている疑念を隠すこともできなかった。しかし、やはり三森はなにも言わない。

「先生、なんとか言ってください！」

勝己は唾《つば》を飛ばしながら声を荒らげる。すぐ脇を通った主婦らしき中年の女性が、恐怖をはらんだ視線を投げかけて足早に離れていく。

「……電話で話せるようなことじゃないんだ」ようやく三森が答える。「君と二人だけで話したい。これから言う住所に来てくれ。一人だけでな。もし誰かを連れてきたら、……私はなにも話さない」

「……分かりました」数秒躊躇《ちゅうちょ》したあと、勝己は小さな声で言う。

「それじゃあ、住所を言う。メモをしてくれ。私がいる場所は足立区の……」

勝己は慌てて懐からメモと万年筆を、三森からプレゼントされた万年筆を取り出し、住所を記していく。

「住所はメモできたか？」

三森の質問に勝己が「はい」と答えた瞬間、ブツッという音とともに回線が遮断された。勝己はプープーと気の抜けた音を立てるスマートフォンを呆然《ぼうぜん》と眺める。

もしかしたら三森が危害を加えるつもりかもしれないという疑念が一瞬頭をかすめるが、勝己はすぐに頭を振ってその考えを振り払う。三森とは十年以上の付き合いだ。直接的な危害を加えてくるなど想像がつかなかった。それに万が一襲いかかられたとしても、五十代の三森を取り押さえることは容易だろう。

とりあえず、まず神酒達に三森の居場所が分かったことを連絡して……。スマートフォンの液晶画面を操作していた勝己の指が止まる。

「勝己の勤務先って信用できるの？」

先日雪子にかけられたセリフが耳に蘇《よみがえ》った。

三森がなぜ自分を神酒クリニックに紹介したのか、そのことを三日間考え続けてきた。もしかしたら、勝己がどれほど事件について記憶があるのか確認させるために就職を斡《あっ》旋《せん》し、神酒に監視させていたのではないか。そんな疑念が頭から離れなかった。

勝己は再び液晶画面に触れている指を動かした。呼び出し音が響き回線が繋《つな》がる。

「もしもし」電話から聞き慣れた声が響く。

「あっ、雪子さん」

「おお、勝己。もしかしてもう着いたの？　私は六本木ヒルズの……」

「ごめん、急用ができていけなくなった！　今度埋め合わせするから！」

「はぁ？　え、なに言っているわけ？　ドタキャン？　ちょっと、勝己……」

甲高い声で問い詰めてくる雪子に「本当にごめん！」と言い残すと、勝己は回線を切り、駅に向かって走りはじめた。

液晶画面に表示された地図アプリを舐《な》めるように見ながら、勝己は狭い路地を進んでいく。三森からの連絡を受けてから約一時間後、勝己は綾瀬《あやせ》駅から二十分ほど歩いた住宅街を歩いていた。時刻は午後七時半を過ぎている。すでに太陽は完全に姿を消し、街灯と民家の窓から漏れてくる光が闇を薄めていた。

「もう少し……」地図を見ながら勝己は足を動かす。液晶画面の上部にはメールが十通《ぱ》以上溜《た》まっているという通知が表示されていた。全部雪子からのメールだ。どんな罵詈《り》雑言《ぞうごん》が書かれているのか恐ろしく、まだその内容を見られずにいた。

勝己の足が止まる。GPSによって地図アプリ上に表示されている現在位置が目的地と重なった。目の前にはかなり古ぼけたマンションが立っていた。勝己はマンションのエントランスを眺める。そこには『メゾン　綾瀬』と記されていた。このマンションこそが三森が指定してきた場所だった。勝己は周囲に注意しながらエントランスに入っていくと、勝己はエレベーターで五階に上がる。

エレベーターを降りた勝己は、汚れの目立つ外廊下を進んでいく。このマンションの五一二号室が、三森が指定してきた部屋だった。

このマンションは三森の隠れ家なのだろうか？　ここに来るまでの間、三森がなぜ自分を呼び出したのか考え続けてきた。しかし、いまだに答えはでていなかった。

五一二号室を見つけた勝己は、扉の前で細く息を吐く。最悪の場合、中にあのサングラスの男達が潜んでいる可能性もある。そうだとしてもここで帰るわけにはいかなかった。三森と話をしなければ、あの夜の真実を知ることはできないのだから。

勝己は唾を飲み下すとインターホンを押した。ピンポーンという軽い電子音が響く。

勝己は緊張しながら反応を待つ。しかし、ドアが開くことも、インターホンから返事が聞こえてくることもなかった。勝己は軽く首をひねると、再びインターホンを押す。やはり反応はない。中に三森はいないのだろうか？　勝己はドアノブに手を伸ばし、回しながら引いてみる。

鍵《かぎ》が開いている？　ドアがギギッと軋《きし》みを上げながら開いていった。

勝己は一瞬躊躇したあと、周囲を見回して誰にも見られていないことを確認すると、開いたドアの隙間に体を滑り込ませた。

電灯の灯《とも》っていない室内は闇に覆われていた。勝己は玄関脇にあるスイッチを押すが、電源が切られているのか電灯が灯ることはなかった。しかたなくポケットからスマートフォンを取り出すと、液晶画面の放つ弱々しい光で周囲を照らす。

「三森先生、いらっしゃいますか？」警戒しつつ声をあげるが返事はない。

靴を脱ぐことなく、膝《ひざ》を軽く曲げ重心を落としたまま、勝己はすり足で短い廊下を進んでいく。足に何かが当たった。目を凝らすとゴミ袋が散乱しているようだった。

ゴミ袋を避けながら廊下の突き当たりまで進んだ勝己は、そこにあるドアのノブを摑《つか》むと勢いよく開いた。ドアの奥は八畳ほどの部屋になっていた。窓から街灯と月の光が入ってくるため、廊下よりはいくらか部屋の様子が見てとれる。

かなり散らかった部屋だった。廊下と同じようにゴミ袋がいくつも置かれ、部屋の中心にあるローテーブルの上にはペットボトルやビール缶らしきものが散乱している。

勝己の視線は部屋の奥、窓際のベッドに注がれていた。そこに誰かが横たわっている。

「……三森先生？」

勝己は声をかけるが、熟睡しているのか男は微動だにしない。勝己はゆっくりと部屋を横切っていく。ベッドのそばまで移動した勝己は目を見張る。

「なんで……こいつが……」無意識に口からかすれ声が漏れる。

ベッドに横たわっていたのは三森ではなかった。しかし、月光に薄く照らされたその顔に見覚えがあった。腫《は》れぼったい一重の目、曲がった鼻、そして角刈りの頭。鍋島、川崎のマンスリーマンションで勝己に殴り倒され、そして拳銃《けんじゅう》を向けてきた男。開いた厚い唇の隙間からは舌がだらしなくのぞき、その瞳《ひとみ》は焦点が合わないままに天井を向いている。

勝己はおずおずと鍋島の首元に手を伸ばす。首筋に触れた指先に頸動脈《けいどうみゃく》の拍動を触れることはなく、そして皮膚は弾力を失っていた。死亡してから数時間は経っている。

よく見ると、鍋島の首には線上の痕《あと》が走ってた。索条痕《さくじょうこん》、絞殺されたときにつく痕。

三森はいったいどこにいるんだ？ なんでここで鍋島が死んでいるんだ？

脳細胞が焼き付いたかのように思考は乱れに乱れる。勝己は必死に深呼吸をして、茹《ゆ》で上がった頭を冷やそうとする。

「……はめられた」わずかに落ち着きを取り戻した勝己はつぶやいた。

罠《わな》だった。三森達は身元が割れた鍋島を粛正し、その罪をなすりつけるつもりだ。勝己はここに来るまでの自分の行動を思い起こす。顔を隠すことなど考えてもいなかった。

おそらく多くの防犯カメラに自分の姿が映っているだろう。しかもこの部屋に入ってから、様々なところに触れている。多くの指紋を残してしまっているはずだ。

このままでは鍋島殺害の濡《ぬ》れ衣《ぎぬ》を着せられてしまう。勝己は呼吸を荒らげながら、ポケットからハンカチを取り出す。とりあえずこの部屋の指紋だけでも拭《ふ》き取らなくては。

そのとき、全身の筋肉が硬直する。一瞬、『あの音』が聞こえた気がした。

気のせいであってくれ。勝己は祈るような気持ちで耳を澄ます。しかし、その願いは儚《はかな》く砕け散った。パトカーのサイレン音がかすかに鼓膜を揺らす。その音は少しずつ、しかし確実に大きくなっていた。きっと三森教授はどこかからこの部屋を監視していて、俺が部屋に入ったのを見て警察に通報したんだ。

もはや指紋を拭きとっている猶予などなかった。サイレン音は近づいてきている。勝己はフローリングの床を蹴《け》って走り出す。玄関を出て外廊下を走り、非常階段を駆け下りる。一階のエントランスを抜けて外へと走り出た勝己の目に、遠くから赤色灯を回しつつ近づいてくるパトカーが映った。勝己は逆の方向へ走ると路地に飛び込んだ。

何度も十字路で曲がりながら、勝己は全力で足を動かす。鍋島が死んでいたあのマンションから、そして自分が殺人の容疑者になってしまったという恐ろしい現実から逃げたかった。足の感覚がなくなり、心臓が締め付けられるような痛みを発して限界を知らせてきても、勝己は無我夢中で夜の街を走り続けた。

5

自動ドアが開く音が聞こえてくる。机に突っ伏していた勝己は小さく体を震わせ、顔を上げる。学生風の若い男二人が喋《しゃべ》りながら店内に入ってくるところだった。

もう夜が明けたのか……。勝己は再びテーブルに突っ伏す。疲労で血管の中を水銀が流れているように体が重かったが、どうしても眠ることはできなかった。

昨夜、鍋島の遺体があったマンションから逃げ出した勝己は、肉食獣に追われた小動物のように必死に、数時間は走り続けた。そして、もはや一歩も動けないというところまで疲弊したところで、近くにあった二十四時間営業のファストフード店に入り、入り口からは死角になる一番奥の席に陣取って夜を明かした。

テーブルの上には一口も手をつけていないハンバーガーとポテトが置かれている。いまは何時なのだろう？　勝己はテーブルに顔を付けたまま腕時計を見る。時刻はもうすぐ午前七時半になるところだった。

三森教授から電話で呼び出されてから、まだ半日しかたっていないのか……。

この半日で全てが変わってしまった。このままでは自分は殺人犯の濡れ衣を着せられる。勝己はのろのろと上体を起こすと、ジーンズのポケットからスマートフォンを取り出す。この店に着いてすぐに、スマートフォンの電源を落としていた。警察から電話がかかってくるのではないかという恐怖心が、勝己の行動を支配していた。

鍋島の件はもうニュースになっているのだろうか？　現在の状況を知りたかった。勝己はかすかに震える指で、スマートフォンの側面のボタンを長押しする。

液晶画面に『ＷＥＬＣＯＭＥ』という表示が灯り電源が入る。勝己は唾《つば》を飲んで画面を見つめ続けた。すぐにスマートフォンがメールを受信しはじめる。しかも一通ではない。明らかに十通以上のメールがネットを経由して送り込まれてくる。

もしかしたら警察からの……。恐怖で心臓の鼓動が加速するのを感じながらメールフォルダを開く。メールの送り主を見て、勝己は大きく安堵《あんど》の息を吐いた。

フォルダに溜《た》まっているメールはすべて雪子からのものだった。約束をすっぽかされて怒った雪子がメールを送り、それに返事がないことでさらに激怒してまたメールを送りつけるというループになったのだろう。過去にもこういうことがあった。

警察からの連絡がないことに胸をなで下ろしながら（しかし、怒り狂った雪子を想像して少々怯《おび》えつつ）勝己は雪子からのメールの内容を確認していく。

最初のうちのメールは『ドタキャンはしかたないけど、理由教えてよ』『とりあえず返信してくれない？』といった具合だったが、途中からは『返信よこせって言ってんでしょうが！』『勝己、あんた私のこと馬鹿にしてるわけ!?』といった文面だけでも雪子の怒りの表情が想像できるようなものに変化していっていた。

ああ、怒り狂っているな……。勝己は苦笑を浮かべる。マンションの一室で死体を見てからというもの、完全に失われていた現実感が戻ってくるのを覚えながら、勝己は最後のメールを開く。それは、わずか三十分ほど前に送信されたものだった。

『勝己、大丈夫なわけ？　なにかへんなことに巻き込まれているんじゃないの？　心配だからこのメールを見たら、とりあえず返事を下さい。困ったことがあったら遠慮せずに相談してよ。力になるからさ。雪子』

雪子さん……。画面に表示された文字をくり返しくり返し目で追いながら、勝己は歯を食いしばる。気を抜けば嗚咽《おえつ》を漏らしてしまいそうだった。

雪子に連絡を取りたい。彼女に助けを求めたい。そんな衝動が体を動かす。ほとんど無意識に勝己は、スマートフォンの液晶画面に雪子の電話番号を表示させていた。しかし、『通話』のボタンに触れることはできなかった。

こんなことに雪子を巻き込むわけにはいかない。

勝己は『連絡できなくてごめん。心配しなくても大丈夫だから』と雪子にメールを送り、再びスマートフォンの電源を落とした。

スマートフォンをポケットにねじ込むと、勝己はハンバーガーに手を伸ばし、包みをとってかぶりつく。冷め切ってパテが硬くなっていたが、そんなことを気にせず勝己は口の中にハンバーガーを押し込み、残っていたウーロン茶で飲み下す。雪子からのメールを読んだおかげで、脳細胞が完全にフリーズした状態からは回復することができた。

これからどうするべきか？　答えは一つしか見つからなかった。このあまりにも異常な状況、こんなときに頼れるのはあの人達しかいない。神酒クリニックのみんな。

けれど、あの人達を信じていいのだろうか？　勝己は祈るかのように両手を組み、この数週間の記憶を反芻《はんすう》する。あの人達、神酒クリニックのスタッフ達は全員がまともとは言えない人物だ。けれど彼らの常識外の行動の根本には一本筋が通っていた気がする。患者のために自らの特殊な能力を使うという筋が。それに、神酒は居場所がなくなっていた自分を受けいれてくれた。仲間だと言ってくれた。

信頼していた三森に裏切られたことで、人を見る目にはまったく自信が持てなくなっていた。ただ、神酒達なら、あのクリニックのみんなならこんな状態の自分を必死に救おうとしてくれる気がした。

行こう。勝己は正面を向くと、勢いよく立ち上がった。

「ここでいいです」

「はい、どうもありがとうございます。二千八百円になります」

車を停めると、タクシーの運転手は愛想良く言う。勝己は財布から千円札を三枚出すと「お釣りはとっておいてください」と言って車外に出た。

運転手の「ありがとうございます」という声を聞きながら、勝己は周囲を見回す。数十分前、ファストフード店をあとにした勝己は大通りでタクシーを拾い、クリニックの巽ビルのすぐそばまでやって来ていた。

タクシーが走り去っていくのを確認すると、勝己はブロック塀の陰から喫茶巽の様子をうかがう。店内に客はいないようだが、カウンターの中でマスターが新聞を読んでいるのが見えた。勝己は小走りでビルに近づくと、喫茶巽に入る。

「あの……おはようございます。ちょっと神酒先生と話をしたいんですけど……」

目を大きくするマスターに勝己は話しかける。カウンターの奥には、地下のバーや上の階のクリニックに繋《つな》がる内線電話が置かれている。普段なら頼むと、マスターは無言のまま神酒がいる場所に内線電話を繋いで受話器を差し出してきてくれる。しかし今日に限って、マスターは勝己の顔を凝視して動かなくなった。その態度を見て勝己は確信する。昨夜の件についてマスターがすでになにか知っていることを。

「あ、あの……、ちょっと出直します」危険を感じとった勝己は身を翻す。出口に向かって一歩足を踏み出した瞬間、唐突に背後から羽交い締めにされた。

驚いた勝己が首を回すと、いつの間にかカウンターから出ていたマスターが背中から腕を回してきていた。

必死に「放してください」と身をよじる勝己の耳元に、マスターは口を近づけてくる。

「落ち着け。暴れるな」ダンディな声が鼓膜を揺らす。

これまで一言も喋ることのなかったマスターが声を出したことに虚を突かれ、勝己は抵抗をやめる。その隙をはかったように勝己はカウンター内へと引っ張り込まれた。

「何をするんですか⁉」

勝己が思わず声を荒らげると、マスターは厳しい表情で外を指さした。反射的にそちらを向いた勝己は目を剝《む》く。全面ガラス張りの窓の外に二人の男が歩いていた。一人は神酒、そしてもう一人は鳥の巣のような頭髪の猫背の男。

「隠れるんだ」マスターは再び声を出すと、勝己の頭を押し下げた。

勝己はカウンターの陰に身を潜める。それとほぼ同時に風鈴の音が響いた。

「これで信じてもらえましたか桜井さん、勝己がここには来ていないことを」

神酒の声が聞こえてくる。やはり桜井は俺を捜している。勝己の心臓が激しく鼓動しはじめた。

「たしかに地下のバーにはいませんでしたけどねぇ……」桜井の疑わしげな声が響く。

なるほど、神酒は地下のバーに桜井を連れて行き、自分が隠れていないことを確認させたのか。勝己は状況を飲み込む。

「その部屋から逃げ出したのは本当に勝己なんですか？」

「ええ、まず間違いないありません。室内から採取された指紋が一致しました。それに防犯カメラが逃げる九十九先生の画像をとらえています」

神酒の質問に桜井が答えた。それと同時に椅子が引かれる音が聞こえてくる。

「マスター、ブレンドを二つ。けれどなんで勝己が、その……なんでしたっけ……」

「鍋島、鍋島一太です」

「ああ、その鍋島一太という男の部屋に行ったんでしょう？　勝己とその男の関係は？」

「……それは私より神酒先生の方がご存じでは」桜井の声が低くなる。

「勝己はたしかにうちの従業員ですけれど、彼のプライベートまでは知りませんよ」

「そうですか……。鍋島はもともとは暴力団員で、傷害での前科もあります。ちなみに昔所属していた組は、東南アジアから覚醒剤《かくせいざい》を仕入れて売りさばいていました」

「へえ、そうなんですか」神酒は軽い口調で言う。

暖簾《のれん》に腕押しの神酒の反応に鼻白んだのか、桜井の声が聞こえなくなる。マスターが二人の前にコーヒーカップを置く音がやけに大きく響いた。

数十秒コーヒーをすする音だけが空気を震わせる。勝己は必死に息を殺し続けた。

「……神酒先生」桜井の重量感のある声が沈黙を破る。「九十九先生は鍋島一太殺害の重要参考人としてまもなく指名手配されると思われます。……もし彼から連絡があればお知らせください。間違っても彼をかくまったりなさらないでください」

「……仲間を売れとおっしゃるんですか？」

「売る売らないっていう話じゃありません。これまであなた方がやってきた強引なやり方に私は目をつぶってきました。けれど今回はそうはいきません。九十九先生をへたにかばおうとすれば、皆さんまで巻き込まれますよ」

「なるほど、考えておきます。お忙しいのに、ありがとうございました」

神酒は慇懃《いんぎん》無礼に答える。桜井のため息が聞こえてきた。

「警告はさせていただきましたからね。それでは私は捜査がありますので……」

力ない桜井の声に続いて椅子がひかれる音が響く。勝己が耳を澄ましていると、風鈴がチリンと鳴った。桜井が出て行ったらしい。

これからどうすればいいのだろう？　体育座りをしたまま勝己は悩む。

「もう桜井さんはいなくなったよ。そろそろ出てきたらどうだい」

まるで朝の挨拶《あいさつ》でもするかのように、ごく自然に神酒はつぶやいた。勝己は喉《のど》の奥から「ひっ」というしゃっくりのような驚きの声を漏らすと、おずおずと立ち上がる。

「あの、……なんで分かったんですか？」

「ん？　お前が隠れていることか？　気配……ってやつかな？」

神酒は天井に視線をさまよわせると、「行くぞ」と言う。

「行くってどこにですか？」

「地下にだよ」神酒は立てた親指でカウンターの奥にある扉を指すと立ち上がった。

勝己と神酒は扉をくぐり、その奥にあるエレベーターで地下一階へと向かった。エレベーターで地下に降り、短い廊下を進みバーに入った勝己は「えっ？」と声をあげる。

バーにはすでに人がいた。ゆかり、翼、黒宮、真美。スタッフの全員が硬い表情で勝己に視線を送っていた。

「あの、これは……」勝己は振り返って神酒を見る。

「さっき俺が全員呼んだんだ。今朝、お前が鍋島殺害の容疑者になっているっていう情報を黒宮から聞いたからな」神酒は勝己の肩に手を置くと一緒にバーに入る。

神酒に促され勝己はソファーに腰掛けた。ソファーを取り囲むようにスタッフ達が立ち、無言のまま勝己を見下ろす。その異様な雰囲気に勝己は首元が冷える感じがした。

「あ、あの……、今回のことは本当にすみません。罠《わな》にはめられたんです。昨日の夜に三森教授から急に連絡が……」

「いいんだ。何も言わなくていい」

しどろもどろに説明をはじめた勝己の顔の前に手をかざして黙らせると、神酒は両脇に立った翼、黒宮に目配せをする。二人は重々しく頷《うなず》いた。

「ずっと不思議だったんだ」神酒は再び勝己を見ると、ゆっくりと話しはじめる。「なぜ川奈雄太が殺されてから半年以上も経って、急にあのサングラスの男達が藤原や芹沢久美子を襲ったのか。しかも、はかったように俺達が情報を得たのと同じタイミングで。よく考えれば答えは簡単だよな。……スパイがいたからだ」

「えっ、スパイ⁉」勝己は目をしばたたかせる
「下手な芝居はやめろ。もう全部分かっているんだ。勝己、お前がスパイだよ」

神酒は哀しげにかぶりを振る。

「ちょ、ちょっと待ってください。誤解です。俺はスパイなんかじゃありません！」

「じゃあ、なんで鍋島を殺したんだ！」神酒は突然怒声を上げる。

「俺は殺してなんかいません！　三森教授に話し合いがしたいって言われて、あの部屋に誘い出されたんです。そうしたら中で鍋島が死んでいました」

「それが本当なら、なんで三森教授から連絡があった時点で俺達に教えないんだ？」

「それは……」神酒達を信用できなかったとは言えず、勝己は言葉に詰まる。

「それは三森教授からの連絡なんてなかったからだ。そう、三森教授が後藤田と繋がっているっていうのは、全部お前からの情報だった」

「そんな。真美さんも見たじゃないか。カフェで鍋島と三森教授が話していたのを」

勝己はすがりつくように真美に言うが、真美は怯《おび》えた表情を浮かべ首を左右に振った。

「私が分かったのは、鍋島が初老の男の人と話していたっていうだけです。あの人が三森教授だって勝己さんが言ったから、そうなんだろうと思っただけで……」

「そんな……」呆然《ぼうぜん》とつぶやいた勝己は助けを求めるようにゆかり、翼、黒宮に視線を送る。しかし、全員が露骨に視線をそらすだけだった。

「後藤田貿易の密輸に協力していた医者、それは三森教授じゃなくてお前だ。自分の腹から麻薬を取り出そうとして出血した川奈雄太は、勝俣病院に助けを求めた。けれど当直中に酒を飲んでいたせいで、お前は川奈を助けることができなかった。密輸のことがバレることを怖れたお前は、勝俣病院の院長達と共謀して患者を入れ替え、川奈の遺体を後藤田貿易の男達に処理させた」神酒は厳しく勝己を糾弾する。

「違います！　そんなこと……」

「黙って聞け！　酒に酔っていたことが翌日出勤したナースにバレてお前は窮地に陥ったが、それ以上に深刻な問題があった。川奈が自分の腹から取り出した麻薬をどこかに隠していたことだ。それが見つからないと後藤田貿易は大変な損失をかぶることになるし、下手をすれば密輸のことが明るみに出ないとも限らない。けれど、お前達は暴力で人を脅すことはできても、川奈がどこに隠したか探るような調査能力はなかった。どうしても麻薬を見つけることができなかったお前達は、あるアイデアを思いついたんだ。俺達をいいように利用しようっていうアイデアをな」

神酒は苛立《いらだ》たしげに舌打ちをする。

「まず、お前が三森教授に取り入って、うちのクリニックに就職することに成功した。そのうえで警察に川奈の遺体の隠し場所をリークして、バラバラ死体の身元を判明させる。川奈は生前、自分が小笠原建設会長の隠し子だと吹聴していた。うちのクリニックが顧客に対してどのようなサービスを行っているか、さらに小笠原会長がうちのクリニックの顧客だということも知っていたお前らは、そうすれば俺達が川奈について調べ出すかもしれないと思ったんだ。お前らのもくろみ通り、小笠原会長から依頼を受けた俺達は川奈のことについて必死に調べはじめた」

淡々と語った神酒は、自虐的に唇を歪《ゆが》める。

「あとは単純だ。俺達が調べたことをスパイであるお前が後藤田貿易に流した。そして、後藤田貿易はサングラスの男達を使って、藤原や芹沢久美子を襲った。そうだろ？」

勝己はなにも答えられなかった。思考が凍りつき、反論の言葉が見つからない。

「……反論もできないか。しかし、鍋島を殺したのは失敗だったな。顔を知られたあの男を生かしておくのは危険だと思ったんだろうが、そのせいでお前が後藤田貿易とグルだって気づいた。そうじゃなきゃ、お前が鍋島の部屋を知っているわけがないからな」

「そ、そんなのおかしいです！　鍋島を殴ってサングラスとマスクをはぎ取ったのは俺ですよ。俺がグルなら、そんなことするわけないでしょ！」

ようやく少しは脳が動きはじめた勝己が必死に反論する。いまの神酒の説明は筋が通っているようで、いくつも矛盾がある。しっかり説明すれば分かってもらえるはずだ。

「黙れ！」神酒の声が壁を震わせる。「そんな細かいことはどうでもいいんだよ。お前は俺達をスパイしていた裏切り者だ。そんな奴の言葉なんて信じられるか！」

ヒステリックにまくし立てる神酒に勝己は唖然《あぜん》とする。

「神酒先生、お願いですから俺の話を聞いてください」

「うるさい！　お前の考えていることなんて分かっているんだよ。隙を突いて俺達が保護している芹沢久美子とその息子を攫《さら》うつもりだったんだろう？　彼女が麻薬の隠し場所を知っていると思ってな」

「そ、そんなこと思ってなんて……」

「お前達の想像通りだよ。たしかに彼女は川奈雄太が姿を消す前にある物をあずかって、それをどこかに隠しているらしい。ただ残念だな、もう彼女は青山第一病院から別の場所に移してあるんだよ」神酒は唇を歪める。

「別の場所……」勝己は混乱しながらおうむ返しする。

「長野の山奥にある俺の別荘だ。彼女はそこで出産させる。そしてそのあと、かくまった礼として川奈からあずかった物を俺達に渡すことになっている」

「なっ⁉　麻薬を？　そんなものどうするんですか⁉」

勝己が目を剝《む》くと、神酒の顔に影のある笑みが浮かんだ。

「そんなの決まっているだろ。……売るんだよ」

「麻薬を……売る……」勝己の半開きの口から、かすれた声が漏れる。

「ああ、そうだ。裏の社会と関わっていると色々と便利だよ。麻薬を買い取ってくれそうな『お友達』が何人もいるからな」

もはや勝己は何も言えなかった。いま起こっていることが現実だとは思えなかった。神酒達の常識外れの行動にも、その根っこには常に患者のためという想いがあると信じていた。それなのに私利私欲のために麻薬を売りさばこうだなんて……。

「悔しいか？　自分達が必死に捜してきたものを目の前で奪われて。芹沢久美子をどこにいるか知りたいかな？　教えてやってもいいぞ。長野県佐久《さく》市の……」

神酒は挑発的な口調で芹沢久美子をかくまっているという別荘の住所を口にする。

「な、なんで……」勝己は弱々しい声でつぶやく。

なんで俺の話を聞いてくれないんだ？　なんで麻薬の売買なんて馬鹿なことをしよう

とするんだ？　疑問が次から次に湧き上がり脳内で飽和する。

「なんで俺がスパイのお前に芹沢久美子の居場所を教えたか疑問なのかな？」

神酒はからかうように言うと、ジャケットの懐に手を入れた。そこから取り出された物を見て勝己は目を剝く。それは黒く無骨な鉄の塊だった。リボルバー式の拳銃《けんじゅう》。

「裏社会に知り合いがいると本当に便利だ。金さえ払えば死体を誰にも気づかれないように処理してもらうことまでできる」

銃口を勝己に向けた神酒は、撃鉄を起こすと引き金に指をかける。

銃声がバーの空気を熱く震わせた。

6

そろそろか……。田所次義《たどころつぐよし》は午後九時過ぎを指す腕時計から視線を上げると、木々の隙間から見える別荘を眺める。別荘の窓からは黄色い光が漏れていた。

街からはかなり離れた林の中に立つ別荘、たしかに隠れ家としては適しているかもしれない。しかし逆にこんな寂れた所では、たとえ大声を上げたとしても近所の住民に気づいてもらうことはできない。

日が出ている頃から、別荘前の車道には車通りが少なかった。この一時間では一、二台ほどしか通過していない。これならもう作戦に入ってもいいだろう。あまり時間をかけると、東京で報告を待っている後藤田にどやされる。

田所は数メートル先の木の陰に身を潜めている菊野《きくの》に目配せをする。菊野は頷くと、ジャケットのポケットからサングラスとマスクを取り出した。田所も同じようにマスクとサングラスを取り出し装着する。ただでさえ暗い林の中にいるというのに、サングラスをすることで足元もよく見えなくなる。しかしそれもしかたがなかった。間違っても誰かに顔を見られるわけにはいかないのだから。

もし顔が割れたりすりゃ、今度は俺が鍋島のような目にあっちまうかもしれねえ。

二日前に菊野とともに絞め殺した男を思いだした田所は、軽く頭を振る。

いや、後藤田さんが鍋島を始末するように指示を出したのは、顔が割れたからだけじゃねえ。あいつが底抜けの間抜けだったからだ。田所の口から舌打ちが漏れた。

芹沢久美子のマンションで鍋島はランジェリーパブのマッチを落としやがった。そのせいであの医者達は後藤田貿易にたどり着き、さらに密輸にまで気づきやがった。

まさか鍋島が『後藤田貿易の役員』だなんてふれ回り、あげくの果てに名刺まで作っていたとは思わなかった。そのことを知ったときは、めまいすらおぼえたものだ。

もともと、俺はあいつを使うのに反対だったんだよ。鍋島のことを思い出すと苛立ちがぶり返してくる。長年、後藤田の下で汚い仕事を引き受けてきた自分や菊野と違い、鍋島は去年から『仕事』に参加するようになった。「こいつは腕っ節が強いし、どんなことでもやるから」と後藤田が連れてきたのだ。たしかに鍋島は体格も良く、どんな汚れ仕事も躊躇《ちゅうちょ》無くやり遂げることができる残酷さを持っていたが、この『仕事』にもっとも重要な知性が抜け落ちていた。処理をまかせた川奈の腕を街中の公園に埋めるという信じられないことをして、その結果犬に掘り返されるという失態まで演じた。

　今回の騒動の発端も鍋島の凡ミスからだった。鍋島が密輸品について漏らしたせいで、川奈は自分の腹から『あれ』を取りだそうなんて思いついたに違いない。そもそも、『運び屋』として川奈を連れてきたのも鍋島だった。知り合いの高利貸しから、もはや首をくくるしかないような状態になっている川奈を紹介されたらしいが、その背景についてほとんど調べていなかった。自分や菊野が『運び屋』を選ぶときは、その男が裏切ることがないか、もし裏切れば誰を脅せばいいかなどを慎重に調べていた。

　たしかに今回の密輸は唐突に決まったため、時間をかけて人選する余裕がなかった。だからって、鍋島が連れてきた男を使うなんて。あのとき後藤田にしっかり言っておけば……。胸によぎった後悔を、田所は唇を嚙《か》んで振り払う。

　後藤田もこれで分かってくれたはずだ。本当に頼りになるのは俺と菊野だけだと。だからこそ鍋島を切る決断をしてくれた。これからは俺達で後藤田を支えていこう。

「おい、行かねえのかよ」動かない田所に焦《じ》れたのか、菊野が声をかけてくる。

「ああ、悪い。行くぞ」田所はゆっくりと別荘に向かって足を進めはじめた。

「しかしさ、あの医者達、本当に抜けてるよな。あいつら、最後まで盗聴されたことに気づいていなかったぜ。全部『先生』の予想どおりだ」

隣を歩きながら菊野がくぐもった笑い声を漏らす。

「たしかにな」田所も唇の両端を上げた。

『先生』があの九十九とかいう医者が愛用している万年筆に仕込んだ盗聴器、あの医者達は最後までそれに気づくことはなかった。最初『先生』が万年筆に盗聴器を仕込んだと聞いた時は、もっと常に身につけているものに仕込むべきじゃないかと思った。しかし『先生』は自信満々に、「彼は万年筆をいつも持っているよ」と忍び笑いを漏らした。そしてそれは正しかった。粗悪品なのか音質はかなり悪く、さらに数百メートルも離れると電波を受信できなくなったが、九十九が常に持ち歩いていたおかげで十分に情報を得ることができ、あの医者達に先回りできた。

いつも大きなマスクで顔の半分を隠した『先生』。腹を切ってその中にブツを詰めて密輸する方法を教えてくれたのもあいつだった。あいつの正体は誰なのだろうか？

一度だけ、あいつが『運び屋』の腹から袋に入った麻薬を取り出すのを見たことがある。その手際は素人の自分から見ても鮮やかだった。きっと本物の医者なのだろう。しかし、医者があんなことまで思いつくなんて……。

鍋島を始末し、その罪を九十九になすりつける。そう提案してきたのも『先生』だ。鍋島が不在のところを狙ったように後藤田の社長室に連絡してきた『先生』がその提案をするのを、後藤田と菊野とともにスピーカーモードにした電話で聞いたとき、あまりにも淡々と語るその口調に寒気を感じたものだった。

最初、後藤田は声を荒らげて「そんなことできるわけがない！」と怒鳴っていたが、諭すような口調で『先生』に説得されるうちに、操られるように提案を受けいれていた。

そして、俺達は『先生』に指示された通りに鍋島を殺害し、『先生』は予告通りあの九十九という医者を鍋島の部屋に誘い込んだ。結局、九十九はあのクリニックの医者達にスパイの疑いをかけられて殺され、俺達は芹沢久美子の隠れ場所を知ることができた。すべての人間が『先生』の掌《てのひら》の上で踊らされている。俺も含めて……。

田所は小さく身震いをする。本当に『先生』の指示通りに動いて大丈夫なのだろうか？　いつか恐ろしいことになるのではないか。そんな予感が胸の中で膨らんでいた。

「けどよ、まさかあいつらが仲間をぶっ殺すとは思わなかったぜ」

「ああ、そうだな」雑草を掻《か》き分けて別荘に近づきながら田所は低い声で答えた。

たしかにあまりにも簡単に殺《や》ったことに驚いた。しかし、そのおかげでやりやすくなった。後藤田貿易が密輸に関わっていることも、その方法もあの医者達しか気づいていない。撃たれた際に万年筆が壊れたのか、すでに盗聴はできなくなっていたが、あの医者達が仲間を殺す音まではしっかりと録音してある。もしあいつらが密輸について通報するつもりなら、録音データを使って交渉すればいい。殺人の証拠を握られているあいつらに選択の余地はないはずだ。

……『先生』はここまで予測していたのだろうか？

頭に湧いたそんな疑問に田所は気づかないふりを決め込む。いまはそんなことを考えている場合ではない。まずはどんな手段を用いても芹沢久美子から『あれ』のありかを聞き出し、医者達より早く手に入れなくては。

田所と菊野は別荘の裏口に近づく。それまで軽口を叩《たた》いていた菊野も口をつぐんだ。ゆっくりと裏口の扉のノブに手をかけた。ノブを回すと扉がゆっくりと開いていく。鍵《かぎ》がかかっていない？　ここまで人里離れた隠れ家なら、絶対みつからないと思って油断しているのだろうか？　田所は眉間《みけん》に皺《しわ》を寄せながら建物の中に入る。そこはキッチンになっていた。田所は壁の陰から息を殺して室内の様子をうかがう。

広いリビングダイニングが見えた。L字型のソファーにゆったりとしたワンピースを着てメガネをかけた華奢《きゃしゃ》な女と、野球帽をかぶった少年が座ってテレビを見ていた。斜め背後から見る形になっているので二人の顔は見えないが、女の腹はかなり大きく膨らんでいる。二人以外に人影は見えなかった。

田所は菊野に向かって小さく頷《うなず》くと、一気にキッチンから躍り出た。女と少年が同時に振り返る。女は田所達を見てメガネの奥の目を見開くと、かすれた悲鳴を上げて立ち上がろうとした。しかし、近づいた田所は女の肩を押してソファーに座らせる。

「暴れるんじゃねえ、そのガキをぶっ殺すぞ！」田所は低い声で脅しつける。

女は恐怖に顔を引きつらせると、隣に座る少年を抱きしめた。野球帽をかぶった少年は恐怖で放心状態になっているのか、ぴくりとも動かなかった。帽子のせいでその表情ははっきりしないが、口元がこわばっているのが見てとれる。

「あ、あなた達……、この前の……」

女はがたがたと全身を震わせながらつぶやく。今日は化粧が薄くメガネをかけているため、前回マンションに押し入ったときとは少し印象が変わった気がしたが、その儚《はかな》げで弱々しい雰囲気、そして怯《おび》える小動物のような態度に変化はなかった。

「いいから大人しくしとけ。子供が大切だろ、そいつも腹の中にいるガキもな」

田所の言葉に、女は腹をかばうように体を小さくした。

さて、さっさと聞き出しちまおう。女を睥睨《へいげい》しながら田所は小さく息を吐く。

「なあ、そんな心配すんなよ。俺の質問に正直に答えてくれればいいんだ。そうすりゃ、俺達はすぐに消えるよ」田所は一転して猫なで声で言った
「ほ、本当ですか？　約束してくれますか？」女はすがりつくような視線を向けてくる。

馬鹿が。田所はマスクの下で唇を歪《ゆが》める。後藤田の命令で、『あれ』のありかを聞きだしたあと、この二人は始末することになっていた。

「ああ、本当だよ。だから教えてくれ。川奈は『あれ』をどこに隠したのか」

田所が諭すような口調で訊《たず》ねると、女は細かく顔を左右に振った。

「『あれ』って麻薬のことですか？　神酒先生がそんなこと言ってたけど……」

「しらばっくれるんじゃねえ！」

菊野の怒声がリビングダイニングに響き渡った。女の口から「ひっ」と悲鳴が上がる。

「てめえが隠しているんだろ、『あれ』をよ！　知ってんだよ、てめえが『あれ』を渡

すって約束で、ここにかくまってもらっているってな」

「そ、それは、そう言わないと追い出されるかもしれないと思ったから……。だから、話を合わせただけで……。私は麻薬なんて受け取ってないの」女は必死に言葉を重ねる。

「麻薬なんかじゃねえ。川奈が俺達から盗んだのは……宝石だ」

菊野は言い聞かせるようにゆっくりと言う。

「宝石……？」女は呆然《ぼうぜん》とその言葉をおうむ返しする。

「ただの宝石じゃねえよ。『双子の涙』っていう対になった特大のブルーダイヤとピンクダイヤだ。少なく見積もっても数十億円の価値がある」菊野は興奮気味に語る。

「それって……去年、外国で盗まれたってニュースになってた……」女がつぶやく。

「ああ、そうだよ。アラブの王族かなんかがタイに遊びに行ったときに盗まれたものだ。それを俺達が手に入れたっていうのに、川奈の奴が……」

「もういい。もう十分だ」

興奮気味に言葉をまくし立てる菊野を田所が諭す。川奈が隠したものは宝石だった。教えるのはそれだけで十分だ。あとは目の前の女がその在処《ありか》を知っているかどうかだ。

「なあ、芹沢久美子さんだっけ」田所はまだ呆然としている女を見下ろす。「川奈はどこに宝石を隠したんだ？　あいつからなにか預かっているんじゃないのかい？」

「あ、あなた達が雄太を殺したの⁉」女の全身がぶるぶると震えはじめる。

「いや、あいつは自分で腹を切って死んだんだよ。腹の中に隠した宝石を取り出すためにな。まあ、バラバラにしたのは俺らだけどな」田所は淡々と事実を述べた。

「自分で腹を切るってどういうこと⁉　なんであの人の体をバラバラなんかに！」

パニックを起こしたのか、女は両手で頭を抱えると金切り声をあげはじめる。

「うるせえ！」田所が怒鳴りつけると、女は恐怖に顔を歪めて黙り込んだ。「そんなことはどうでもいいんだよ。宝石はどこにあるんだ？　さっさと吐きやがれ！」

「し、知らない。そんなもの預かってない……」女はふるふると首を左右に振る。

「ふかしこくんじゃねえ！　またそのガキを痛めつけられてえのか？　それとも、そのでかい腹を踏みつけてやろうか？」

田所が脅すと、女は隣にいる少年を抱きしめつつ腹をかばうように体を縮込めた。

「お、お願いだからやめて。何でもするから子供達だけは……」

「なら、さっさと宝石の在処を教えろっていっているんだよ！」

放心状態なのかさっきからほとんど動かない少年の襟首を、田所は無造作に摑《つか》む。

「やめて！　雄太が最後に電話で言ってきたこと教えるから！」

「電話で？」田所が視線を向けると、女は悔しげに唇を嚙《か》みながら頷いた。

「去年の暮れ、深夜に急に電話があったの。出てみたら雄太だった。なにか焦っているような凄《すご》く苦しそうな声で『いまから言うことをよく聞けよ』って言ってきた」

「……続けろ」田所は先を促す。

「雄太は『もし俺が死んでも、絶対に火葬するな。墓に入れる前に腹の中を調べろ』って……」弱々しい声で女は言う。

腹の中を調べろ？　けれど俺達は川奈の死体の腹を開いて調べたんだ。けれど『双子の涙』は見つからなかった。

「そしてそのあと、『胃の中を調べてもらえ』って……」

女がおずおずとつぶやいた瞬間、田所はサングラスの下で目を大きくした。

「もしかしてあの馬鹿……」菊野がうめくように言う。

「ああ、『双子の涙』を食いやがったんだ」

田所は食いしばった歯の隙間から声を絞り出す。たしかに川奈の腹の中は調べた。しかし、わざわざ胃や腸を開いて中を調べることまではしなかった。死体をバラバラにするときも、チェーンソーで適当に切っただけだ。

あのとき、もっとしっかり調べておけば……。田所は深呼吸をして苛立《いらだ》ちを希釈する。もう終わったことを後悔している場合じゃない。川奈が『双子の涙』を飲み込んでいたと分かったなら、すぐにでも回収しなくては。

「後藤田さんに連絡を入れろ」田所は菊野に囁《ささや》く。

菊野は頷くと、ジャケットのポケットからスマートフォンを取り出しながらキッチンに向かい、そこでごそごそと話しはじめる。その様子を女は不安げに眺めていた。

「連絡終わったぞ」数分して菊野がキッチンから戻ってくる。

「なんだって？」

「俺達が戻ったらすぐに回収に向かうってさ。今日は忙しくなりそうだな」

菊野は芝居じみた仕草で自分の肩を揉《も》む。

「しかたねえだろ。それより、さっさとこっちの方を始末しようぜ」

あとはこの親子を殺って、その遺体を……。そんなことを考えながら女に視線を向けた田所は口を半開きにする。女が両手に白い布を持って、ごしごしと顔を拭《ふ》いていた。メガネはいつの間にか傍らに置かれている。

この女、いったい何を？　田所が呆然としているうちに、女は顔から布をはなす。布の下から出て来た顔を見て、田所はサングラスの下で大きく目を見開いた。

女の顔は一変していた。弱々しく垂れ下がっていた目は、意思の強そうな切れ長になっており、血色の悪かった唇は赤く、ボリュームが増している。鼻も少し高くなっている気さえする。そして何より、女が醸し出していた儚く弱々しい雰囲気が完全に消え去っていた。いまソファーに座っているのは全身から色気と生命力を漲《みなぎ》らせている、はっと息を呑《の》むような美貌《びぼう》の女だった。

「あら、どうしたの？　鳩が豆鉄砲くらったみたいに。女が化粧で変わるのなんて常識でしょ。まあ、化粧だけじゃなくて特殊メイクとかで使う接着剤も使っているんだけどね。けっこう久美子さんに似てたでしょ」

女がケラケラと楽しそうに笑うと、隣に座っていた少年が気怠《けだる》そうに目深にかぶっていた帽子を取った。その顔を見て田所はさらに混乱する。その少年の顔は、芹沢久美子の息子とはまったく違っていた。かなり小柄だが小学生ではないだろう。おそらく中学生か高校生ぐらい……。

「この人達さ、驚いているんじゃなくて、ゆかりさんのすっぴん見て硬直しているんじゃないの？　さすがに三十路《みそじ》のすっぴんはちょっときつい……」

少年が皮肉っぽくつぶやいた瞬間、女は素早く少年の両こめかみを拳《こぶし》でぐりぐりと挟み付ける。

「何度も言うけど私は二十八歳！　いい、私はに・じゅ・う・はっ・さ・い・な・の！」

額がぶつかるほどに少年に顔を近づけると、一語一語区切るように言った。少年は「痛い痛い、ごめんなさいごめんなさい」と悲鳴を上げる。

「僕だって小学生の振りさせられたんだ。文句ぐらい言ったっていいじゃないか……」

ようやく解放された少年は、ぶつぶつと口の中で文句を転がす。

いったい何なんだ？　なにが起こっているんだ。田所はいまだに動けなかった。

「ふう、けれど顔も引きつって痛いし、体は重いし、胸は苦しいで大変だった」

女は立ち上がると唐突にワンピースを脱ぎ出す。ワンピースの下にはTシャツとジーンズを着ていた。腹部にはバスケットボールが腹巻きで固定され、胸元にはきつくサラシが巻かれていた。女は素早く腹巻きとサラシを外す。バスケットボールが床で跳ね、豊満な胸がTシャツを突き上げる。

「それで翼ちゃん。この人達がさっき言っていたことって、全部本当なのよね？」

胸を見せつけるかのように大きく伸びをしながら女は少年にたずねる。

「うん、間違いなく全部本当だよ。宝石のことも、ボスに連絡したこともね」

少年がにやりと笑う姿を見ながら、田所は必死に機能を停止した脳細胞の再起動を試みる。こいつらはお互いに『翼ちゃん』『ゆかりさん』と呼んでいた。その名には聞き覚えがあった。九十九とかいう医者を盗聴しているときに、何度も聞いた名……。

こいつら、あの医者達か⁉ ここにいたってようやく自分達が罠《わな》にはまったことに気づいた田所は、マスクとサングラスに覆われた顔を引きつらせる。

どこからだ？ どこからが罠だった？ こいつらを殺すか？ いや、それよりまずは後藤田への連絡だ。

「ふざけんな！ なんなんだてめえら！」

田所の思考はすぐそばから上がった怒声によって遮られる。見ると、菊野が女に摑みかかろうとしていた。そのとき、唐突に床が跳ね上がる。

ソファー前のフローリング、一メートル四方ほどが扉のように開き、中から男が出てくる。地下へと続く隠し階段があり、そこにずっと潜んでいたらしい。

体格のいい中年の男だった。彫りの深いその顔には柔らかい笑みが浮かんでいる。男は足を止めた菊野の前に立つ。

「それじゃあ章ちゃん。あとはお願いね」女が軽い口調で言う。

章ちゃん？　ということは、この男があの非常識なクリニックの代表者？　田所はサングラス越しに男を眺める。自分とほぼ同じ体格の菊野を目の前にしても、男に緊張は見られなかった。手をだらりと下げ笑みを浮かべたままのその雰囲気は、まるで気のおけない友人と対峙《たいじ》しているかのようだった。

この男は危険だ。これまで数え切れないほどの修羅場をくぐった田所の本能が、最大の警告を発する。田所が立ち尽くしていると、獣のような咆吼《ほうこう》がそばで上がった。見ると、菊野が男に向かって拳を振り上げていた。

次の瞬間、重い音とともに菊野の巨体がフローリングに倒れ伏せた。完全に失神しているのか、その体は細かく痙攣《けいれん》してさえいる。

田所には目の前で起こったことが信じられなかった。くりだした菊野の拳が顔面に当たる直前、男は滑るように身を開いて最小限の動きで攻撃をよけると同時に、まるで握手を求めるかのような自然な動きで拳を突き出した。その拳はバランスを崩してたたらを踏んでいる菊野の顎《あご》先を的確に捉《とら》え、シェイクされた脳から意識をはじき飛ばした。

レベルが違いすぎる。田所は無意識にジャケットの左胸に触れる。硬い感触は掌《てのひら》に伝わってきた。懐には拳銃《けんじゅう》が収まっている。これを使えば、さすがにこの男でも殺せる可能性が高い。しかし、それも確実じゃない。

いまは逃げるべきだ。逃げて、後藤田に連絡を取らなくては。決断した田所は身を翻す。フローリングの床を蹴《け》ってキッチンへと戻ると、入ってきた裏口から外に出た。

暗い屋外へと出た田所はサングラスとマスクを顔からはぎ取って捨てると、せわしなく周囲に視線を送る。ここに来るのに使った車は、目立たないように一キロほど下った所にある駐車場に停めてある。

後藤田に電話をかけたいが、いまはそんな余裕はない。まずは、あの医者達をまいてからだ。田所は別荘の正面側に回り込むと、車二台がなんとかすれ違えるほどの広さの車道を走りはじめる。

数十秒必死に足を動かしたところで背後から響く重低音に気づき、田所は振り返る。

「う、うあっ⁉」無意識に口から悲鳴が漏れた。

ヘッドライトをハイビームにした車が猛スピードで迫って来ていた。その速度はこんなせまい山道だというのに明らかに百キロを超えている。田所が金縛りにあっている間に、車は十数メートル先まで近づいてくる。

轢《ひ》かれる……、死ぬ⁉ ライトに全身を照らされた田所が『死』を意識した瞬間、タイヤを軋《きし》ませながら車は急激に減速しはじめる。田所の体のわき、ぎりぎりを通過した車は、車体をスピンさせながら背後に回り込み、そこでぴたりと停止した。あまりの恐怖に腰が抜けた田所はその場に尻餅《しりもち》をつく。背中が車のタイヤに触れた。ゴムが焼けた匂いが鼻をつく。

「み、ミニ……」震えながら田所は背後に視線を向ける。その車には見覚えがあった。裏カジノのオーナーを拉致《らち》したとき、とんでもない運転で追ってきた赤いミニ。

腰を抜かしたままの田所の耳に足音が響いた。正面に視線を戻すと、一人の男が近づいてきていた。さっき菊野を倒した男。

「やあ、どこにいくんだい？」

十メートルほどの位置まで近づいてきた男は、朝の挨拶《あいさつ》でもするような気軽さで声をかけてきた。田所はゆっくりと立ち上がる。それと同時に、そばにいた車が離れていく。

「……お前は神酒とかいう医者だな」恐怖で乱れた呼吸を整えながら田所は訊《たず》ねる。

「ああ、そうだよ」神酒は即答した。「それで君の名前は？　人に名前を聞くときは、名乗るのがマナーだ」

おどけるように言う神酒を見ながら、田所はジャケットの左胸に触れる。布を通して伝わってくる硬い感覚が、わずかながら加速した心臓の鼓動を抑えてくる。

「……俺を殺すつもりか？」

「殺す？　そんなことしないさ。君達は住居不法侵入で警察に突き出させてもらう。まあ、警察の方でそれ以外いろいろと追及されるかもしれないけどね」

「隠しカメラか……」

「ご名答！」神酒は楽しそうに拍手をした。

田所は拳を握りしめる。さっきの女とのやりとり、それを記録されていたのか。あの中で俺は川奈の殺害を告白してしまっている……。

「……取引だ」田所は喉《のど》の奥から声を絞り出した。

「取引？」神酒は首をひねる。

「そうだ。お前らが仲間を、九十九とかいう奴を殺している証拠を俺達は持っている。お前らがそいつを殺したことは黙っていてやるから、俺達のことも見逃してくれ。宝石の件は……売値の三割をお前らに渡す。それでどうだ？」

田所は媚《こ》びるような笑みを浮かべながら言う。もちろん、神酒達に金を渡すことなど後藤田が許すわけはないが、今はこの状況を打開することが肝心だった。

しかし神酒は答えることなく、一歩近づいてきた。

「ま、まて、三割じゃ足りないなら半分だ。半分くれてやる！」

田所は声を張り上げるが、神酒は無言のままさらに数歩近づいてきた。

「止まれぇ！」田所は絶叫すると懐から拳銃を抜く。神酒の動きが止まった。

「ふざけるな。半分の金をもらって、お互いなにも知らなかったことにするか、ここで拳銃を持った俺とやり合うか。どっちが得かなんて、ガキでも分かるだろうが！」

叫びつつ銃口を上げた田所の思考は、神酒の顔に浮かんだ表情を見て凍りつく。

神酒は笑っていた。子供のように無邪気な笑み。

奥歯が軋んだ。これまで何度かこいつのような男と対峙したことがあった。完全に頭の線がキレている男。交渉なんてできるはずがない。こいつはこの状況を、この命のやりとりをするような状況を心から楽しんでいるのだから。

殺《や》るしかない！　田所は引き金を絞る。その瞬間、神酒の姿が視界から消えた。

なにが⁉　混乱した田所は辺りを見回す。しかし、神酒の姿は見つからなかった。そのとき、下方からじゃりという音が聞こえてきた。視線を落とした田所の口からひゅーという笛を吹くような音が漏れた。

すぐ足元に神酒がしゃがみ込んでいた。田所は気づく。緊張で自分の視界がせばまっていることを見抜き、神酒が体を沈めて一瞬で間合いを詰めてきたことに。

田所は銃口を下に向けようとする。しかし、ここまで接近されては拳銃の有利は完全に消え去っていた。銃を持つ田所の手を左手で軽く払いながら神酒が立ち上がる。

神酒が肩を柔らかく回転させながら右肘《みぎひじ》を打ち込んでくるのを、田所はただ呆然《ぼうぜん》と見つめることしかできなかった。

7

いったい何が起こっているんだ？　大股《おおまた》にビルのエントランスを出た後藤田は、腕時計に視線を落とした。時刻はすでに午後九時を回っている。新宿と新大久保《しんおおくぼ》の間に位置するこの周辺は、多くの出来上がったサラリーマンが闊歩《かっぽ》している。

邪魔だ！　前方からやって来た千鳥足のサラリーマンの集団を手で掻《か》き分けて進もうとすると、集団の後ろにいた体格の良い若い男と肩がぶつかった。体重六十キロもない細身の後藤田は大きくバランスを崩す。

「あっ、すみません」メガネをかけた男は首をすくめながら謝罪した。

いつもなら怒鳴りつけていただろう。しかし、いまはそんな余裕はなかった。後藤田は大きく舌打ちをすると、再び早足で歩きはじめる。

愛車のSUVが置いてある駐車場までは三百メートルほど離れていた。普段なら気にならない距離が、今日はやけに遠く感じる。五十過ぎの体で階段を駆け下りて来たせいか、それとも焦りのためか、胸の中で心臓が激しく鼓動している。

十数分前、裏の仕事用に他人名義で契約してあるプリペイドの携帯電話に、『先生』から着信が入った。『先生』は「田所と菊野が警察に逮捕されたよ」とだけ告げると、すぐに通話を切った。度の強いメガネ越しに携帯電話を眺めながら、後藤田は鼻の付け根に皺《しわ》を寄せた。田所と菊野からはその一時間ほど前に連絡が入り、『双子の涙』を川奈が飲み込んでいたと知らせてきていた。二人が戻るのを待って、川奈の遺体を掘り返しに行く予定だった。

後藤田は念のためにと田所の携帯番号に連絡を入れた。しかし、着信音は鳴るものの田所が出ることはなかった。続けて菊野の携帯番号にもかけてみたが結果は同じだった。

本当に二人が逮捕されたのだろうか？　そうだとしても、昔からの付き合いの二人が自分を売ることはないだろう。しかし、日本の警察は優秀だ。二人が口を割らなくても、最終的に自分までたどり着く可能性は高い。もしあの二人とともに行った裏の仕事が明るみに出れば、良くて一生塀の中、下手をすれば吊《つ》られかねない。

身を震わせた後藤田は、慌てて社長室を出たのだった。

しかし、もし二人が本当に逮捕されていたとして、どうやって『先生』はそのことを知ったんだ？　早足で駐車場に向かいつつ、後藤田は思考を巡らせる。

もともとあの医者は得体の知れない奴だった。二年ほど前、借金を抱えている奴らの債務の肩代わりをしてやる代わりに、そいつらの腹に麻薬を仕込んで密輸を行うという方法を思いついた。その密輸を実現するため、協力してくれる医者を探した。口が堅く、金のためにはどんなことでもやる医者を。そうして見つけたのが、『先生』だった。

紹介者の話によると、『先生』はその一年ほど前から、銃創などの普通の病院に受診すれば間違いなく通報される傷の治療や、（あまり深くは聞かなかったが）それ以上に表に出すわけにはいかない医療行為を高額で請け負っている医者だということだった。

後藤田のアイデアを聞いた『先生』は、『運び屋』の腹から密輸品を取り出すための病院として勝俣病院を用意した。話によると経営難から一度、裏の医療行為を行う場として手術室を使わせてしまい、それからずっと裏世界と関係が切れない病院ということだった。さらに『先生』は、輸入元である東南アジアで『運び屋』の腹に密輸品を仕込む医者すらも見つけ出した。

川奈の遺体をバラバラにして埋めることも、『双子の涙』を神酒とかいう医者達に調査させるために警察に川奈の身元をリークするのも、そして九十九とかいう医者を盗聴するのも、すべて『先生』のアイデアだった。

あいつを本当に信用していいのだろうか？　駐車場に着き、愛車のポルシェカイエンに乗り込む後藤田の胸では不安が膨らんでいた。しかし、いまはそのことについて深く考える余裕はなかった。後藤田はイグニッションキーを回す。

田所と菊野が逮捕されたとしたら『後藤田道貞』は終わりだ。名前と顔を変えて別人にならなければならない。そのためには『双子の涙』が絶対に必要だ。あれを手に入れるためにほぼ全財産をはたいたのだ。

あれは俺のものだ。誰にも渡さねえ。後藤田は力いっぱいハンドルを握りしめた。

ここだ……。街灯の光も届かない森の奥、左手に大ぶりなスコップを持ちながら、後藤田は懐中電灯の光で地面を照らしていた。青梅《おうめ》市の市街地から遠く離れた山奥、ここが川奈雄太の捨て場所だった。

去年の暮れ、『先生』の指示によってバラバラにした川奈の遺体の首と胴体を、後藤田は田所達とともにこの森に埋めた。見つかれば身元が明らかになる可能性がもっとも高い部分、それを隠すのは他人任《ひとまか》せにはできなかった。

遺体を埋めた場所に目印を付けていて良かった。後藤田は目の前にある太い樹の幹に彫られた×印を見ながら安堵《あんど》の息を吐く。いつか遺体を掘り返さなくてはならなくなる可能性を考え、この印を付けていた。

懐中電灯を地面に置くと、後藤田は額の汗を拭《ぬぐ》う。この印を捜すために一時間以上森を徘徊《はいかい》していた。疲労が全身の細胞を冒している。腕や顔が何ヵ所もヤブ蚊に刺されて、痒《かゆ》みが精神を責め立てる。しかし、まだ休むわけにはいかなかった。川奈の遺体を掘り起こし、『双子の涙』を手に入れなければ、人生がお終《しま》いなのだから。

タイのリゾートでバカンス中のアラブの王族から、ホテルの従業員が盗んだ『双子の涙』が二束三文で裏市場に流れたという噂は聞いていた。そんなとき、タイに麻薬を仕入れにいくと、「捜査の手が迫ってきているので、『双子の涙』を安値で売り払いたがっている奴がいる。興味は無いか？」と顔なじみの仲介屋に話を持ちかけられ、すぐに飛びついてしまった。その仲介屋が提示してきた金額が約三億円だった。

そう簡単に用意できる金額ではなかったが、『双子の涙』を手に入れればその数倍の値段で売ることも可能だった。実際に日本で、本物だと確認できれば十億以上の値段で買いとってくれるという相手を見つけてさえいた。後藤田は必死に金をかき集め、三億の金を用意して『双子の涙』を手に入れた。

あとはいつも麻薬の密輸でやっているように、『運び屋』の腹に『双子の涙』を仕込み日本に運び入れるだけだった。その『運び屋』こそ川奈雄太だった。

あの男が変な気を起こさなければ、こんなことにはならなかったのに。「ちくしょう！」と悪態をつきつつスコップを地面に突き刺した瞬間、鈍い手応《てごた》えが伝わってきた。

後藤田は目を見開くと、地面に這《は》いつくばり両手で土をよけていく。指先に滑らかな感触が伝わってくる。懐中電灯の薄い光の中、それはやけに白く見えた。川奈雄太の頭蓋骨《ずがいこつ》。埋めたときは肉がついていたその頭部は、数ヶ月で完全に白骨と化し、眼球を失った虚《うつ》ろな眼窩《がんか》が恨めしげに後藤田を見つめていた。

「なに見てんだよ、てめえは！」後藤田は立ち上がると頭蓋骨を足蹴《あしげ》にする。

『運び屋』が普通の病院で密輸品を取り出してもらおうとすれば、密輸の共犯者だということがバレるうえ、俺達からの報酬も受け取れなくなる。だからこそ『運び屋』は俺達の指示通りに動くしかない。そう考えて『運び屋』の行動を監視していなかった。まさか、自分の腹をかっさばいて『双子の涙』を取りだそうとするなんて……。

頭蓋骨が出たならもう少しだ。もう少しでこの男が死ぬ前に飲み込んだ『双子の涙』が見つかる。

一際大きくスコップを振り上げた後藤田は動きを止める。いつの間にか、周囲がやけに明るくなっていた。首の関節が錆《さ》びついたかのようなぎこちない動きで背後を振り返った後藤田は、目尻《めじり》が裂けそうなほどに目を見開く。すぐ後ろに数人のスーツ姿の男たちが懐中電灯を片手に立っていた。

「な、な……なんなんだ、お前達は⁉」後藤田はかすれた声で叫ぶ。

男の一人が一歩前に出る。やけに猫背の貧相な中年男だった。

「私、警視庁捜査一課の桜井と申します」

男は皺の寄ったスーツの懐から警察手帳を取り出し、後藤田の前に掲げる。

「け、警察……」後藤田の手からスコップがこぼれ落ちた。

「いやあ、近所の方から山奥で怪しい光が見えると通報があったのでやって来たのですが、なにをなさっているんですか？」

桜井と名乗った男がやけに間延びした口調で言うのを前に、後藤田は唇を歪《ゆが》める。何が『通報があったので』だ。こんな山奥で目撃者などいるわけがないし、そもそも警視庁の刑事が来るわけがない。こいつらは俺のことを尾行していたに違いない。

けれど、どうやって？　尾行には細心の注意を払っていた。常にバックミラーに気をつけていたし。時々わざと車を停めては、尾行がないことを確認していた。

「あれ？　それはなんですか？　何かを掘り出しているんですか？」

後藤田の思考は、桜井が上げた甲高い声で遮られる。

「い、いや。なんでもない」後藤田は背後の人骨を必死に隠そうとする。しかし、桜井は背伸びをして後藤田の後ろを覗《のぞ》き込んだ。

「そ、それは人の骨じゃないですか⁉」桜井はわざとらしく甲高い声をあげた。「その骨は誰のものですか？　ちょっと署までご同行願えますか」

桜井のセリフを聞いた瞬間、後藤田は身を翻し、暗い森の奥へと逃げ込もうとする。しかし、すぐに背後から男達に飛びかかられ、その場に組み伏せられた。必死に拘束から逃れようとするが、屈強な男達に押さえこまれてはどうしようもなかった。

そのとき、ジャケットの胸ポケットからなにかがこぼれた。後藤田は抵抗をやめると、頬を土につけたまま自分のポケットから落ちた物を眺める。それは高級な雰囲気を醸し出す万年筆だった。よく見ると『K・T』とアルファベッドが彫ってある。

なんだこれは？　そんなものに見覚えがなかった。そのとき、後藤田は数週間前、『先生』が言っていたことを思い出す。九十九勝己という名の医者が持つ万年筆に盗聴器を仕込み、川奈についての情報を聞き出せるようにしておいた。

まさか、これがその万年筆？　けれど、そうだとしてもなんでこんな物が俺のポケットに？　焦点を失った目で万年筆を眺める後藤田の頭に、数時間前の光景がよぎる。

会社を出て駐車場に向かう途中、若い男と肩がぶつかった。あの時に……。

「あいつは誰だったんだ？　俺の知らない所で何が起きていたんだよ……」

にやにやと笑いながら近づいてくる桜井を眺めながら後藤田はつぶやく。その独白に答えてくれるものは誰もいなかった。


『俺の知らない所で何が起きていたんだよ……』

悲痛なつぶやきを聞いた黒宮はノートパソコンを閉じると、深いため息を吐いた。これでようやくこの仕事も一段落ついた。さっさと家に帰って休みたい。

「上手《うま》くいきましたね」

横から声がかかる。黒宮は目だけ動かして隣の運転席を見る。そこでは一人の男が安堵の表情を浮かべていた。同僚である九十九勝己が。

「……面倒だった」黒宮はぼりぼりと頭を掻《か》く。

「すみません。色々お手数をかけて」九十九は首をすくめる。

「……べつにお前のせいじゃない」

そう、悪いのは神酒さんだ。あの人が細かい演出にこだわったから、こんなに色々と苦労する羽目になったのだ。「細部までこだわらないと見抜かれるかもしれない」とかなんとか言っていたが、間違いなくあの人は楽しんでいた。

鍋島殺害の容疑がかけられた九十九がバーにやって来たときもそうだ。九十九に文章で盗聴されている可能性が高いからなにも喋《しゃべ》るなと伝え、あとはゆかりにでも声帯模写で演技をさせればすむ話だった。なのにわざわざ全員で演技をして九十九を怯《おび》えさせたうえ、おもちゃの銃で九十九を撃つと同時に妨害電波をオンにするという方法をとった。銃口から飛び出した各国の国旗を頭から浴びて呆《ほう》けた表情を晒《さら》す九十九に、ゆかりが『大成功！』と書かれたプラカードを掲げるのを見ながら、そんな馬鹿げたことに協力してしまったことに落ち込んだのだった。

万年筆の件もだ。思い出して黒宮はさらに疲労をおぼえる。罠《わな》にかかって川奈の遺体を掘り返しに行くであろう後藤田を追跡するだけなら、べつに万年筆に盗聴器とGPS装置を組み込む必要などないのだ。それなのに神酒が「その方が意趣返しとして面白いだろ」と言い出し、黒宮がわざわざ万年筆に必要な装置を組み込むはめになった。

しかも、あまり離れたら電波を追えない可能性があるということで、九十九が運転する車の助手席に乗りながら後藤田の行く先の監視までさせられた。桜井に逐次情報を送るのも黒宮の役目だった。

神酒にも、そんな神酒を止めるどころか積極的に協力する同僚達にも腹が立つ。しかし何より腹が立つのは、神酒の依頼を断ることができない自分自身だった。

神酒に屈託ない笑顔で「黒宮、頼むぞ」と言われると、断ることができないのだ。なんで俺はこうなのだろう？　黒宮はうつむくと肺の奥にたまっていた空気を吐き出す。

「もう俺達にやれることはない。あとは刑事達の仕事だ。……帰ろう」

黒宮がうつむいたまま促すと、九十九は硬い表情で頷《うなず》いた。

「そうですね……、これで終わったんですね」

いや、それはどうだろうな？　無言のまま黒宮は考える。たしかに後藤田とその部下達は逮捕された。川奈雄太の殺害については彼らが犯人であることは認定されるだろう。しかし、鍋島の件はどうだろう？　後藤田達がそれについて必死に否認することは目に見えている。鍋島の部屋には九十九がいた形跡が残り、さらにそこから逃亡している姿も近くの防犯カメラに撮られている。神酒との取引により、桜井はいま九十九を追ってはいないが、このままでは九十九の容疑を晴らせるかどうか分からない。

去年の暮れ、勝俣病院であったことを明らかにし、飲酒による医療事故の濡《ぬ》れ衣《ぎぬ》を晴らすのはさらに困難だ。時間が経ったいま、それを証明する証拠はほぼ皆無なのだから。

九十九は無言のまま前を向くとエンジンを入れた。

低いうなり声のようなエンジン音が、狭い車内にやけに大きく響いた。

8

『でさ、章ちゃん。桜井さんからなんか連絡ないわけ？　昨日捕まった三人について』

『三人とも川奈雄太殺害については容疑を否認しているらしいな。けれど、証拠はそろっているからそのうち自供しだすはずだってよ』

『……そうとは限らない。このまま否認する可能性だってあるはずだ』

『相変わらず黒宮って悪い方に悪い方にって考えるよね』

『……それは、俺の主治医であるお前の治療が不十分だからじゃないか』

『あっ、翼さん一本とられちゃいましたね』

『そんなことないよ真美ちゃん。その気になれば僕は黒宮をものすごくハイテンションにする薬を調合することもできるんだ。けど、黒宮がその治療を断っているんだよ』

『それって、治療って言わないですって……』

『ん？　勝己、なんか言った？　代わりに君が僕特製のスペシャルブレンド向精神薬を飲んでみる？』

『絶対いやです！』

イヤホンで漫才のようなやりとりを聞きながら『先生』は周囲を見回す。午後十一時過ぎ、団地の階段に人影はなかった。ドアの鍵穴《かぎあな》に二本の細い針金を差し込む。

『けれどさ、これからどうするの？　あの三人が逮捕されたって、まだ勝己ちゃんの容疑が解けたわけじゃないんでしょ？』

『当分はここに匿《かくま》うことになるな。勝己、それでいいだろ？』

『はい、仕方ないですから……』

『お客様用の空いている部屋がありますから、そこを使ってくださいね』

『ありがとう、真美さん』

『なににやけてるのよ、勝己ちゃん。けどさ章ちゃん、結局後藤田達に協力していた医者って、やっぱりその三森っていう教授だったわけ？』

『残念だけどその可能性が高いんだろうな。あの三人が口を割らない限り確定はできないが、三森教授は勝己を鍋島の部屋に誘い込んでいるからな』

『……九十九が受けた電話は、間違いなく三森教授からのものだったのか？』

『はい、黒宮さん。それは間違いないです』

『黒宮さぁ、その三森って教授の居場所とか調べられないわけ？　僕がそいつと話せれば、そいつが黒幕かどうか一発で分かるんだからさぁ』

『色々と当たってはいるけれど、足取りは依然として不明だ』

『もしかしたらもう海外に逃亡している可能性もあるな。だとしたらやっかいだ』

海外？　そんな所にはいないよ。『先生』はほくそ笑みながら指先に神経を集中させた。軽い手応《てごた》えをおぼえた『先生』は手首を返す。カチリという錠が外れる音が響いた。

『先生』は唇の両端を上げるとラテックス製の医療用手袋をはめた手でドアノブを摑《つか》む。

『あとさ章ちゃん、やっぱり「双子の涙」は久美子さんの部屋にあるわけ？』

『ああ、久美子さんの話を聞くとその可能性が高いな。去年の年末、久美子さんの部屋に川奈宛ての封筒が届いたらしいんだ。どうせ借金の督促状かなにかだと思って川奈の荷物の中に置いておいたらしい。その中にある可能性が高いな』

『章一郎さん、その封筒を取りにいかなくていいの？』

『べつに焦る必要はないだろ。「双子の涙」を血眼で捜していた奴らはいま、拘置所の中なんだ。臨月の芹沢久美子をわざわざ自宅に連れて行って、その封筒を捜させるのも酷だしな。しっかり元気な子供を出産して、落ちついてから捜してもらえばいいんじゃないのか。それよりまずは勝己の容疑の件だ。それは急ぐ必要があるからな』

『……九十九、お前のポケットに川奈雄太の写真を忍び込ませた男にはやっぱり心当たりはないのか？　この事件が解決に向けて動くヒントをくれた男だ。その正体はお前の無実を証明するきっかけになるかもしれない』

『すみません、黒宮先生。ずっと考えているんですが、全然分からないんです』

『そうか……。それなら他のアプローチを考えるしかないな』

『お手数おかけしてすみません……』

『なに水臭いこと言っているのよ勝己ちゃん。仲間なんだから助け合うのは当然でしょ』

『俺は一方的に助けられてばかりですから。皆さんみたいな特殊な能力もないし……』

イヤホンから響く聞き慣れた声に『先生』は鼻を鳴らす。

特殊な能力がない？　何を言っているんだか。あれだけの特別な能力を持った人間が言うと嫌味にしか聞こえない。その態度は謙虚ともいえるかもしれないが、彼より明らかに実力が劣る身としては癪《しゃく》に障ることもあった。

脳裏に九十九勝己の顔が浮かび、『先生』は顔がわずかに緩む。もはや彼に会うことはないだろう。それが少し残念な気がした。ドアノブを引いた『先生』は、わずかに開いた扉の隙間に身を滑り込ませた。

明かりの点《つ》いていない室内は暗かった。『先生』は足元に気をつけながら闇に覆われた短い廊下を進みドアを開ける。それほど広くないダイニングは、窓から入ってくる街灯の明かりと月光のおかげで、薄暗いながらも視界を保つことができる。

さて、どこから捜そうか？　とりあえずテーブルの上からかな。『先生』はダイニングを横切り、部屋の奥にある雑誌や郵便物が無造作に置かれたテーブルに近づく。

『双子の涙』が入っているという封筒を捜して、テーブルの上に置かれた物を掻《か》き分けていた手が止まる。背後に人の気配を感じて。

『先生』は素早く身を翻した。ダイニングと廊下を繋《つな》ぐ扉の前に人影が立っていた。ずっと和室に身を潜め、室内に人が入ってきたのを見てダイニングに出て来たのだろう。月光が人影を照らす。その顔を見て『先生』は苦笑を浮かべた。

「あら、勝己。こんな所で何してるわけ？」

「あなたを待っていたんだよ。雪子さん」

九十九勝己はその顔に、どこまでも哀しげな笑みを浮かべた。

「いつ分かったの？　私が後藤田達に協力している医者だって」

「べつに雪子さんだって確信していたわけじゃない。もしかしたらここに三森教授が来るかもしれないと思っていたよ」雪子の質問に勝己は硬い声で答える。

「けど、疑ってはいたんでしょ？　私のこと」

「……ああ、俺のポケットに誰が川奈雄太の写真を入れたか、誰が事件の真相を知らせるためのヒントをくれたか考えたとき気づいたんだ。俺はずっと、あのときぶつかってきた男がポケットに写真をねじ込んだんだと思っていた。けれど、よくよく考えたらあのとき、それができる人物がもう一人いたんだ」

「私がやったっていうわけ？　そんな手品みたいなこと」雪子はおどけるように言う。

「ああ、そうだよ。簡単だろ、白泉医大奇術同好会の元会長ならさ」

皮肉っぽく唇を歪《ゆが》める勝己に向かって、雪子は「ええ、たしかにね」と微笑んだ。

白泉医大の学生は基本的に何らかの部活に所属する。スポーツに興味のなかった雪子は廃会寸前だった奇術同好会に入り、暇つぶしに少し手品を身につけていた。そして雪子が三年になって（会員のほとんどが幽霊会員だったので）同好会の会長となったとき、新入会員として入ってきたのが一年生の勝己だった。

「あの日、祭りで混雑することを知っていて、あの喫茶店で待ち合わせしたんだろ。そして、喫茶店を出たあと人混みの中で俺が誰かにぶつかるのを待って、ポケットに写真入りの封筒をねじ込んだ。見事な手際だったよ。全然気づかなかった」

「あなたみたいな天才に褒められると複雑な気分ね」

雪子は肩をすくめつつ、学生時代のことを思い出す。軽い気持ちで入った奇術同好会だったが、腕が上がるにつれ楽しくなり、かなり本格的に技術を身につけていた。そして会長として、完全な素人だった勝己に手品の基礎を教え込んだ。

才能の差は残酷なものだった。雪子から手ほどきを受けた勝己はみるみるその実力を上げていった。雪子が何ヶ月も必死に練習して身につけた技術を勝己がものの数日でマスターしたのを見て、激しい敗北感をおぼえもした。

「……べつに俺は天才なんかじゃないよ」

「なに言っているのよ。昨日、後藤田に万年筆を仕込んだでしょ。それに鍋島のときもそう。あなた、鍋島がランジェリーパブの紙マッチを落としたとか言っていたみたいだけど、あれ嘘よね？　本当は一瞬で鍋島のポケット探ったんでしょ」

「そんなスリみたいなこと上手《うま》くたって自慢にならないよ」勝己は首を左右に振った。

「ところで、スマホでの盗聴に気づいたのもあなた？」雪子は軽い声で訊《たず》ねる。

万年筆の盗聴は本命ではなかった。あの盗聴器は発している電波を調べられたら容易に見つかってしまうが、勝己のスマートフォンに仕込んだスパイアプリはそう簡単に見つかることはないはずだった。

「……俺だよ。昨日、後藤田が逮捕されたのを確認して帰るとき、雪子さんが事件にかかわっているんじゃないかって気づいたんだ。もしそうなら、もう一つ盗聴器を仕込んでいる可能性が高いって思った。目立つところに人の意識を引きつけて、その死角にタネを仕込む。それが手品の基本だって教えてくれたのは雪子さんだろ」

「あら、ちゃんとおぼえていたのね。嬉《うれ》しいな」雪子はウインクをした。

「……三森教授も意識を引きつける道具だったんだろ？」勝己の声が低くなる。

「ええ、そうよ」雪子はあっさりと認める。ここにいたっては、もはや誤魔化《ごまか》したところで意味はない。すでに勝負はついたのだから。「裏の仕事をはじめるとき、最初から決めていたの。なにかのときは三森教授をスケープゴートにしようってね。だから、時間をかけて慎重に三森教授の悪い噂を流したし、お金を隠している海外口座も教授の名前で登録した。あの万年筆に盗聴器を仕込んだのも、教授に疑いをむけるため」

「……三森教授はいまどこに？」

「分かっているでしょ？」

雪子の回答を聞いて勝己は唇を固く噛《か》んだ。人の好い三森は本当に使い勝手のいい男だった。スケープゴートに仕上げられていることにまったく気づくことなく、「家族の病気のことで相談に乗って欲しがっている」と鍋島を紹介したら、簡単に信じて会ってくれた。その光景を勝己に見せつけることで、三森が一連の事件にかかわっていると疑わせることができた。

三森が夏休みに入ると同時に、雪子は「込み入ったお話が……」と三森を自分の車に乗せ、隙をついてスタンガンで昏睡《こんすい》させると人里離れた郊外の廃屋へと拉致《らち》し、縛り上げた三森の首元にナイフを当て、勝己に電話をかけて鍋島の部屋へと誘い出すように命令したのだった。そして、それが終わると同時に三森に利用価値はなくなった。

三森の遺体は廃屋の床下に眠っている。当分は見つからないだろう。

「なんで、なんで三森教授を殺せるんだよ⁉　学生時代から世話になった人だろ！」

「ねえ、なんでお世話になった人を殺しちゃいけないの？」

雪子は小首をかしげる。勝己は驚きの表情を浮かべ足を止めた。

「な、なにを言って……」

「本当に分からないのよ。なんで人を殺しちゃいけないか。分かっているのは人を殺したら、逮捕されて刑罰を受けることになる可能性があるってこと。けれど、そのリスクをとるに値するチャンスがあるなら、人を殺すことにためらう必要はないの。私はもともとそういう人間なのよ。周りには上手く隠してきたけどね。あなたも気づかなかったでしょ？」

絶句している勝己に微笑みながら、雪子は言葉を続ける。

「私は昔から他人に対して同情も共感も感じたことがない。他人はすべて私の利益のために動かす駒にしか思えないの。必要だと合理的に判断したら、どれだけ倫理に反したこともできる。だから医者の技術を使って裏の世界で仕事をすることになんの躊躇《ちゅうちょ》もなかった。それが、身につけた技術を一番効率よくお金に換える方法だったから」

言葉を切った雪子は、皮肉っぽい笑みを浮かべる。

「そういえば、ネタばらししてくれない？　この部屋に『双子の涙』があるって話をわざと盗聴させて、私をここに誘い込んだことは分かっている。けど、私は部屋に入る前にGPSで、あなたのスマートフォンが神酒クリニックにあることを確認した。そして、あなたもそこでクリニックのスタッフ達と話していたはず」

「……あれは俺じゃないよ。ゆかりさんが俺のふりをして話をしていたんだ」

「ゆかり？　あー、あの声帯模写できるっていう産婦人科医かぁ。こりゃ一本とられたわね。完全に騙《だま》されちゃった」雪子は芝居じみた仕草で額をぴしゃっと叩《たた》いた。

「なんで……」勝己が高い声で言う。「なんで俺に勝俣病院で死んだのが川奈雄太だって教えたんだよ。あんなことしなければたぶん、後藤田がやっていることまでたどり着けなかったのに。それにスマホで盗聴していたなら、俺達がその部下を罠《わな》にかけようとしていることも気づいただろ。なのになんで後藤田に警告しなかったんだ？」

「密輸に気づいてもらった方が、あなた達が『双子の涙』の隠し場所を見つける可能性が高くなると思ったのよ。それに私は、後藤田達を逮捕して欲しかったの」

「どういうことだよ？」勝己は眉根《まゆね》を寄せる。

「私はね、賭《か》けに出たの」雪子は天井を仰ぐ。「私の目的は、後藤田が『双子の涙』の場所を見つけるのに協力してはした金をもらうことなんかじゃなくて、『双子の涙』をかすめ取ること。あれを上手く売り払えば数十億の金が手に入る。だからある程度『双子の涙』に近づいたら、後藤田達には消えてもらうつもりだった。だからあなた達の作戦は渡りに船だったのよ。もちろん、後藤田達が逮捕されることで私がこれまでやってきたことが明るみに出る危険性はあったけど、リスクを取る価値は十分にあった」

「……俺達も後藤田達もずっと駒にされていたってわけか」勝己は顔をしかめる。

「最後の最後で逆襲されちゃったけどね」雪子は目を細めて勝己を見る。「ねえ、勝己。そんなことよりもっと訊《き》きたいことがあるんじゃないの？」

　雪子に促された勝己は視線を伏せて両拳《こぶし》を握りしめる。

「万年筆に盗聴器をしかけてスマホにスパイアプリをダウンロードしたのは、雪子さんが俺の部屋に泊まったときだよね？」

「ええ、そうよ」雪子は色っぽく微笑む。「あなたとセックスしたあと飲ませたジュースの中に睡眠薬を仕込んだの。よく寝てくれたおかげで簡単に仕込むことができた」

「……そのために俺と寝たの？」雪子は勝己に近づき、そのあごに指を添わせる。

「勝己はなんて答えて欲しいの？」

「俺は……」そこまでつぶやいて、勝己は言葉を詰まらす。

「もちろん、利用するために決まっているじゃない。なに？　もしかして私があなたに特別な感情でもあるって思ったわけ？　残念。私は誰にも『情』なんて抱けないの。たとえ、学生時代からずっと仲良くしてきたあなたでもね」

雪子が嘲笑《ちょうしょう》するように言う。

「あの夜もそうでしょ。勝俣病院に腹を切った川奈雄太がやってきたとき、密輸に協力したことが明るみに出ることを怖れた院長がパニックになって、ナースにあなたを気絶させるように指示した。その結果、治療を受けることができずに死んでしまった川奈雄太を、前日に死亡した患者の腹を切ったうえで入れ替えることを指示したのも私よ。そうすれば患者の死があなたの責任になることが分かっていたけどね」

勝己は歯を食いしばった。そんな勝己を見て小さく息を吐くと、雪子はその脇を通り過ぎようとする。顔を上げた勝己が素早く雪子の肩を摑《つか》んだ。

「どこにいくつもりなんだよ？」

「逃げるの。一応、後藤田達は私の素顔も素性も知らないはずだけど、いつかは勝俣病院、そして私へとたどり着く。その前に顔と名前を変えて隠れなくちゃ。もともとそのつもりだったのよ。まあ、予定では『双子の涙』を手に入れているはずだったけどね」

雪子は唇の片端を上げる。

「逃がすわけないだろ」

勝己が鋭い視線で雪子を睨《にら》みつけた瞬間、雪子は勝己に気づかれないようにポケットから取り出していたカプセルを口の中に放り込んだ。勝己は「何を!?」と目を見開く。

「青酸カリのカプセル。飲み込んだりかみ砕いたら私はすぐに死ぬ」

カプセルを舌の裏に移動させながら雪子は声をあげる。勝己は唇を歪《ゆが》めた。

「馬鹿なことするな！　すぐに吐き出せ！」

「あなたが逃がしてくれないなら、私はここで死ぬ。刑務所なんてまっぴら」

「はったりだ！　青酸カリなんて嘘だ！」勝己は声を荒らげる。

「たしかにそうかもしれないわね。けど、もし本当に毒が入っていたらどうする？　その可能性が少しでもある限り、優しい君は私を捕まえられない」

雪子は歌うように言う。逡巡《しゅんじゅん》で勝己の表情が歪んだ。

「それとも、私の勘違いだった？　それなら、ひと思いにあなたに殺して欲しいな」

雪子はあごを反らして細い首を露《あら》わにする。勝己は震える両手をゆっくりと上げていく。勝己の両手が雪子の喉《のど》にかかる。雪子は笑みを湛《たた》えたまま目を閉じた。次の瞬間、勝己の両手がだらりと力なく垂れ下がった気配がする。

「ね、私は誰よりも勝己のこと理解しているのよ。あなた自身より」

目を開いた雪子はうなだれた勝己に近づくと、その首に両腕を回し耳元に口を近づける。「さよなら」と囁《ささや》いた雪子は、勝己の頬に軽く唇を当てた。

勝己から離れた雪子は急ぐことなく玄関に向かうと、扉を開けて外へと出る。階段を降り団地をあとにすると、ふと足を止めて背後を振り返った。

なんで最後あんなことをしたのだろう？　そもそも、なぜあんな物を持ってきていたのだろうか？　別れ際の自らの行動を思い起こし、雪子はコリコリとこめかみを掻《か》く。

勝己に会えると思っていた？　そう期待していた？　『情』を持っていない私が？

「そんなわけないか」

つぶやきながら再び団地に背を向けて歩き出した雪子は、右手を大きく挙げた。

「またね、勝己」

どれだけ時間が経ったのだろう？　勝己はゆるゆると顔を上げる。敗北感と脱力感が血流にのって全身を回っていた。

せっかく神酒さん達がお膳《ぜん》立《だ》てしてくれたっていうのに……。勝己は唇を噛《か》む。

神酒に頼んで一人でこの部屋に忍ばせてもらった。もし雪子が現れたなら、自分が説得して自首させようと思っていた。しかし、雪子の方が一枚も二枚も役者が上だった。

一連の事件の真相は全て分かった。しかし、それを証明する方法はなにもない。このままでは勝俣病院での患者入れ替えの件は当然として、鍋島殺害の容疑すら晴らすことができない。すべては自分が雪子を逃してしまったからだ。

枷《かせ》をつけられたかのような重い足取りで玄関を出ると、団地前の駐車場で辺りを見回す。雪子の姿はどこにもなかった。

勝己は片手で目元を覆いながらジーンズのポケットに手を入れる。中には、雪子にスパイアプリを仕込まれたスマートフォンの代わりにと、神酒が持たせてくれた携帯電話が入っていた。雪子が玄関の鍵《かぎ》を開けはじめるまで、勝己は携帯電話で神酒達と逐一小声で連絡を取っていた。しかし、雪子が部屋に入ってくると同時に勝己は回線を切った。神酒にずっと回線はつなぎ続けていろと指示されていたにもかかわらず。

雪子との会話を誰にも聞かれたくはなかった。

なにやってるんだよ、俺は。自己嫌悪に押しつぶされそうになりながら、勝己は携帯電話を取り出す。そのとき、ポケットからなにか小さなものが落ちた。

なんだ？　勝己はしゃがみ込んで地面に転がっている小さな器機を手にとる。それは小型のICレコーダーだった。勝己は眉間《みけん》に皺《しわ》を寄せながら再生ボタンを押す。

『勝俣院長、落ちつきなさい！　ねえ、その患者と入れ替えられるような……』

『昨日の夕方に、薬物の多量摂取で死亡した若い男の遺体が……』

『腹を切って死んだ男の遺体は、これから向かわせる男達に引き渡して……』

勝己は大きく息を呑《の》む。それは間違いなく、雪子が勝俣病院の院長に川奈雄太の遺体を入れ替えることを指示した際のやりとりだった。

混乱したままに勝己はICレコーダーから聞こえてくる会話に耳を傾け続ける。

そこには、川奈の腕が埋まっている位置をリークして身元を警察に気づかせることや、鍋島を殺害しその罪を勝己になすりつけることについて後藤田達と交わした会話、さらには密輸について詳細に語ったやりとりすら収録されていた。

これを警察に提出すれば、俺の容疑を晴らすことができる。

いつの間にこんなものがポケットに？　記憶をたどる勝己の頰に柔らかい感触が蘇《よみがえ》る。雪子の唇の感触。口から「あっ」と声が漏れる。

あのときだ。あのとき、キスで俺の気をそらしながら雪子さんはこのＩＣレコーダーを俺のポケットに忍び込ませたのだ。

「雪子さん……」満月が浮かぶ空を見上げると勝己はその名を呼んだ。

タイヤの軋《きし》む音が鼓膜を揺らし、勝己は視線を正面に戻す。巨大なキャンピングカーが猛スピードで迫って来ていた。

「うわあ!?」勝己は悲鳴をあげる。

十数メートル先で急激に減速した車は、横滑りしながら勝己の目の前で停車した。

「勝己さん、大丈夫ですか!?」運転席の窓から顔をだした真美が声を張り上げる。「連絡が取れなくなったから慌ててみんなで来たんです！」

「し、死ぬかと思った……」両手で頭を抱えながら勝己はつぶやく。

「えっ、大丈夫ですか？　誰かに襲われたんですか!?」

いや、君に殺されかけたんだけど……。勝己が内心で突っ込むと、キャンピングカーの後部ドアが開き、ゆかり、黒宮、翼が転げるように出てくる。全員、顔が真っ青だった。きっと真美がとんでもない運転をする車内でひどい目にあったのだろう。黒宮など植え込みのところでえずきはじめている。最後に下りてきた神酒が勝己に近づいてくる。神酒だけはけろっとしていた。

「首尾はどうだった？」

「……終わりました。全部」勝己は口元に力を込めて言う。

勝己の答えに神酒は笑みを浮かべ、「そうか」とだけ答えた。詳しいことを訊《き》こうとしない神酒の気遣いがとても嬉《うれ》しかった。

「よし、それじゃあ戻ろうか、俺達の職場に」神酒は勝己の背中を軽く叩《たた》く。

「はい！」

厚く力強い手の感触をおぼえながら、勝己は大きく頷《うなず》いた。

エピローグ

「お話は分かりました」

　ベッドの上で無言のまま神酒の話を聞き終えた芹沢久美子は硬い声でつぶやきながら、視線をすぐそばのベビーベッドに向ける。そこで小さな寝息を立てる生まれたばかりの娘の顔を見ると、自然と表情が緩んでしまう。

　神酒が「身を隠すためにも」と入院させてくれていたこの青山第一病院で、久美子は二週間前に娘を出産していた。取り上げてくれたのは、神酒のクリニックに勤める夕月ゆかりという産婦人科医だった。

　娘が元気に産まれ、久美子の体力も回復してきた今日、神酒はとある事件についての話をしてきた。娘の父親である川奈雄太が巻き込まれた事件の話を。

　三週間ほど前に、雄太の遺体を遺棄した容疑で三人の男が捕まったことはニュースで知っていたが、実際にどんなことが起きたかはこれまで聞いていなかった。話を聞く間、小学五年生の息子である悟はゆかりが病室の外へと連れて行ってくれていた。

「ちょっとすぐには信じられないんですけど、神酒先生が言うんだから本当なんでしょうね」久美子は視線を娘から神酒に移す。

「ええ、本当です。もうあなたがた親子を狙う者はいません。母子ともに経過は順調ですから、主治医である夕月の許可が出れば退院できますよ」

「……ありがとうございます。けれど、本当に雄太は馬鹿ですよね。……信じられない馬鹿」久美子は両手で毛布を摑《つか》む。

「川奈雄太さんは多分、恋人であるあなたが妊娠したことを知って、人生をやり直したいと思ったんですよ。だから借金を清算して、さらに金を稼ごうとした」

「だからって、密輸の共犯者になるなんて！」

いまは亡き恋人に対する怒りで久美子の目に涙が浮かぶ。目の前にハンカチが現れた。うつむいていた顔を上げると、神酒がハンカチを差し出してきていた。久美子は「ありがとうございます」とそれを受けとる。

「雄太さんは密輸の共犯になり、宝石を独り占めするつもりだったんでしょうか？」

久美子が涙を拭《ぬぐ》っていると、神酒が独り言のようにつぶやいた。

「どういう意味ですか？」

「たしか以前うかがったときは、姿を消す数週間前から川奈雄太さんは悩んでいた様子だったんですよね。けれど、姿を消す直前にはなぜか明るくなっていた」

「……はい、そうです」

「最初に悩んでいたのは、借金を消してあなたがたと家族として新しい生活をはじめるためとはいえ、密輸なんて犯罪行為に手を貸していいものか迷っていた。そして直前に明るくなったのは、自分の腹に入れて密輸するものがアラブの王族から盗まれた高価な宝石だと知ったからじゃないでしょうか？」

「宝石だって分かったら明るくなるんですか？」

「あの宝石は、持ち主だったアラブの王族より二百万ドルの懸賞金がついています。つまりその宝石を見つけた人は、二億円以上の金を手に入れることができるんです」

「それって……」神酒が何を言いたいかに気づき、久美子は片手で口を覆う。

「そう、川奈雄太さんは宝石を独り占めする気なんてなかったんですよ。おそらく彼は、裏ルートでも使って宝石を持ち主に返すことで金を受け取ったうえで、さらに後藤田達を密輸で告発するつもりだったんだと思います。本当なら腹に宝石が入ったまま当局に出頭すれば良かったのかもしれません。けれど彼は、そうすると自分も密輸の共犯として逮捕されるかもしれないとでも思ったのか、自分で腹から宝石を取りだそうとした。しかし、医学的な知識がなかった彼は、傷口の近くに固定されていた宝石は取り出せたものの、その際、腹の中の血管を切って大量に出血してしまった」

神酒の説明を久美子は呆然《ぼうぜん》と聞き続ける。

「雄太さんはすぐ失敗したことに気づいたんでしょう。そのままでは死ぬかもしれないと思った彼は迷った。普通の病院にいけば密輸のことがバレるかもしれない。けれど宝石を持ったまま勝俣病院にいけば、間違いなく後藤田達に宝石は奪われる。結局彼は宝石を隠して勝俣病院に向かう選択をする。正しい選択とはいえないですが、腹から出血してパニックになりかけている状態ではしかたなかったんでしょう。そして勝俣病院へ行った彼は、残念ながら失血死した」

「そんな……」久美子は両手で顔を覆う。

そこまでして借金を返して欲しくなどなかった。ただ、生きていて欲しかった。

「さて、残りの問題は彼がどこに宝石を隠したか」神酒が立ち上がる。「それを知るのに重要なのは、彼がどこで自分の腹から宝石を取りだそうとしたかです」

「自宅のアパートじゃないんですか？」

「いいえ、警察が彼の自宅を捜索しましたが、血痕《けっこん》は見つかっていません。自宅を後藤田に知られていた川奈雄太さんは、邪魔が入らないように別の場所を選んだんでしょう」

「じゃあ、どこで……？」久美子は眉間《みけん》にしわを寄せる。

「彼がタイから帰国したのは、十二月の末です。学生は冬休みの期間ですね。久美子さん、たしか長い休みの時、あなたは息子さんと実家に帰るんでしたよね」

「……まさか⁉」神酒が何を言おうとしているかに気づき、久美子は口元を覆う。

「そうです。あなたの自宅、板橋にある団地の一室ですよ。そこで彼は麻酔をかけて自分の腹を開いたんです。おそらくは浴室かどこかで。ゆかりから聞いた話だとその頃、あなたの家の前に血痕のようなものがあったんでしたよね。あなたはそれをヤミ金からの警告だと思った。けれど、おそらくそれは川奈雄太さんがあなたの部屋を出て、勝俣病院に向かうときに落ちたものだったのでしょう。あなた方に心配をかけないため、部屋の中の痕跡《こんせき》は消し、使用した麻酔薬やナイフも途中で処分できたが、その血痕までは消す余裕がなかった」

久美子は言葉を失ったまま、ただ呆然と神酒の話を聞き続ける。

「腹からだらだらと出血しはじめたとき、彼は取り出した宝石をどうするか迷ったでしょう。その宝石の密輸に自分が関わっていたことを知られたくなかった。けれどその一方で、もし自分が命を落とした場合、あなたの手に宝石が渡るようにしたかった」

話しながら神酒は病室の奥に置かれている、息子の悟のランドセルに近づいた。ランドセルを手に取った神酒は、その側面についている十五センチ程のネコのぬいぐるみを眺める。

「調べたところ、このネコのぬいぐるみは子供の間で人気だそうですね」

「……はい、一年ほど前に、雄太からプレゼントしてもらった悟のお気に入りです」

久美子は震える声で答える。

「よく見ると、このネコは左右の目の色が違うオッドアイになっていますね。けれど調べたところ、このぬいぐるみにオッドアイのバージョンはありませんでした」

目を大きくする久美子の前で、神酒は微笑みながらネコの目を覗《のぞ》き込む。

「……これはダイヤモンドです。川奈雄太さんはとっさに、このぬいぐるみの目を取り出し、代わりに『双子の涙』を埋め込んだ。もしものとき、あなた方に宝石が渡るように。自分の命が危ない状態でも、川奈雄太さんはあなたのことを考えていたんですよ」

神酒の言葉を聞いた久美子は声を詰まらせる。ずっと雄太に捨てられたと思っていた。

けれど、雄太は最期まで私達のことを想ってくれていた。

「川奈雄太さんの行動は行き当たりばったりで、かなり思慮が浅いところがあります。けれど、彼はあなた方のことを大切に想っていた、それだけは間違いありません」

神酒が柔らかい笑みを浮かべながら言う。

「……はい」久美子は嗚咽《おえつ》交じりにこたえた。

「この宝石については私が責任を持って当局にお渡しします。　報奨金についてはあなたに払われるように全力を尽くします。それでよろしいですか？」

神酒の提案に久美子は目頭を押さえたまま頷《うなず》く。もはや報奨金のことなどどうでもよかった。雄太の、自分が愛した男の遺志を知れただけで胸が熱くなっていた。

そのとき唐突に病室の扉が開き、主治医の夕月ゆかりが顔を出した。

「久美子さーん、母子の検診しますよー。検査室まで来てもらってもいいですかー」

主治医の朗らかな声に、久美子は目元を拭い「はい」と返事をすると、すぐ脇のベッドの娘を抱き上げる。娘は一瞬身をよじるが、すぐに再び寝息を立てはじめた。

ゆかりが押してきた車いすに乗ると、久美子は神酒に会釈をして部屋を出た。

検査室に向かっていると、廊下の途中に置かれた長椅子に痩《や》せこけた老人が座っていた。老人のそばまで来たとき、背後で車いすを押していた夕月が「あっ」と声をあげる。

「どうしました？」久美子は振り返って夕月の顔を覗き込む。

「聴診器を病室に忘れてきちゃって。すぐ取ってきますんで、待っていて下さい」

久美子に答える隙も与えず、夕月は身を翻して病室へ戻っていく。その後ろ姿を見送った久美子は、腕の中にいる娘の顔を眺めた。

すぐ脇から「可愛い子ですね」と声がかかった。見ると、そばに座っている老人が娘の顔を覗き込んでいた。

「ありがとうございます」久美子は少々戸惑いながら会釈をする。

「まだ小さい。生まれたばかりですか？」老人は目を細める。

「はい、まだ二週間です」久美子は笑みを浮かべる。急に声をかけられたことには驚いたが、老人の柔らかい眼差《まなざ》しを見て警戒心が薄らいだ。

「まだ二週間でこんなに可愛いなら、将来きっと美人になりますよ」

老人はおずおずと手を伸ばし、娘の頭を撫《な》でる。なぜか嫌な気はしなかった。触られたことに驚いたのか娘は目を開くと、不思議そうに辺りを見回したあと、にっこりと微笑んだ。そのとき、パタパタと廊下を小走りしながら夕月が戻って来た。

「すみません久美子さん、お待たせしちゃって」

「いえ、こちらの方とお話ししていましたから。それじゃあ失礼いたします」

久美子は老人に向かって頭を下げる。老人はどこか哀しげに微笑んだ。

「さようなら、その子を大切にしてあげてくださいね」

「はい、もちろん！」再び夕月に車いすを押されながら、久美子は力強く答えた。

「どうでした、お孫さんは」

芹沢久美子とその娘が検査室に消えて行くのを見送ると、いつの間にかすぐそばに立っていた神酒が声をかけてきた。

「可愛かったよ、……とても可愛かった」小笠原雄一郎は検査室の扉に視線を送りながら答える。脳裏にはいまも孫の笑顔が浮かんでいた。

「鼻の形に小笠原会長の面影がある気がしますね」

神酒が隣に座りながら言う。お世辞だと思っていても嬉《うれ》しかった。

「本当にありがとう。息子を殺した犯人を暴いてくれただけでなく、まさか孫まで……」

小笠原は言葉を詰まらす。膵臓《すいぞう》癌に冒され命の灯火《ともしび》が消えそうになっている今、うれし涙を流せるとは思っていなかった。これも全て神酒達のおかげだった。

三週間前、息子を殺した犯人が逮捕されたと聞いたとき、もはやこの世に思い残すことはないと思った。その際に神酒から「もうすぐお孫さんが生まれます」と聞いたときは、何を言われたか理解できなかった。

一目、たった一目だけでも孫の顔を見るまでは死ねない。その一心でこの三週間を過ごした。その願いが叶《かな》ったいま、本当の意味でこの世に思い残すことはなくなった。自分の人生の全てに満足した。

「あの世に行ったら息子に土下座して、お前の娘がどれだけ可愛いかったか伝えるよ」

小笠原は天井を眺めながらつぶやく。神酒は無言のまま笑みを浮かべた。

「さて、神酒先生、そろそろ行こうか」小笠原は神酒に声をかける。

「もうよろしいんですか?」

「ああ、やることができたから、早く家に帰らないとな」

「やること?」神酒は数回まばたきをする。

「ああ、遺言を書き換えるんだ。孫にできる限りのものを遺《のこ》したいからな」

小笠原が覇気の籠《こ》もった声で言うと、神酒の口角が上がった。

「それではご自宅までお送りしましょう」


ビルとビルの間の路地にある外階段を九十九勝己は下っていく。胸の中では疲労感と解放感が同程度にブレンドされていた。ほんの数時間前まで、警察署で話を聞かれていた。三週間前に雪子から渡されたICレコーダーを桜井に渡し、それが声紋鑑定で雪子と後藤田達のやりとりであることが確認されたことで、勝己は容疑を晴らすことができた。しかし、だからといって完全に解放されたわけではなかった。ICレコーダーの入手先をはじめとした様々なことを、この三週間何度も警察署で話すことになった。

神酒が桜井から聞き出した情報によると、ICレコーダーでの会話が出たことで後藤田達も諦《あきら》めたのか、密輸、鍋島殺害、そして川奈雄太殺害について自白をはじめているらしい。勝俣病院の院長と、勝己に薬を打って昏睡《こんすい》させた看護師も逮捕された。しかし、雪子だけは指名手配されたものの、今もその行方は分かっていない。

一連の事件の真相はワイドショーで連日取り上げられた。濡《ぬ》れ衣《ぎぬ》を晴らした勝己からコメントをとろうと、執拗《しつよう》に追いかけてくるマスコミから逃げるのに一苦労だった。しかしその熱狂も、一週間ほど経ち他の大事件に世間の興味が移るにつれ消えていった。

事情聴取は今日でとりあえずは終了ということだった。桜井が色々と手を回してくれたおかげで、神酒クリニックの面々が行った様々な（法律に触れそうな）行動は、ほとんど明るみに出ることはなかった。

階段を下りた勝己は扉に近づく。最後の聴取が終わり警察署を出てスマートフォンを見ると、ゆかりから『終わったらバーに集合』と連絡が入っていた。疲れているのでできれば家に帰って休みたかったのだが、しかたがなくこのビルへとやって来たのだった。

時刻は八時過ぎ、辺りは暗くなっている。

勝己が重い扉を開いた瞬間、パーンっと破裂音が響いた。

「おめでとー！」体を硬直させた勝己に向かって、陽気な声がかけられる。

見ると神酒、ゆかり、翼、黒宮、そして真美の五人がクラッカーを手に立っていた（黒宮だけは不満げだったが）。

「ほら、なにボーッとしているのよ勝己ちゃん。主役なんだからさっさと入って」

ゆかりが勝己の背後に回り込み、背中を押してくる。

「えっ、主役って何の？」意味が分からず、勝己は戸惑う。

「なに言っているの、今日でようやく完全に容疑が晴れたんでしょ。鍋島の件も勝俣病院の件も。そのお祝いパーティーのよ」

見るとバーカウンターの上には様々な料理や酒が置かれている。

「さて、主役も来たしはじめようか」

「おお、やっと食べられる。ずっと待っててお腹すいてんだよね」

神酒が声をあげると、翼がカウンターに近づき皿に料理を盛りはじめる。

「あっ、翼先生。まずは乾杯からでしょ」

「じゃあ神酒さん。乾杯用にカクテル作ってよ。それまで僕達は食べているからさ」

真美にたしなめられた翼は、悪びれることなく神酒に声をかける。神酒は肩をすくめるとカウンター内に入り、カクテルを作りはじめた。黒宮ものろのろとカウンターに近づき、食べ物をみつくろいはじめる。

「ねえねえ、勝己ちゃん」苦笑を浮かべる勝己の肩をゆかりがつつく。「お祝いにちょっといいこと教えてあげる」

「ちょっといいこと？」

「そう。このことを知っているのと知っていないのじゃ、あとで章ちゃんに訊《き》かれる質問の答えが変わってくるかもしれないからね」

ゆかりは悪戯《いたずら》っぽくウインクをする。意味が分からず勝己は目をしばたたかせた。

「ねえ、真美ちゃん」ゆかりは真美に声をかける。

「はい？　なんですか？」真美は小走りに近づいてきた。

「この前一人暮らししたいとか言ってたでしょ。あれ、どうなったの？」

「あれはちょっと言ってみただけですよ。実際できるわけないじゃないですか。私がいないと章一郎さん、どんな生活するか分かったもんじゃないし」真美は肩をすくめる。

「章ちゃんなんて放っておけばいいのよ。真美ちゃんが甘やかすから、いつまでも身の回りのことができないんじゃないの」

「そうは言ってもほっとけませんよぉ。お兄ちゃんなんだし」

「お兄ちゃん⁉」勝己の声が裏返った。

「ど、どうしました、勝己さん⁉　変な声だして」真美が目を丸くする。

「え、いや、お兄ちゃんって……」

「あれ、知らなかったんですか？　章一郎さんは私の兄ですよ」

ゆかりの言葉を聞いて勝己は絶句する。

「で、でも『章一郎さん』って呼んでいたから……」

「私が小さいときに両親が離婚して、章一郎さんは父に、私は母に引き取られたんで時々しか会っていなかったんです。だから、なんとなく『お兄ちゃん』とか恥ずかしくて……」

真美は一瞬はにかんだが、すぐに眉間《みけん》に皺《しわ》を寄せる

「ここのクリニックを開業するときに誘ってもらって、一緒に働くようになったんですけど、そうしたら五階の住居スペースが散らかり放題だったんで、私もここに一緒に住みだしたんです。何度言っても散らかすのやめないんだから」

頬を膨らませた真美は、神酒に「真美、ちょっとグラス出してくれないか」と声をかけられ離れていく。その背中を呆然《ぼうぜん》と見送る勝己の脇腹をゆかりが肘《ひじ》でつついた。

「よかったわね勝己ちゃん。チャンスあるかもよ」

「いや、俺はべつに……」しどろもどろになる勝己に向かって神酒が手招きしてきた。

勝己は鼻の頭を掻《か》きながらカウンターに向かう。

「とりあえず座ってくれ」

「お世話になりました」と言ってカウンターに座った勝己の前に、神酒はカクテルを注いだショートグラスを置いた。勝己の頬がわずかに引きつる。

「俺のオリジナルカクテルだよ。全員分作ったんでこれで乾杯しないか？」

神酒は人数分のグラスをカウンターに並べた。スタッフ達がそれを手にとっていく。

「でも、俺は……」勝己はグラスを凝視する。

「お前は酒に酔って当直し、患者を殺したわけじゃなかった。けれど、そう疑われて世間からひどいバッシングを受けたトラウマはまだ残っている。この一杯でそのトラウマが消えるとは思わないが、そのきっかけにはなるんじゃないかな」

「……はい」神酒の言葉に勝己は震える手をグラスに伸ばす。

「ああ、そうだ」神酒が思い出したように声をあげた。「これからどうするつもりだ？」

「これから？」勝己は手を止める。

「ああ、そうだ。今回の件でお前に対する誤解は解けた。その気になればもといた四葉記念病院に、外科医のエリートコースに戻ることもできるはずだ」

その可能性に気づき、勝己は口を半開きにする。

「四葉に戻るとしても、うちのクリニックに残るとしても、俺達はお前の意見を尊重する。まあ、もちろん今すぐに結論を出す必要はないけれどな」

神酒のセリフをどこか遠くで聞きながら、勝己はこの場にいる一人一人の顔を見回していく。ずっと四葉に戻ることを夢見ていた。それなのに……。自分でも驚くほどに簡単に心は決まった。

勝己は無造作にグラスを手に取ると、神酒に向かって高く掲げる。

「神酒先生、これからもご指導よろしくお願いします！」

一瞬驚いたように目を見張った神酒の顔に、ゆっくりと笑みが広がっていく。見ると、他のスタッフ達も笑顔になっていた。あの黒宮ですら唇の端をわずかに上げている。

「それでは、あらためて新しい仲間に乾杯！」

神酒の声に続き「乾杯！」の合唱が部屋に響いた。

勝己はグラスの中身を一気にあおる。アルコールの刺激が心地よく喉《のど》を落ちていった。

神酒《みき》クリニックで乾杯《かんぱい》を

知念実希人《ちねんみきと》

平成27年 10月25日　初版発行
令和3年 6月5日　21版発行

発行者●堀内大示

発行●株式会社KADOKAWA
〒102-8177　東京都千代田区富士見2-13-3
電話　0570-002-301(ナビダイヤル)

角川文庫 19421

印刷所●株式会社KADOKAWA
製本所●株式会社KADOKAWA

表紙画●和田三造

ISBN978-4-04-103569-6　C0193

◆◇◇